N
Via salaria
T. Veneris Erucinae
Via
Porta Collina
T. Fortunae
Castra praetoria
Campus corhortium praetoriarum
Cippus Pom. Vespasiani
Collis hortorum
Domus Pinciana
Gärten des Sallust
Gärten des Lucullus
Sep. Octaviae
Forum Suarium
Castra urbana
Alta semita
Agger Servii Tullii
Porta Viminalis
Campus Viminalis
Aqua Iulia
Tepula Marcia
Porta Quirinalis
Capitolium vetus
T. Quirini
T. Salutis
Quirinal
Collis Salutaris
Vicus longus
Vicus Collis Viminalis
Garten des Lollianus
Campus Agrippae
Virgo
Arcus novus
T. Serapidis
Via
Aqua Marcia Iovia
Tiburtina
Anio vetus
Esquiliae
Cispius
Vicus patricius
Viminal
T. Iunonis Lucinae
Puticuli
Porta Esquilina
Porta Sanqualis
Clivus suburanus
Porticus Liviae
Forum Augusti
Argiletum
Campus Esquilinus
Aquae Marciae
Nympheum
Via Labicana
Lacus Orphei
Gärten des Maecenas
Auditorium
Arx
Forum Iulium
Kapitol
Holitorium
Velabrum
Forum Romanum
Velia
Oppius
Colossus
Thermae Titianae
Columbaria
Domus Tiberiana
T. Fortunae
Palatin
Domus Augustana
Ara maxima
T. Apollonis
Ludus magnus
Kolosseum
T. Isidis
Moneta
Porta Caelimontana
Herculaneus
Castra priora equitum singularium
Aqua
T. Divi Claudi
Caelius
Rivus
Aqua Claudia
Caelius
Circus Maximus
Arcus Neroniani
Caput Africae
Castra nova equitum singularium
Clivus Scauri
Clivus Publicius
T. Dianae
Cereris
Porta Querquetulana
Castra Peregrina
Porta Capena
Fons Camenarum
Vallis Camenarum
Aqua Appia
Vicus piscinae publicae
T. Bonae Deae subsaxanae
Via nova
Via Appia
Porta Raudusculana
Porta Naevia
Vicus
Sep. Scipionum
Via Ardeatina
Via Ostiensis

Mord nach der Vorstellung

HANS DIETER STÖVER

MORD NACH DER VORSTELLUNG

EIN FALL FÜR TILLIA CAPRIOLA

ROMAN

Weitbrecht

Dramatis personae – Hauptpersonen

Tillia Capriola (53) ist eine temperamentvolle, souveräne, weil finanziell unabhängige Frau, die sich in allen Schichten der römischen Gesellschaft bewegt und manch römischen Macho das Fürchten lehrt – wird doch unmittelbar neben ihr ein junger Mann ermordet ...

Athenodoros (64), griechischer Arzt und Lebensgefährte Tillias, kennt nicht nur die medizinischen Geheimnisse seiner hochwohlgeborenen Patienten.

Ti. Claudius Balbinus (76), ehemaliger Statthalter von Ägypten und Tillias Vater, versteht überhaupt nicht, warum sein geliebtes – uneheliches – Kind das Haus, in dem sie wohnt, kaufen will, schreibt an einem Buch über die Tierwelt Ägyptens.

C. Fabius (53), rühriger Gastwirt und Besitzer des *Siebengestirns* mit Übergewicht.

Titus Flavius Vespasianus (junior, 35), ältester Sohn Vespasians und Thronfolger, steht im Rufe, brutal zu sein.

Titus Flavius Domitianus (23), immer eifersüchtig auf seinen Bruder Titus Flavius Vespasianus.

Titus Flavius Vespasianus (senior, 65), seit 5 Jahren auf dem Thron der Caesaren.

Caenis (53), bestinformierte Frau des Imperiums, von der Sklavin zur Mätresse und Vertrauten des Kaisers aufgestiegen, mit Tillia befreundet.

C. Asinius Gallus (34), schneidiger Kommandeur der dritten Kohorte der Prätorianer.

Cassius Scaeva (Ende 30), taucht plötzlich auf und bekommt große Schwierigkeiten.

C. Antonius Primus (junior, 26), sein Tod bringt eine Lawine ins Rollen.

C. Antonius Primus (senior, 53), des Vorigen Vater, hatte große Hoffnungen in seinen Sohn gesetzt.

M. Antonius Felix (63), ehemaliger Prokurator von Judäa, tanzt auf mehreren Hochzeiten.

Drusilla I (62), Enkelin der Kleopatra, geschiedene erste Frau des Antonius Felix.

Antonia Clementiana (36), Tochter von Felix und Drusilla I, in vielem das Ebenbild ihres Vaters.

Domitius Lucanus (45), Ziegeleibesitzer, Clementianas Gatte, hat große Schwierigkeiten, auch und besonders mit seiner Frau.

Antonia Feliciana (16), Clementianas und Domitius' Tochter, zwar nicht die Unschuld vom Lande, aber vielleicht von Rom.

Drusilla II (36), zweite Frau von Antonius Felix, Tochter des jüdischen Königs Herodes Agrippa I., dem sie an Verschlagenheit gleichkommt.

Perdikkas (51), Thraker, als Lanista Maximus Chef der Gladiatorenkaserne des *Ludus Magnus*, radebrecht ein fürchterliches Latein, Tillias bester Freund und Beschützer.

P. Milo (78), erfahrener Waffen- und Messerschmied, bringt Tillia auf eine wichtige Spur.

Qu. Asconius Pedianus (83), großer Literaturkenner, mit Tillias Vater Balbinus befreundet.

D. Iunius Iuvenalis (17), schreibt schon als Jüngling freche Gedichte, wird von Tillia mütterlich umsorgt und gesponsert.

Die Geschichte spielt in Rom während der acht Tage der *Ludi Cerealis* vom 12. bis 19. April.
Die Altersangaben beziehen sich auf das Jahr 74 n. Chr.

I

Die Tragödie war zu Ende; der Vorhang wurde hochgezogen und verdeckte die Szene. Eine Weile war es still. Dann setzte allmählich der Beifall ein, steigerte sich, erreichte seinen Höhepunkt und hielt lange an.

Die drei Schauspieler – Parmenion hatte die Medea, Haemon die Amme, Antipho abwechselnd Creo, Jason und den Boten gegeben – wurden vor den Vorhang gerufen.

Sie hielten ihre Masken in der Rechten und verbeugten sich nach allen Seiten, besonders aber zur kaiserlichen Loge hin, nach links, wo Titus, der Thronfolger, saß. Er klatschte mit Hingabe und strahlte, denn es war seine Inszenierung gewesen; er hatte sie nicht nur aus eigenen Mitteln finanziert, sondern auch maßgeblichen Einfluss auf Regie und Inszenierung genommen.

Neben ihm saß eine zierliche Frau Anfang fünfzig. Sie war in einfaches Weiß gekleidet. Der einzige Schmuck, den sie trug – eine Halskette mit rechteckig geschliffenen Steinen aus Kaiserjade –, betonte noch ihre hoheitsvolle Erscheinung. Sie lächelte zwar, doch eher reserviert.

Wieder und wieder wurden die Darsteller an die Rampe gerufen und mit Ovationen bedacht.

In der einundzwanzigsten Reihe saß eine Dame, die

sich an den Beifallsstürmen nicht beteiligte. Sie schüttelte sogar hin und wieder energisch den Kopf, wenn das Spektakel ihr zu laut wurde, und murmelte etwas Abfälliges vor sich hin.

Dass sie eine Frau von Geschmack war, war schon an den harmonisch aufeinander abgestimmten Farben ihrer Kleidung zu erkennen: Über der schneeweißen Tunika trug sie eine seegrüne knöchellange Stola – das Kleid war an Brust und Saum mit goldenen Mäandern durchwirkt – und darüber eine Palla in dunklerem Grün, das im perfekten Kontrast zum Weiß der Tunika stand. Ließen schon Qualität und Farben des Gewandes erkennen, dass die Trägerin wohlhabend war, so wurde dieser Eindruck noch durch die Erlesenheit ihres Schmucks verstärkt. An den Ohrläppchen baumelten zierliche Goldgehänge mit kleinen tropfenförmigen Saphiren und Granaten. Den faltenlosen Hals schmückte eine feingliedrige Goldkette, auch sie reich bestückt mit einem Gehänge aus Saphiren, Granaten und Jade. In den breiten Siegelring, den sie an der Linken trug, war ein plan geschliffener rotbrauner Chalzedon eingelassen, dessen Gravierung eine Fortuna mit Füllhorn zeigte. An Mittel- und Ringfinger der Rechten steckten mehrere schmale Goldringe, einer davon in Form einer Schlange mit zierlich erhobenem Kopf.

Das volle blauschwarze Haar, vorne künstlich gewellt, legte sich locker um die Schläfen zum Hinterkopf und endete in einem hochgesteckten Knoten, der von einem feinen Netz aus schwarzer Seide und zwei goldenen Haarnadeln gehalten wurde. Blickte man genau hin, konnte man hier und da silbergraue Strähnen entdecken, die sich von der Stirn zum Hinterkopf zogen. Aber sie standen ihr gut zu Gesicht. Sie mochte Anfang fünfzig sein. Dafür sprachen nicht nur die grauen Strähnen, sondern mehr noch der selbstsichere, kritische Blick, mit dem sie das Geschehen auf der Bühne und im Zuschauerraum verfolgte.

Es war nicht einfach, ihren sozialen Status einzuschätzen. War sie die Gattin eines Senators oder Ritters? Wohl kaum. Ihr Sitzplatz lag dafür zu hoch. Die Familienangehörigen der beiden ersten Stände saßen unten, nahe bei der Bühne und in den ersten zehn Sitzreihen. Doch ebenso wenig schien sie der Plebs anzugehören. Dazu passte nicht ihre aufwändige, geradezu hochherrschaftliche Aufmachung, die am ehesten wohl noch einer adligen Matrone angemessen war. Die Figur zeigte, soweit man das im Sitzen erkennen konnte, jene rundlichen Formen, die vielen Frauen ihres Alters zu Eigen waren und beim Betrachter, besonders dem männlichen, bestimmte Assoziationen hervorriefen, von der kundig am Herd hantierenden Köchin über die energische Herrin von Haus und Gesinde bis zur liebevoll strengen Mutter einer großen Kinderschar. Solche Frauen hatten alle Höhen und Tiefen des Lebens kennen gelernt.

In geradezu herausforderndem Gegensatz dazu ihr Gesicht! Sie hatte offenbar keine Bedenken ihre immer noch jugendlich frisch anmutenden Züge durch den raffiniertesten Einsatz von Schminke, Puder und Augengrün anziehender zu gestalten. Dabei ging sie bis an die Grenze des Zuträglichen: Die hellblauen Augen waren von Jadegrün umschattet, die Wimpern schwarz getuscht, die hoch sitzenden, halbmondförmigen Brauen säuberlich kupiert und schmal nachgezogen, während die Lider zu den Schläfen hin nach ägyptischer Manier in einem schwarzen Schattenstrich ausliefen. Die vollen, energischen Lippen waren prallrot geschminkt, die glatten Wangen dezent rosa gepudert. Das alles verlieh ihrem Gesicht den Reiz einer gewissen Verruchtheit, die einen interessanten Gegensatz zur wachen Intelligenz ihrer hellen Augen bildete.

Wieder schüttelte sie den Kopf, beugte sich nach rechts zu ihrem älteren Begleiter und erklärte mit warmer Altstimme: »Der Beifall ist nun wirklich übertrieben!«

Athenodoros zögerte mit einer Antwort, denn es war seine Art, die Welt differenziert zu betrachten. Er war ein schlanker, großer Mann mit wohlgeformten, sensiblen Händen, die sich nie hastig bewegten; sein Gesicht war von zahlreichen Falten durchzogen; die markantesten verliefen rechts und links von den Nasenflügeln; die hohe, leicht zurückweichende Stirn war durchfurcht von fünf, sechs tiefen waagerechten Gräben, die untersten wiederholten die stark ausgeprägten Bögen der Brauen; fächerförmig strebten von den Augen zu den Schläfen hin sehr feine gespinstartige Fältchen, welche die Strenge des übrigen Gesichts erheblich milderten. Die Nase, schmal und wohlgeformt, lief in einer scharfen Spitze aus, ihre Flügel konnten sich im Eifer des Gesprächs unvermittelt bewegen. Die ohne Zweifel vorhandene Stirnglatze wurde geschickt verborgen unter dem in kurzen Strähnen nach vorn gekämmten Haar. Auffallend die Ohren: Sie waren groß, lagen eng an und besaßen geräumige Muscheln. Endlich fragte Athenodoros erstaunt: »Übertrieben? Wieso denn das, Tillia?«

»Nun, er gilt mehr dem Caesar und weniger dem Stück.« Sie schien zu bereuen, dass sie sich von ihrem Lebensgefährten hatte überreden lassen an diesem Vormittag der Aufführung von Senecas Medea beizuwohnen.

»Ja aber …« Er zwinkerte aufgeregt. »Ohne das engagierte und vollkommen uneigennützige Eintreten von Titus wäre das Stück doch niemals zur Aufführung gekommen!«

»Das wäre freilich besser gewesen.«

»Aber Tillia! Wie kannst du so etwas nur sagen! Du

wolltest doch in diese Aufführung. Allein wäre ich niemals … Du weißt, dass ich mir die Zeit geradezu stehlen muss!«

Tillia blieb unbeeindruckt. »Ich finde nur bestätigt, was ich bereits ahnte: Senecas Tragödien sind für die Bühne nicht geeignet. Es sind Lesedramen. Diese Himmelfahrt – einfach lächerlich! Man hört sogar das Quietschen der Winden! Im Übrigen kann seine Medea der des Euripides nicht das Wasser reichen. Alles ist zu gekünstelt, zu rhetorisch, zu akademisch.«

»Der Beifall spricht dagegen, Tillia. Und welchen Gewinn sollte der Caesar davon haben?«

Sie hob die Augenbrauen und lächelte ironisch. »Umso mehr dann die Claqueure! Das sieht mir doch sehr nach einer Gruppe von bezahlten Klatschern aus.«

»Na und? Der Caesar setzt alle Mittel ein, um der klassischen Tragödie wieder zu ihrem Platz auf der Bühne zu verhelfen.«

»Aber Doro! Du als erfahrener Arzt müsstest doch wissen, dass man einen Todkranken mit keiner noch so guten Arznei ins Leben zurückholen kann. Und die Tragödie ist tot! Sie hat ihre Zeit gehabt. Du kannst sie mit keinem kaiserlichen Erlass wieder beleben. Das ist eine Marotte von Titus. Eine sympathische, ja, aber sein Einsatz kommt zu spät.« Sie blickte sich um. »Weißt du, wie viele Plätze das Pompeiustheater hat?«

»Nun, ich schätze zehntausend.«

»Fünfzehntausend!«, rief sie.

»Oh, das wusste ich nicht.«

»Aber ich! Und das Haus ist höchstens zu einem Drittel gefüllt.«

»Das ist doch schon eine ganze Menge.«

»Aber Doro, ich bitte dich! Selbst wenn du die Plätze aller Theater dieser Stadt zusammenzählst, kommst du lediglich auf vierzigtausend. Was ist das im Vergleich zu den zweihundertfünfzigtausend des Circus maximus? Und die sind bei den Rennen immer besetzt!«

Athenodoros reagierte zunehmend ungehalten: »Seit wann lässt du dich von großen Zahlen beeindrucken, Tillia? Quantität ist nie ein Beleg für Qualität!«

»Das ist richtig.« Tillia legte ihm besänftigend die Hand aufs Knie und seufzte. »Ach, Doro. Es war ja alles sehr interessant. Und ich danke dir, dass du dir für die Aufführung die Zeit genommen hast. Das Stück ist sicherlich wertvoll. Weißt du eigentlich, ob es schon zu Lebzeiten des Autors aufgeführt worden ist?«

Athenodoros drückte ihre Hand und meinte beiläufig: »Das glaube ich kaum.«

»Und warum nicht?«

»Nun ...« Er erwiderte den Gruß eines Bekannten. »Der Muttermord Neros stand wohl einem Stück im Wege, in dem eine Mutter eigenhändig ihre Kinder umbringt.«

Längst hatten sich die Besucher erhoben und strebten in Gruppen den Ausgängen zu. Auch der junge Mann, der während der Aufführung drei Plätze neben Tillia wortkarg gesessen hatte, war aufgestanden. Nun verbeugte er sich vor ihr und begann sehr höflich: »Verzeih, wenn ich mich einmische, Herrin.«

Tillia blickte ihn an und registrierte ein außergewöhnlich schönes, wohlproportioniertes Gesicht mit dunklen verhangenen Augen, einer klassisch geschnittenen schmalen Nase und einem etwas zu weichen Mund, der die Ausgewogenheit des Übrigen in Frage stellte. Sie schätzte ihn auf Anfang zwanzig.

»Ich ... äh ... ich wurde unbeabsichtigt Zeuge eures Gesprächs«, fuhr er fort. »Vor allem was die Frage betrifft, ob die Medea schon zu Lebzeiten Senecas aufgeführt worden sein könnte.«

»Ja – und?« Tillia studierte interessiert seine Züge. Er

machte einen ungemein wohlerzogenen Eindruck und schien aus einer guten Familie zu stammen, in der man auf die korrekte Beherrschung der Sprache Wert legte.

»Ich … äh … Wenn ich mir diese Bemerkung erlauben darf – ich weiß von einem zuverlässigen Gewährsmann, dass das Stück bisher nur im häuslichen Kreise vorgetragen wurde. Pantomimen setzten dabei all das, was der Text ja sehr … äh … sehr lebhaft vorgibt, mit entsprechender Mimik und Gestik in Szene.«

War er etwa selbst Schauspieler? Aber dafür sprach er zu schnell, wenn nicht gar gehetzt. Tillia konnte sich auch nicht erinnern ihn je auf einer der drei städtischen Bühnen gesehen zu haben. Sie kannte nicht einmal seinen Namen.

»Nun ja«, meinte Athenodoros, als sie zusammen den Zuschauerraum verließen, »man kann allerdings sehr geteilter Meinung sein, ob Senecas Tragödien für die Bühne oder nur zum Vortrag gedacht waren.« Er ließ damit durchblicken, dass er ein Kenner des Genres war. Nun lächelte er freundlich: »Leider können wir den Autor nicht mehr selbst fragen, nicht wahr? Was ist denn deine Meinung dazu?«

»Oh, ich …« Der junge Mann verbeugte sich. »Ich habe mich ja gar nicht vorgestellt: Gaius Antonius Primus.« Er verbeugte sich noch einmal.

Tillia horchte auf: »Antonius Primus? Bist du verwandt mit dem General Gaius Antonius Primus?«

»Er ist mein Vater.«

Tillia und Athenodoros wechselten einen schnellen Blick: Antonius Primus war während der Wirren nach Neros Abgang vor fünf Jahren als Armeebefehlshaber in Italien nur zögernd auf die Seite Vespasians getreten. Es ging damals die Rede von einem doppelten Spiel. Der misstrauische und nachtragende Vespasian hatte nach seiner Machtergreifung den General zwar nicht belangt – aber kaltgestellt. Man hatte seit damals nichts mehr von ihm gehört.

»Wie geht es deinem Vater?«, fragte Tillia. Es interessierte sie wirklich.

»Danke, gut.«

Die Antwort klang wie eine Floskel, ja, unbeteiligt. Tillia sah ihm an, dass er wenig Lust hatte sich weiter über seinen Vater auszulassen. Er kehrte auch sogleich zum anfänglichen Thema zurück, lobte die Leistung der Schauspieler, wobei er besonders Parmenion hervorhob, und bedauerte, dass es so immenser Anstrengungen und Ausgaben bedurfte, um ein Stück wie die Medea auf die Bühne zu bringen.

Unter solchem Reden erreichten sie ihren Ausgang und traten in das Halbdunkel des Gewölbes, das die oberen Ränge trug.

Sie waren die Letzten, die den Zuschauerraum verließen. Tillia war neugierig geworden: Warum hatte Primus als Sohn eines Senators nicht unten auf den ersten Rängen gesessen? Hatte der Kaiser dem Vater zu verstehen gegeben, dass er ihn und seine Familienangehörigen nicht mehr auf den Plätzen des ersten Standes sehen wollte? Aus der Tatsache, dass der Sohn dennoch ins Pompeiustheater ging, zog sie zwei Folgerungen: Primus liebte das Schauspiel – und er setzte sich offensichtlich über ein gewiss vorliegendes Verbot des Vaters hinweg, wenn er ins Theater ging. Sie vermutete, dass es im antonischen Hause öfters zu handfesten Auseinandersetzungen zwischen Vater und Sohn kam.

Sie erreichten die Treppe, die zum nächsten Untergeschoss führte. Tillia ging nun langsamer und stützte sich bei jeder Stufe an der Wand ab, denn das Rheuma machte ihr in der rechten Hüfte zu schaffen.

»Geht es?«, fragte Athenodoros mitfühlend und zugleich schuldbewusst, denn all seine Mittelchen, Kräuterextrakte und Salben hatten ihr keine Linderung verschaffen können.

»Natürlich!«, stieß sie gepresst hervor und schritt tapfer weiter. »Aber jemand sollte dem Kaiser einmal den Vorschlag machen in diesen düsteren Gewölben Fackeln oder Lampen an der Wand anzubringen. Hier ist es ja so finster wie in der Unterwelt! Außerdem riecht es komisch!«

»Ich rieche nichts«, behauptete Athenodoros.

»Aber ich!«

»Wonach riecht's denn?«

»Weiß ich nicht. Aber es ist ganz deutlich! Dass du das nicht ... Du hattest immer schon eine schlechte Nase, Doro.«

Dabei umschmeichelte ihn unaufhörlich der süße Duft ihres Rosenwassers. Sie setzte es immer dann ein, wenn sie ihn zu einem Schäferstündchen zu bewegen suchte. Er seufzte und schwieg. Er war vierundsechzig.

Im nächsten Stockwerk schien es noch dunkler zu sein und Tillia tastete vorsichtig mit dem Fuß voraus, um nicht auf den steilen Stufen zu stolpern.

»Die Stufen sind auch zu hoch!«, zischte sie. »Warum müssen sie in den Theatern immer so hoch sein?«

Athenodoros antwortete geduldig: »Das ... äh ... das hängt mit den Proportionen des gesamten Baus zusammen, Tillia. Es ist eben nicht einfach, die statischen Probleme ...«

Er hatte den Satz noch nicht vollendet, als der junge Mann, der unmittelbar hinter ihm ging, einen schrecklichen Schrei ausstieß. Im gleichen Augenblick hastete eine Gestalt an Athenodoros und Tillia vorbei, sprang, drei, vier Stufen auf einmal nehmend, nach unten und rannte durch den Gang davon. Das Einzige, was Tillia auffiel, war eine Maske: Die Gestalt trug eine Theatermaske, ähnlich der, die den König Creo in der Medea kennzeichnete.

Athenodoros wandte sich um. Antonius Primus war auf der Treppe zusammengesunken. Er lag auf der linken Seite. Seine rechte Hand suchte sich an der Kante einer Stufe festzukrallen. Sie zuckte mehrmals unkontrolliert. Dann entspannten sich die Finger, streckten sich und lagen vollkommen ruhig. Ein letzter schmerzvoller Seufzer kam aus dem leicht geöffneten Mund. Die weit aufgerissenen Augen starrten nach oben ins Leere. Aus dem linken Mundwinkel sickerte ein rotes Rinnsal und tropfte auf die Toga. Nach wenigen Augenblicken versiegte auch dieses.

»Oh ihr Götter!«, stieß Tillia hervor und hielt beide Hände vor den Mund.

Athenodoros handelte, wie man es von einem Arzt erwartete. Er beugte sich nieder und fuhr dem Liegenden mit der Hand mehrmals schnell vor den offenen Augen hin und her. Sie reagierten nicht, sondern starrten unbewegt ins Leere. Dann griff er nach der Hand, die auf der Stufe lag, und tastete nach dem Puls. Er versuchte es an verschiedenen Stellen des Handgelenks.

»Keine Reaktion!«

Vorsichtig legte er sein Ohr auf den Brustkorb und lauschte nach dem Herzschlag.

»Und?«, rief Tillia. »Nun sag doch was, Doro!«

»Nichts.«

»Der Atem!«, rief sie. »Was ist mit dem Atem?«

Athenodoros streifte sich einen Lederriemen über den Kopf, den er um den Hals getragen hatte. An ihm war ein kleiner runder Metallspiegel befestigt. Den hielt er nun Antonius Primus einige Augenblicke vor den Mund. Als er ihn dann genau betrachtete, schüttelte er den Kopf und erklärte sehr sachlich: »Nichts.«

»Ist er tot?«

»Er ist tot.«

Athenodoros schaute Tillia an. Er rechnete mit einem Ausbruch von Trauer, Klagen und Tränen – vielleicht sogar Panik. Doch sie reagierte anders als erwartet. Sie überraschte ihn immer wieder. Von einem Augenblick zum anderen hatte sie sich gefasst. Ihr Interesse war geweckt. Sie kannte den jungen Mann erst seit einer guten Viertelstunde, seit er mit ihr gesprochen hatte. Sie hatte ihn interessant gefunden. Nicht nur, weil er der Sohn von Gaius Antonius Primus war – soviel sie wusste der einzige –, sondern weil er etwas an sich gehabt hatte, was sie faszinierte. Vor allem seine Stimme hatte es ihr angetan. Er sprach wie jemand, der viel Leid erfahren hatte und es mit Eloquenz zu überspielen suchte.

»Doro …!«

»Ja?« Athenodoros atmete tief durch.

»Du gehst jetzt zurück.«

»Zurück? Wohin?«

»Zur Bühne. Sie werden ja wohl unter ihren Requisiten eine Trage haben.«

Er nickte. »Ich verstehe.«

»Also, was zauderst du? Das Personal wird in Kürze das Theater ebenfalls verlassen.«

»Ja, aber …« Er sah sie besorgt an. »Willst du etwa …?«

»Ich bleibe hier.«

»Kommt nicht in Frage. Ich bleibe! Ich kann dir nicht zumuten, hier allein mit einem Toten …«

»Unsinn! Wir sind alle sterblich! Und du bist viel schneller als ich. Mir macht das Rheuma zu schaffen.«

»Also gut.« Er zögerte immer noch. »Und wenn der Mörder zurückkommt?«

»Aber Doro! Warum sollte er? Er weiß doch, dass wir hier sind. Nun geh schon!«

»Ich weiß nicht.«

»Aber ich! Das ist nicht der erste Tote, den ich zu Gesicht bekomme.«

Er machte sich auf den Weg.

Tillia betrachtete die leblosen Züge des am Boden Liegenden und sagte leise: »Oh ihr Götter! So jung! Er sieht aus wie ein erschrecktes Kind.«

Sie beugte sich nieder und schloss ihm die Augen. Die Lider waren noch warm, während die blutleeren Wangen bereits abkühlten. Am Hals bemerkte sie ein Stück eines dünnen Lederriemens. Sie schob den Überwurf der Toga zur Seite und fand darunter einen ledernen Brustbeutel, der an dem Riemen befestigt war. Er enthielt einige Münzen in Silber, einen *Aureus* und die *Tessera,* seine Platzkarte. Sie verglich die Nummer mit ihrer eigenen. Die Zahl war um drei höher, dem Platz entsprechend, auf dem er gesessen hatte.

Vorsichtig drehte sie den Körper auf die Seite und betrachtete den Dolch. Er steckte, genau auf Höhe des Herzens, links von der Wirbelsäule im Rücken des Opfers. Der Mörder musste mit großer Kraft zugestoßen haben, um Toga und Tunika zu durchdringen und zwischen zwei Rippen hindurch das Herz zu treffen. Dabei hatte er den linken Lungenflügel durchbohrt; daher das Blut aus dem Mund des jungen Mannes.

Tillia ließ den Toten los und erhob sich. Sie lehnte sich an eine Wand, verschränkte die Arme so, dass eine Hand das Kinn stützen konnte, und dachte nach. Wie immer, wenn sie vor ein Problem gestellt wurde, sprach sie leise, fast flüsternd, mit sich selbst: »Wer auch immer ihm diesen Dolch in den Rücken gestoßen hat, er muss zu allem entschlossen gewesen sein. Er konnte nicht davon ausgehen, dass gleich der erste Stoß tödlich sein würde. Es hätte eine Rippe treffen können. Aber er fand genau die richtige, die tödliche Stelle!«

Sie sah die Szene wieder vor sich, wie vor wenigen Augenblicken der Mörder an ihr vorbeigehuscht war.

»Die Maske! Er hat eine Theatermaske getragen! Aber das muss nicht zwingend bedeuten, dass er auch zum Personal des Theaters gehört. Eine solche Maske kann sich jeder beschaffen.«

Sie suchte in ihrem Gedächtnis nach irgendwelchen Besonderheiten, die den Mörder kennzeichneten. Aber da war nichts. Nur die Maske. Nicht einmal seine Augen hatte sie gesehen. Oder doch? Sie dachte nach und schüttelte den Kopf. Es war alles im Bruchteil eines Augenblicks geschehen. »Er hat sich sehr schnell und sehr sicher bewegt. Und er war schlank. Ein kräftiger, schlanker Mann im Vollbesitz seiner Kräfte! Mitte oder Ende zwanzig – höchstens Anfang dreißig.«

Ihre Überlegungen wurden unterbrochen. Athenodoros kam, gefolgt von drei Männern, eilig die Treppe herunter. Zwei von ihnen trugen eine Bahre, der dritte war Parmenion. Unwillkürlich verglich sie seine Statur – groß und schlank – mit der des Täters. Unsinn! Es gab viele Männer dieses Alters mit ähnlicher Figur. Parmenion trug immer noch das Gewand der Medea. Seine Hände und Arme waren weiß gekalkt, wie es die Tragödie für die Frauenrolle seit jeher forderte. Der Mörder aber hatte keine Farbe an den Händen gehabt – daran erinnerte sie sich genau.

Parmenion, noch ganz außer Atem, wandte sich auf der Stelle dem Toten zu, beugte sich hinunter, betrachtete dessen Gesicht, schüttelte fassungslos den Kopf und stammelte: »Oh ihr Götter! Welch ein Verlust!« Und er strich dem Leblosen zärtlich über die Wange.

»Ihr habt euch gekannt?«, fragte Tillia so kühl, als sei es seit jeher ihre Aufgabe, Mordfälle zu klären.

Der Schauspieler reckte sich, schaute sie überrascht an

und wandte sich dann geradezu selbstherrlich an Athenodoros: »Wer, bitte, ist das?«

»Die Domina Tillia Capriola. Sie war wie ich Zeuge des Mordes.«

»Tillia Capriola?« Parmenion zwinkerte. »Bist du – ich meine, warst du nicht die – äh – die Gattin von Crescens, dem Wagenlenker?« Die Frage war beinahe unverschämt.

»So kann man es durchaus sehen, ja.«

Tillia wechselte einen schnellen Blick mit Athenodoros. Die Geschichte lag schon zwei Jahrzehnte zurück. Es war eine sehr leidenschaftliche Verbindung gewesen, bis Crescens vor neunzehn Jahren bei einem Pferderennen im Circus maximus tödlich verunglückte. Drei Tage später hatte Tillia eine Fehlgeburt erlitten; Athenodoros war damals der Arzt gewesen, der die lebensbedrohlichen Blutungen hatte stillen können.

Aus Athenodoros' Gesichtsausdruck schloss sie, dass er Parmenion auf Anhieb unsympathisch fand, nicht weil dieser schwul war – sie spürte es instinktiv –, sondern eitel, arrogant und aufdringlich.

»Man muss seinen Vater benachrichtigen«, sagte Tillia.

»Wie? – Ja, natürlich.« Der Schauspieler nickte mit abwesendem Gesichtsausdruck, reagierte aber nicht. Er schien nicht in der Lage zu sein irgendwelche Anordnungen zu treffen.

Das übernahm nun Tillia. Sie wandte sich an die beiden Sklaven: »Legt ihn auf die Bahre und bringt ihn ins Bühnenhaus!« Und zu Parmenion: »Du musst einen Boten schicken.«

»Einen Boten? Ja, natürlich.« Die Starre wich endlich von ihm und er half dabei, den Toten auf die Trage zu legen.

»Du kannst seinem Vater mitteilen, dass wir Zeugen des … des Geschehens waren. Ich meine, für den Fall, dass er Fragen hat.«

Parmenion war immer noch nicht ganz bei sich. »Ich danke euch«, sagte er schließlich. »Es tut mir Leid, dass ihr ...«

»Aber ich bitte dich«, meinte Athenodoros. Er betrachtete den Toten. »Der Dolch sollte freilich ...«

»Ich verstehe.« Parmenion schluckte und wandte sich ab. »Bitte, tu du es. Ich ... ich kann das nicht.«

Athenodoros beugte sich hinab und zog die Waffe mit einem Ruck aus dem Körper. Die Wunde blutete nicht mehr. Er wischte die Klinge an der ohnehin mit Blut bedeckten Toga ab.

»Willst du ihn an dich nehmen?«

»Bei den Göttern, nein!« Parmenion hob abwehrend beide Hände. »Behalt du ihn – oder wirf ihn in den Tiber! Was soll ich damit?«

Athenodoros schnitt mit dem scharfen Messer einen breiten Streifen von dem Tuch, mit dem sie den Leichnam bedeckt hatten, und wickelte den Dolch darin ein.

Ohne Verabschiedung machte sich der Schauspieler nun mit den Trägern auf den Weg, die Treppe hinauf zum nächsten Geschoss und von dort zum Ausgang, der in den Zuschauerraum führte.

Tillia starrte auf den roten Fleck auf der Stufe, griff nach Athenodoros' Hand und sagte leise: »Komm! Gehen wir! Ich will hier weg!«

Sie erreichten das Untergeschoss und wollten gerade den Gang verlassen, als Tillia stehen blieb. Sie trat zu einer Nische, die im Dunkeln lag, bückte sich und hob etwas auf.

Athenodoros kam hinzu und stutzte: »Die Maske!«

»Wenigstens etwas, Doro.«

»Und was sollen wir damit tun?«

»Ich werde sie an mich nehmen.«

»Und wozu?«

»Man kann nie wissen.«

»Willst du etwa auch den Dolch …?«

»Ja. Aber gib ihn mir erst, wenn wir zu Hause sind.«

Sie verbarg die Maske unter ihrer Palla. Dann traten sie nach draußen, ins helle Mittagslicht. Beide kamen sich wie befreit vor und atmeten tief durch.

Der Arzt winkte zwei Sänften heran und half Tillia beim Einsteigen.

»Zum Argiletum«, befahl sie.

»In Ordnung«, sagte einer der Träger. »Und wohin dort?«

»Kennst du das Siebengestirn?«

Der Bursche nickte.

»Genau gegenüber!«

Athenodoros stieg in die zweite Sänfte, die Träger hoben an und eilten davon.

II

Athenodoros würde nicht lange bei Tillia bleiben. Er hatte am Nachmittag noch Krankenbesuche zu erledigen. Da es sich um Angehörige adliger Familien handelte, konnte er nicht absagen, zumal sie, ohne mit der Wimper zu zucken, seine hohen Honorarforderungen akzeptierten.

Er musste Vorsorge für sein Alter treffen. Noch befand er sich im Vollbesitz seiner geistigen Kräfte, aber das konnte sich, wie er immer wieder bei seinen Patienten beobachtete, sehr schnell ändern. Er hatte sich auf die Behandlung von Hämorrhoiden spezialisiert, ein Leiden, von dem vor allem ältere Nobiles, die sich kaum bewegten und falsch ernährten, heimgesucht wurden. Die von Athenodoros zusammengestellten Salben und Tinkturen verschafften ihnen vorübergehend Linderung, in schlimmen Fällen griff er erfolgreich zum Messer. Und da die Betroffenen seine Kunst ihren Standesgenossen weiterempfahlen, hatte er über Mangel an zahlungskräftigen Patienten nicht zu klagen.

In den freien Stunden arbeitete Athenodoros an einem Lehrbuch über sein Spezialgebiet, um sein Wissen an jüngere Ärzte weiterzugeben. Er schrieb den Text auf Griechisch, denn obwohl er bereits seit Jahrzehnten in

Rom lebte und arbeitete und die Sprache im alltäglichen Gebrauch perfekt beherrschte, war er bei subtilen Formulierungen nicht immer in der Lage sie im Lateinischen adäquat wiederzugeben. Tillia hatte sich bereit erklärt, das Buch nach und nach für ihn ins Lateinische zu übersetzen.

Im Übrigen fühlte er sich für das Fortkommen seines Sohnes verantwortlich. Athenaios' Ausbildung kostete viel Geld. Der Zweiundzwanzigjährige hielt sich seit zwei Jahren in Athen auf, um sich an der Akademie den letzten Schliff zu holen; im nächsten Jahr sollte er nach Alexandria gehen und dort im Museion mit seiner immer noch prächtig ausgestatteten Bibliothek das in Athen Gelernte vertiefen. Wie der Vater würde er Arzt werden. Schon Athenodoros' Vater, Großvater und Urgroßvater waren diesem Beruf nachgegangen.

Niemals hätte Athenodoros eine finanzielle Unterstützung von Tillia – sie hatte es ihm einmal angeboten – in Anspruch genommen. Wenn sie beide auch seit nun fast zwanzig Jahren in einem eheähnlichen Verhältnis lebten, hielten sie ihre Finanzen getrennt. Er hatte auch keinen genauen Überblick über das Vermögen seiner Lebensgefährtin, er wusste nur, dass sie wohlhabend war.

Tillias Vater Tiberius Claudius Balbinus war ritterlicher Herkunft; er hatte in jungen Jahren mit Thais, einer sechzehnjährigen Freigelassenen der Familie, ein kurzes, leidenschaftliches Verhältnis gehabt, aus der eine Tochter hervorging; die Mutter war bei der Geburt gestorben.

Auf der Suche nach einer Amme stieß man auf die sechzehnjährige Tillia Cimbrilla, Tochter des Schauspielers und Kitharaspielers Lucius Tillius Cimber, die kurz nach der Geburt ihr Kind verloren hatte. Diese junge Frau wurde Tillias Ersatzmutter.

Tiberius Claudius Balbinus machte wenig später eine gute Partie: Er heiratete Lepida, eine Urenkelin jenes Marcus Aemilius Lepidus, der kurze Zeit zusammen mit Marcus Antonius und Octavianus das Triumvirat gebildet, sich dann aber ins Privatleben zurückgezogen hatte. Die Ehe blieb kinderlos. Lepida starb früh; ihr Vermögen fiel ihrem Gatten zu. Der legte es Gewinn bringend in überseeischen Handelsgeschäften an, gründete ein Transportunternehmen und arbeitete eng mit Flavius Sabinus, dem Vater des späteren Kaisers Vespasian zusammen. Unaufhaltsam machte Balbinus Karriere: Seine hervorragende Kenntnis der ägyptischen Verhältnisse prädestinierten ihn für das Amt des Präfekten der kaiserlichen Provinz, das er mehrere Jahre unter Nero bekleidete.

Dabei vergaß er aber nie sich um sein einziges Kind, Tillia, zu kümmern. Als sie heranwuchs, holte er sie fast täglich in sein Haus auf dem Caelius, um sie von den besten Lehrern in Lesen, Schreiben, Musizieren, Griechisch – und im Reiten unterrichten zu lassen. Wegen ihres ungestümen, quirligen Wesens nannte man sie *capreolus*, Böckchen, und so wurde schließlich die weibliche Form davon – Capriola – fester Bestandteil ihres Namens: Tillia Capriola. Sie wuchs zu einer ausgesprochenen Schönheit heran.

Ihr Leben spielte sich sozusagen in zwei Welten ab: Tillius Cimber trat im Mimus und in Komödien auf, spielte meist den komischen Alten und hatte unter den kleinen Leuten sein Stammpublikum. Für tragische Rollen reichte es nicht. Das störte ihn wenig, da die Tragödie von den drei großen Bühnen der Stadt – den Theatern des Pompeius, Balbus und Marcellus – mehr und mehr verschwand. Durch ihn bekam Tillia Zugang zu der schillernden Welt des Theaters. Sie war nicht nur dabei, wenn ihr Pflegegroßvater neue Rollen lernte – und konnte bald selbst ganze Passagen davon auswendig –, er nahm sie auch oft zu den Proben mit. So hörte und sah Tillia schon als ganz junges Mädchen vieles, was sie über ihr Alter hinaus reif und verständig werden ließ. Zur selben Zeit ging sie aber auch im Hause ihres wohlhabenden und einflussreichen leiblichen Vaters ein und aus und bekam dort geistige Nahrung für ihre angeborene Intelligenz und Neugier. Im Argiletum galt sie als etwas ganz Besonderes und man hatte Verständnis dafür, dass sie keinerlei Interesse an Männern zeigte.

Bis zu dem Tag, an dem sie Crescens kennen lernte, den siegreichen Wagenlenker, von dem damals die ganze Stadt sprach. Er war nicht nur überaus erfolgreich, sondern sah zudem auch glänzend aus; Frauen jeden Alters und Standes liefen ihm nach. Von einem Tag auf den anderen hatte dieser alle Kontakte zu seinen bisherigen Gespielinnen abgebrochen und nur noch Augen für Tillia gehabt. Solch eine Frau war ihm noch nicht untergekommen: schön, gebildet – und temperamentvoll. Und obendrein verstand sie auch noch etwas von Pferden!

Die Zwanzigjährige erwiderte seine Liebe ebenso heftig. Kurz darauf informierte sie den Vater beiläufig, dass sie vorhabe in eine eigene Wohnung – die ihr Crescens gemietet hatte – umzuziehen. Balbinus kannte seine Tochter zu gut, als dass er versucht hätte etwas dagegen einzuwenden. Er stellte ihr vielmehr Mittel zur Verfügung, damit sie sich geschmackvoll einrichten konnte. Außerdem ordnete er zwei Sklaven seines Gesindes ab, die sich um das leibliche Wohl ihrer neuen Herrin kümmern würden.

Dabei handelte es sich um ein Paar, das seit Jahren zusammenlebte, ohne dass aus der Verbindung Kinder hervorgegangen waren – andernfalls hätte der in diesen Dingen kühl rechnende Claudius Balbinus sie auch nicht ziehen lassen. Melitta, eine hagere, hölzerne und vollkommen humorlose Person, hatte fortan in der Küche das Sagen. Sie war sehr fleißig und zuverlässig, um nicht zu sagen pingelig, denn sie hatte an allem, was ihr einige

Jahre älterer Partner Chrysostomos dachte, sagte, tat oder ließ, etwas auszusetzen. Chrysostomos war gutmütig bis zur Trotteligkeit, bei seinen Tätigkeiten langsam, aber sehr genau und rettete sich, wenn ihn die Gefährtin zu streng behandelte, gern in den Wein.

Am Tage ihres Einzugs zog Tillia nüchtern den Schluss, dass sie von nun an für sich selbst verantwortlich sei. Und das wollte für eine junge Frau in Rom etwas bedeuten!

Das Haus lag unmittelbar gegenüber dem Siebengestirn. Dieses Gebäude unterschied sich von den anderen rechts und links daneben nicht nur durch die breitere Front, sondern auch durch seinen Zustand. Der Besitzer schien großen Wert auf ein properes Äußeres zu legen. Sowohl der Sockel als auch die oberen Partien waren frisch gestrichen: der Sockel in dem dunklen Rotbraun des Ochsenblutes, an dem der hochspritzende Straßendreck nicht haften blieb, die oberen Stockwerke in einem hellen Ocker. Die Fensternischen waren dunkler abgesetzt. An keiner Stelle bröckelte Putz von der Mauer.

Crescens hatte seine Beziehungen spielen lassen und die Wohnung im dritten Stock des Hauses angemietet: vier Zimmer mit Balkon zur Straße, eine Küche mit Abstellkammer. Die Räume besaßen große, mit Glasscheiben ausgestattete Fenster, sodass Tillia in beide Straßen, den Clivus Suburanus wie den Vicus Patricius, blicken konnte. Rechts und links vom Haupteingang gab es einen Schuhmacherladen und ein Möbelgeschäft. Beide gehörten zur gehobenen Klasse. Aulus Firmius stellte kostbare Truhen und Betten her, die sich gut verkauften. Iulius Primosus hatte sich auf bequemes Schuhwerk spezialisiert. Die übrigen Mieter des Hauses blieben ihr zunächst unbekannt, zumal sie schon oft nach kurzer Zeit wieder auszogen. Anscheinend war die Miete zu hoch.

Das Argiletum war die Welt, in der Tillia sich zu Hause fühlte. Eigentlich handelte es sich dabei nur um eine recht kurze Straße von einer Drittelmeile Länge. Sie begann an der Rückseite der Curia beim Forum, verlief geradeaus in östlicher Richtung bis zu der Stelle, wo sie sich in den Vicus Patricius und den Clivus Suburanus gabelte. Aber diese nur sieben- bis achthundert Schritt lange Strecke hatte es in sich. Sie lag mitten in der City, in unmittelbarer Nähe des Forums. Rechts und links zweigten Gassen ab und im Laufe der Zeit hatte man den Namen Argiletum auf das ganze Viertel übertragen.

Hier schlug das Herz der Millionenstadt Rom. Hier pulsierte von Sonnenauf- bis Sonnenuntergang geschäftiges, lautes Leben. Laden reihte sich hier an Laden, Werkstatt an Werkstatt. Da waren Waffen- und Messerschmiede, Sandalen- und Schuhmacher, Leinwandhändler, Wollspinner, Sockenfabrikanten, Spediteure, Brot- und Kuchenbäcker, Feinkosthändler, Fleischer, Seiler, Korbmacher und Barbiere. Und dazwischen gab es immer wieder Gaststätten, Speiselokale und Imbiss-Stuben. Gleich nach Sonnenaufgang waren Hausfrauen mit eiligen Schritten unterwegs, um möglichst früh ihre Tageseinkäufe hinter sich zu bringen, ehe das Gedränge der Käufer, Passanten, Bettler, Kinder, Flaneure und Fremden in den Kolonnaden und auf der Straße einsetzte. Damen der besseren Familien von den benachbarten Hügeln des Viminal, Cispius und Quirinal schickten ihre Sklaven oder ließen sich von ihnen begleiten und die erworbenen Artikel nach Hause tragen. Wenn dann im Laufe des Vormittags noch Lastenträger, Fuhrwerke, Karren, Eseltreiber, Scharen von Kindern, streunende Hunde und Horden von Bettlern dazukamen, wurde das Gedränge schon bedrohlich.

Und der Lärm! Da wurde gehämmert, geschmiedet, gefeilt, gesägt und genietet. Aus den Wollspinnereien und Webereien ertönte in regelmäßigem Rhythmus das harte hölzerne Klacken der Webstühle. Ein Schuhmacher brüllte seinen Sklaven an und gab ihm eine Ohrfeige. Bei einem Schmied wurde das Schloss eines eisernen Gartentors repariert, bei einem Wagner der große Eisenring auf ein hölzernes Rad gehämmert. Ein Ausrufer war unterwegs, schlug die Trommel und machte mit aberwitzigem Geschrei auf eine Versteigerung aufmerksam. Bei einem Barbier schrie ein Kunde verzweifelt auf, als ihm der Meister mit einem Ruck den eitrigen Backenzahn zog. Drum herum eine Gruppe faszinierter Zuschauer, welche die Prozedur erschauernd und doch mit Kennermiene verfolgten und beredt kommentierten. Zehn Schritte weiter eine handfeste Prügelei zwischen Halbwüchsigen – es ging um ein Mädchen. Diebe nutzten geschickt die Gelegenheit, um einigen zuschauenden Passanten flink in den Einkaufskorb zu greifen oder die Umhängetasche von der Schulter zu reißen. Ehe die Bestohlenen es sich versahen, waren die Gauner mit der Beute schon im Gedränge verschwunden.

Aus den Mietwohnungen in den Obergeschossen der bis zu fünf Stockwerken hohen Häuser ertönte das Geschrei von Kindern, das Keifen von Frauen, das Brüllen von Männern. Gegenüber betrachteten Matronen mit aufgestütztem Doppelkinn vom offenen Fenster aus das Treiben und gaben ihre mäkelnden Kommentare ab zu dem, was sie sahen und hörten.

Die Bettler hatten ihre angestammten Stand- und Sitzplätze oder machten sich mit Mitleid heischenden Gebärden an betuchte Fremde heran. Im Schatten der Kolonnade küsste sich ein verliebtes Paar und prompt rümpften die Matronen in den Fenstern die Nase und ließen eine Schimpfkaskade über den völligen Verfall der Sitten vom Stapel. Ein stadtbekannter Gladiator stolzierte wie ein Pfau durch die Menge und manch junge

Römerin folgte ihm bewundernd mit den Augen, während Männer mittleren Alters ihn mit eher scheelen Blicken bedachten. Ein glatzköpfiger Senator wurde in offener Sänfte vorbeigetragen, bei ihm eine große Schar von Klienten. Ein riesiger Sklave schritt voraus, drängte mit einem Stock die Passanten rabiat zur Seite und rief in einem fort: »Platz dem edlen Fabius Maximus! Platz dem edlen Maximus!«

Das war Tillia Capriolas Welt. Hier wollte sie bleiben – erst recht nach dem Unfalltod von Crescens. Da er keine Verwandten hatte, war Tillia von ihm testamentarisch zur Alleinerbin seines Vermögens bestimmt worden. Sie hatte den größten Teil des Geldes klug angelegt: bei zwei Bauunternehmern, in einer Reederei, in verschiedenen Handelsgeschäften, als stille Teilhaberin einer Bank und in Grundstücken. Das Landhaus bei Tusculum hatte sie behalten und pflegte dort den Sommer zusammen mit Athenodoros zu verbringen. Der Ablauf ihrer Tage hatte sich nach dem Tod von Crescens kaum geändert. Sie pflegte nach wie vor ihre Kontakte zu den Rennställen, kannte die Stärken und Schwächen von Pferden und Fahrern, ließ sich kein Rennen im Circus entgehen und konnte sehr gut die Erfolgschancen eines Gespanns einschätzen. Ihr Urteil galt etwas in Fachkreisen. Die von ihr vorausgesagte Platzierung traf am Ende eines Rennens oft ein.

Wurde sie auch durch ihre geschäftlichen Verbindungen, die immer wieder mutige Entscheidungen forderten, in Atem gehalten, so kümmerte sie sich doch im Privaten um einige Menschen, deren Wohlergehen ihr am Herzen lag. Neben dem Vater – jetzt vierundsiebzig Jahre alt, er kränkelte oft und litt an zunehmender Schwerhörigkeit – waren dies Cimbrilla und deren Familie, einige Bettler, die sie mit regelmäßigen Zuwendungen bedachte, und ein junger Mann, dem Kenner der literarischen Szene eine große Zukunft voraussagten: Decimus Iunius Iuvenalis. Er war sechzehn, stammte aus Aquinum in Kampanien und schlug sich zurzeit als Deklamator auf Privatveranstaltungen durch.

III

In der Wohnung angekommen, ließ sich Tillia in der Küche mit einem Seufzer auf der Bank beim Fenster nieder. Sie legte die Maske vor sich auf den Tisch und betrachtete sie.

»Ganz klar eine Theatermaske, Doro!«

Athenodoros nickte. Er blieb am Tisch stehen und sah auf sie herab.

Tillia blickte hoch: »Hast du Hunger?«

»Nein, mir ist der Appetit vergangen.«

»Melitta und Chrysostomos haben heute Ausgang. Ich könnte dir im Siebengestirn etwas holen.«

»Danke. Es ist wirklich nicht nötig. Aber ich könnte dir, wenn du …?«

»Davor sei Apollo! Ich habe wieder zugenommen. Ich lasse mir heute Abend einen gemischten Salat bringen.«

»Wie du meinst.«

Sie starrten beide auf die Maske.

»Wie gefällt dir eigentlich Parmenion?«, fragte sie.

»Nun, als Schauspieler gut.«

»Und sonst?«

»Ich kenne ihn zu wenig. Das heißt, eigentlich überhaupt nicht.«

»Aber er kannte offenbar Antonius Primus! Und zwar sehr gut!« Es klang fast wie ein Vorwurf.

»Warum sollte er ihn nicht kennen?«, meinte Athenodoros. »Aus den wenigen Sätzen, die Primus nach der Vorstellung von sich gegeben hat, ist doch abzuleiten, dass er ein Liebhaber des Theaters, insbesondere der Tragödie, ist – ich meine, war.«

»Gut, gut, aber hast du vergessen, wie betroffen Parmenion war, als er den Toten sah? Wie zärtlich er ihn berührte? Ich denke, dass die beiden vertraut, sehr vertraut miteinander waren! Oder wie siehst du das?«

»Nun ja, schon, aber du solltest daraus nicht unbedingt Folgerungen in eine gewisse Richtung ziehen. Die jungen Leute von heute zeigen wieder mehr Gefühl. Die beiden waren sicherlich gut befreundet.«

»Na, ich weiß nicht.« Sie zwinkerte, wie immer, wenn sie konzentriert nachdachte. »Doro …«

»Ja?«

»Warum hat der Mörder diese Maske aufgesetzt?«

»Weil er nicht erkannt werden wollte.«

»Ja, sicher, aber er hätte sich doch auch ein Tuch vors Gesicht binden können!«

»Eine Maske ist besser.«

Sie stand auf, ging einige Schritte auf und ab, blieb vor ihm stehen und sagte: »Es sei denn, er wollte den Verdacht in eine bestimmte Richtung lenken.«

»Du meinst: Es sollte so aussehen, als ob jemand aus dem Ensemble den Mord begangen habe?«

»Genau das!«

»Aber Tillia! Das ist doch wohl zu einfach.«

»Wieso? Ich versuche nur logisch zu denken: Ein Mord ist geschehen. Wir beide waren Zeugen der Tat. Der Mörder trug eine Theatermaske. Wenn nicht wir, dann wären andere aus dem Publikum zufällig Zeugen der Tat geworden. In jedem Fall wollte er den Eindruck erwecken, jemand von der Truppe stecke dahinter. Dafür spricht auch, dass er die Maske geradezu demonstrativ im unteren Gang abgelegt hat.«

»Wo sollte er sie denn sonst hintun? Er musste das Theater am hellichten Tag verlassen!«

»Er hätte sie, so wie ich, unter dem Gewand verstecken können.«

»Wohl kaum. Er trug nur eine Tunika.«

Sie zwinkerte. »Gut, dann hätte er sie zusammendrücken und in der Hand tragen können, ohne dass es jemandem aufgefallen wäre. Nein, er hat das mit der Maske überlegt geplant. – Wo hast du den Dolch?«

Athenodoros entfernte den Stoffstreifen, legte ihn auf den Tisch und die Waffe darauf: »Das ist jedenfalls kein Theaterdolch mit versenkbarer Klinge, wie ihn Parmenion als Medea benutzt hat. Diese Waffe hier kannst du bei jedem Messerschmied kaufen.«

»Das wird sich feststellen lassen.«

»Aber Lunula!« Er gebrauchte diesen Kosenamen immer, wenn er besorgt war, sie könne temperamentvoll über das Ziel hinausschießen. Es war die Verkleinerungsform von Luna. Sie trug oft ein Medaillon am Hals, auf dem eine gebogene Mondsichel dargestellt war. Er hatte es ihr vor Jahren geschenkt.

»Du willst doch nicht etwa …« Er sah sie an. »Erstens geht die Sache uns nichts an, zweitens …«

»Und ob sie mich was angeht, Doro! Direkt vor meinen Augen ist ein junger Mann mit diesem Dolch hier ermordet worden! Noch dazu der Sohn von Antonius Primus!«

»… zweitens«, fuhr er ungerührt fort, »dürfte der Mörder nicht zögern jeden, der den Hintergründen des Verbrechens auf die Spur kommen will, genauso kaltblütig in den Hades zu befördern. Ich darf dich in diesem Zusammenhang darauf hinweisen, nicht wahr, dass er uns ganz genau gesehen haben muss und also in der Lage ist uns jederzeit wieder zu erkennen. Lass die Finger davon!«

»Die Finger – ja, aber ich werde darüber nachdenken.«

»Dein gutes Recht. Aber dabei muss es bleiben.«

»Abwarten.«

Athenodoros seufzte. »Ich muss jetzt ... Was tust du heute noch?«

»Nach Balbinus schauen. Ob seine Erkältung besser ist. Wenn nicht, musst du dich um ihn kümmern.«

»In Ordnung. Sag mir Bescheid. Er soll sich warm halten. Das wechselhafte Wetter im April ist gefährlich. Vor dem Zubettgehen einen heißen Wein!«

Sie begleitete ihn zur Tür und gab ihm einen Kuss. Er hob den Zeigefinger: »Mach keine Dummheiten, Lunula! Du wirst noch gebraucht.«

»Natürlich. Du auch.«

Tillia schob ihn ins Treppenhaus, warf ihm noch ein Küsschen zu, schloss die Wohnungstür und legte beide Riegel vor. Sie war müde. Trotzdem überlegte sie, ob sie sich den Salat nicht doch schon jetzt holen sollte. Sie wog ab, was ihr im Augenblick genehmer sein könnte: eine erfrischende Salatplatte oder die Aussicht sich entspannt ins Bett zu legen und eine Stunde zu schlafen. Die Medea war anstrengend gewesen. Und dann dieser Mord! Am helllichten Tag! Unmittelbar neben ihr!

»Oh ihr Götter. Wie furchtbar!«

Trotzdem hätte sie jetzt gern etwas gegessen. Aber die Müdigkeit war stärker.

Sie seufzte, ging in die Küche und betrachtete die Mordwaffe. Klinge und Scheide wiesen keine Besonderheiten auf, aus denen man auf einen bestimmten Besitzer schließen konnte. Sie wickelte den Dolch in das Tuch, nahm auch die Maske, ging ins Tablinum und legte die Gegenstände an einen freien Platz im Bücherregal. Sie würde der Sache nachgehen. Wie, das wusste sie jetzt noch nicht. Es eilte nicht.

Danach trat sie ins Schlafzimmer, legte ihre Festkleidung und den Schmuck ab, betrachtete mit erhobenen Armen kritisch ihren Körper im Spiegel – »Vier Pfund müssen runter, Tillia! Mindestens vier Pfund!« – und entfernte dann sorgfältig die Schminke. Anschließend cremte sie sich Gesicht, Hals, Brust, Arme und Hände mit einer Paste ein, die ihr Petronius, der teuerste Aromatarius Roms auf dem Marsfeld, empfohlen hatte, »um die Haut zu aktivieren«.

Athenodoros hielt nicht viel von derlei Mitteln und nannte Leute wie Petronius die größten Betrüger unter der Sonne. »Ich kann dir eine Salbe mit Kamille mischen, die den gleichen Effekt hat: nämlich keinen!« Sie ließ sich dadurch nicht beirren, weil sie an den Aromatarius glaubte. »Das verstehst du nicht, Doro, weil du keine Frau bist.« Er hatte zum Himmel geblickt, geseufzt und das Thema gewechselt.

Sie holte eine frische Tunika aus der Kleidertruhe, streifte sie über und legte sich aufs Bett. Noch einmal sah sie die Szene auf der Treppe vor sich, hörte den Schrei, sah den Mörder davonhasten. Von draußen, von der Straße her, drangen die vertrauten Geräusche ins Zimmer, jemand lachte, ein Zweiter fluchte, worauf der Erste noch lauter lachte. Ein Wagen fuhr ratternd vorbei. Gleich unter ihrem Fenster bellte hysterisch ein Hund. »Elender Kläffer!«, murmelte sie und schlief wenige Augenblicke später ein.

Am frühen Nachmittag verließ Tillia Capriola wieder die Wohnung. Ihre Aufmachung war nun entschieden dezenter als am Vormittag. Über der beigen Stola trug sie eine hellgrüne Palla, in jedem Ohr steckte nur eine kleine Perle; die Lippen, von Natur aus hellrot, entbehrten der

Schminke, das Augengrün war einem lichten Blauschatten gewichen, die Wangen nur leicht gepudert. Sie rief eine Sänfte herbei und gab als Ziel den Caelius an.

Tiberius Claudius Balbinus wohnte seit vielen Jahren am oberen Ende des Clivus Scauri, nahe bei der Porta Caelimontana. Der rückwärtige Garten des Anwesens grenzte an die Servianische Mauer. Da ihre Sklaven Ausgang hatten, wollte Tillia unbedingt vor Einbruch der Dunkelheit wieder zu Hause sein. Sollte es später werden, würde Balbinus ihr seine eigene Sänfte mit einer bewaffneten Eskorte zur Verfügung stellen. Trotz der Wachsamkeit der städtischen *vigiles* kam es immer wieder zu Überfällen in der Nacht. Keine Frau würde es wagen, am Abend allein durch die Stadt zu gehen, es sei denn, sie wäre eine Hure.

Schon nach einer knappen halben Stunde erreichte sie ihr Ziel.

Ioannes, der Hausmeister und Vorsteher des Gesindes, öffnete und machte eine angemessene Verbeugung. Balbinus hatte ihn zusammen mit seiner Frau Myriam aus der Beute des Jüdischen Krieges erworben. Während seiner Zeit in Ägypten hatte Balbinus sich nicht nur mit Geschichte, Kultur, Sprache und Schrift der Pharaonenzeit beschäftigt, sondern sich mit gleichem Interesse der jüdischen Religion zugewandt, deren radikaler Monotheismus ihn faszinierte. Die Zerstörung und Plünderung Jerusalems und des Tempels hatte er als barbarisch verurteilt. Mit dem klaren Blick des erfahrenen ehemaligen Statthalters der kaiserlichen Provinz Ägypten hatte er die Qualitäten des aus seiner Heimat verstoßenen Ehepaars erkannt und es bei einer Auktion erstanden. Unverzüglich schenkte er beiden die Freiheit und stellte ihnen frei das Land wieder zu verlassen, doch Ioannes und Myriam – er war neunundvierzig, sie einundvierzig Jahre alt – zogen es vor, im claudischen Hause auf dem Caelius zu bleiben. In die Heimat konnten sie nicht zurück. Ihr eigenes Haus war zerstört, das Vermögen konfisziert und im Krieg hatten sie ihren einzigen Sohn verloren. Claudius Balbinus behandelte sie mit Respekt und zahlte ihnen für ihre häuslichen Tätigkeiten ein Gehalt, das weit über dem in solchen Fällen üblichen lag.

»Wie geht es ihm?«, fragte Tillia, während sie durch den Flur ging. Es war stets dieselbe Frage an den vom Schicksal gebeutelten Mann, der eine sehr hohe Meinung von seinem Herrn hatte.

»Er hat lange geschlafen, Herrin.«

»Ioannes! Wie oft soll ich dir noch sagen, dass ich nicht deine Herrin bin.«

»Es kommt mir nur schwer über die Lippen, He… Ich meine: Tillia.«

»Na also, es geht doch. Hat er gegessen?«

»Ja, etwas. Aber wohl zu wenig. Vielleicht könntest du ihn veranlassen, dass er …«

»Ist er auf?«

»Ja.«

»Er sollte im Bett liegen!«

»Er bestand darauf zu arbeiten.«

»Zu arbeiten? Woran denn?«

»An einer Anthologie.«

»Eine …? Was für eine Anthologie?«

»Über die Tierwelt Ägyptens.«

Tillia schüttelte aufgebracht den Kopf und rief: »Hach, dieser Mann!«

Im Atrium wurde sie von Myriam herzlich begrüßt. Beide Frauen hatten sich schon immer gut verstanden. Myriam kümmerte sich so liebevoll um den alten Herrn, als sei es ihr eigener Vater.

Tillia fand ihn in seinem Arbeitszimmer im Obergeschoss. Er saß, in Decken und Kissen verpackt, im hochlehnigen Sessel an seinem Arbeitstisch. Von hier aus konnte er in den großen Garten blicken, der an seiner Rückseite von der Stadtmauer begrenzt wurde. Buchrollen lagen kreuz und quer auf der Platte. Er saß vornübergebeugt, in der Rechten einen Silberstift, und beschäftigte sich konzentriert mit der Zeichnung eines Tieres. Da er schwerhörig war, hatte er nicht bemerkt, dass Tillia den Raum zusammen mit Myriam betreten hatte. Erst als die beiden neben ihm standen, schaute er kurz hoch, widmete sich aber unverzüglich wieder seiner Arbeit. Mit feinen Strichen gestaltete er die Mähne eines Löwen, der über einer gerissenen Gazelle stand.

Tillia schaute ihm über die Schulter und erkannte eine Szene am Nil, auf der alle dort lebenden Wasser- und Landtiere in der für sie typischen Haltung dargestellt waren.

»Sehr schön, Papa! Wirklich! Aber es wäre besser, wenn du heute im Bett geblieben wärest!«

Obwohl er sie sehr gut verstanden hatte, hielt er die Linke ans Ohr und sagte: »Was meinst du?«

Tillia wechselte mit Myriam einen Blick und wiederholte ihren Tadel.

»Was soll ich im Bett? Ich fühle mich prächtig!« Er zeichnete weiter.

Und Tillia: »Gestern hattest du noch Fieber! Du übernimmst dich – wie immer!«

Die Mähne des Löwen wuchs Strich für Strich.

»Also bitte …« Sie hob resigniert die Hände. »Wenn du dich unbedingt ins Unglück stürzen willst. In deinem Alter.«

»Papperlapapp! Was heißt in meinem Alter, he? Asconius Pedianus ist dreiundachtzig! Und er geht noch in die Thermen!«

»Er hat aber auch keine Erkältung wie du!«

Balbinus zog grimmig einen letzten Strich, begutachtete das Ergebnis, nickte ostentativ und legte den Stift hin. »Hör zu, Mädchen: Wenn ich jetzt eine Pause mache, dann nur, weil es ohnehin Zeit zu ruhen ist. Auch dir könnte es nicht schaden, mittags zu schlafen.«

»Das habe ich bereits.«

»Gut, gut.« Er lehnte sich zurück. »Ich freue mich, dass du da bist – ich wollte ohnehin mit dir sprechen.«

Tillia nickte Myriam zu, und diese verließ mit einem verständnisvollen Lächeln den Raum.

Balbinus faltete die Hände, betrachtete sie eine Weile, legte sie übereinander, blickte in den Garten, räusperte sich umständlich und sagte schließlich: »Ich habe gehört, du willst das Haus, in dem du wohnst, kaufen.«

Tillia stutzte: Woher wusste er das nun schon wieder? Sie zog sich einen Stuhl heran, setzte sich und meinte beiläufig: »Nun ja, ich spiele mit dem Gedanken.«

»Aber es ist dir ernst!«

»Vielleicht.«

Er wandte sich ihr zu. Sie sah in das sensible Gesicht eines alten Mannes, das nicht nur von der fast schon überstandenen Krankheit gerötet war. Seit einigen Jahren musste sie mit ansehen, wie seine klaren hellblauen Augen sich trübten, die Lider sich röteten, der Mund schmaler und blasser wurde, die Alterswarzen an den Händen, an Stirn und Wangen zunahmen. Dennoch war dieses Antlitz dem ihren sehr ähnlich.

»Warum tust du das?«, fragte er. Seine Stimme hatte sich mit den Jahren kaum verändert. Sie klang in mittlerer Tonlage immer noch fest und klar.

»Weil …« Sie suchte nach Worten, um es ihm zu erklären. »Ich … ich muss an mein Alter denken!«

»Dein Alter? Das ist doch gesichert. Dieser, dieser Wagenlenker – wie hieß er noch?«

»Du meinst Crescens?«

»Wie?«

»Cres-cens!«

»Ja, Crescens.« Er nickte. »Dieser leichtsinnige Mensch, der ununterbrochen mit seinem Leben spielte, hat dir immerhin genügend Kapital vermacht, dass du dich auf jedem der sieben Hügel der Stadt niederlassen kannst! Warum denn nur dieses schrecklich ordinäre Mietshaus im Argiletum?«

Sie zupfte an seiner Decke herum und schüttelte ihm die Kissen im Rücken auf. »Papa, das verstehst du nicht.«

»Was soll ich nicht verstehen?«

»Ich bin da groß geworden. Ich bin zwar deine Tochter, aber auch ein Kind des Argiletums!«

»Jaja.« Er seufzte. »Meine einzige Tochter – ein Kind des Argiletums! Bist trotzdem ein gutes Mädchen, Tillia! Wie deine Mutter …« Er schien in Erinnerungen zu versinken. Dann hüstelte er und Tillia bestand darauf, dass er sich ins Bett lege.

»Ich werde Athenodoros bitten nach dir zu schauen.«

»Ist das dieser Mensch, der nichts Besseres zu tun hat, als anderen in den Hintern zu sehen?«

»Genau der.« Sie musste lachen. Balbinus hatte seinen trockenen Humor noch nicht verloren.

»Also da ist bei mir alles in Ordnung!«

»Umso besser. Er wird sich um deine Erkältung kümmern, Papa, um nichts anderes.«

Balbinus erhob sich mühsam, wobei er sich auf beiden Armlehnen des Sessels abstützte. Tillia griff dem Vater unter die Arme, legte ihm die Decke wie einen Mantel um die Schultern und geleitete den Alten in sein Schlafzimmer. Sie wusste, dass er sich gern von ihr umsorgen ließ.

Als er endlich im Bett lag, sagte sie: »Du hast bald Geburtstag.«

»So?«

»Ja. Was wünschst du dir?«

Er dachte nach und sagte nach einer Weile: »Wenn du gelegentlich den Asconius Pedianus triffst …«

»Ja …?«

»Er ist ja ein wandelndes Lexikon … Auch Pollius Valerianus, der Buchhändler, könnte mir helfen.«

»Worum geht's denn?«

»Es gibt da eine Schrift über die Quellen des Nils. Die Quellen des Nils! Mir ist der Autor entfallen. Wahrscheinlich ein früher Grieche. Sie haben sich ja für alles interessiert, auch für die Quellen des Nils. Wenn du da …«

»Ich kümmere mich darum.«

»Danke. Sag mal, wie alt werde ich eigentlich?«

»Vierundsiebzig!«

»So, so, vierund… Wie die Zeit ver… Dann bist du jetzt …?« Er zwinkerte und rechnete, wobei er stumm die Lippen bewegte.

»Dreiundfünfzig«, sagte sie.

»Auch schon. Wie die Zeit …« Er gähnte und zeigte dabei die unversehrten Reihen seiner Zähne.

Sie küsste ihren Vater auf beide Wangen, wickelte die Decke um seine Füße, wünschte ihm angenehme Ruhe und ging nach unten.

Dort teilte sie Myriam mit, dass Athenodoros morgen dem Kranken einen Besuch abstatten werde. Die Einladung zu einem kleinen Imbiss lehnte sie freundlich ab. Sie werde morgen oder übermorgen wieder nach dem Vater sehen.

Wieder im Argiletum, bestellte sie im Siebengestirn einen gemischten Salat mit Hühnerfleisch und kehrte in ihre Wohnung zurück.

IV

Am folgenden Morgen, es waren schon zwei Stunden seit Sonnenaufgang vergangen, widmete sich Tillia Capriola mit Hingabe ihrem Frühstück. Auf Anraten von Athenodoros hatte sie, was die Menge und Qualität der Speisen betraf, die erste Mahlzeit des Tages zu ihrer opulentesten gemacht.

»Schon die Alten …«, hatte der Freund ihr mit Kennermiene erklärt, wobei er die frühen griechischen Ärzte meinte, »schon die Alten wussten, nicht wahr, dass es durchaus ungesund ist, am Abend zu viel und zu gut zu essen. Du hast dann nämlich nicht nur einen unruhigen Schlaf und Alpträume, sondern – und das ist ja wohl dein eigentliches Anliegen, mein Täubchen – du wertest die Bestandteile der Nahrung während der Nachtruhe in einem Maße aus, das deinem Vorsatz, nämlich abzunehmen, absolut entgegengesetzt ist. Ich – äh – ich kann dir also nur dringend empfehlen abends möglichst wenig zu dir zu nehmen …«

Sie befolgte diesen Rat immer für eine gewisse Zeit und erstattete ihm stolz Bericht, wenn sie meinte, in vier, fünf Tagen zwei Pfund abgenommen zu haben. Er nahm dies jedes Mal mit einem liebevollen Lächeln zur Kenntnis, wusste er doch aus langjähriger Erfahrung, dass sie nicht lange durchhalten und dann tagelang schlemmen würde. Sie aß einfach zu gern!

Wie an jedem Morgen hatte Melitta den Tisch im Speisezimmer liebevoll gedeckt. In einem kleinen Weidenkörbchen lagen frische Semmeln aus der Backstube von Fannius Rufus; auf dem großen runden Holzbrett lockte ein köstlich duftender gallischer luftgetrockneter Schinken, von Melitta gekonnt in hauchdünne Scheiben geschnitten – er kostete das Fünffache eines römischen –, dazu gab es sizilianischen Räucherkäse, umbrische Dauerwurst und ein weich gekochtes Ei; in einer gläsernen Schale befanden sich scharf gewürzte Oliven, in Öl und Essig eingelegt.

»Melitta!«

»Herrin?« Sie schaute herein.

»Du hast den Pfeffer vergessen.«

»Oh, er ist ausgegangen.« Sie hielt schuldbewusst die Hand an die Lippen. »Ich werde sofort …«

»Nicht nötig, Melitta. Lass nur.« Tillia löffelte das Ei aus und tupfte sich den Mund mit der Serviette ab. »Wie war's denn gestern?«

»Och, das Übliche.«

»Na, das klingt aber nicht gerade erfreulich. Wo wart ihr denn?«

»Im Theater.«

»Doch nicht in der *Medea?*«

»Nein, wir waren im Marcellustheater.«

»Und? Was gab's?«

»Die *Schwestern* …«

»Etwa von Laberius?«

»Ja.«

»Aber das ist doch ein recht amüsantes Stück!«

»Ja-ja, aber was sie daraus gemacht haben!« Melitta setzte ihre Leichenbittermiene auf.

»Wie meinst du das?«

»Nun, Herrin, manchmal konnte man glauben sich in einem Bordell zu befinden. Verzeih, wenn ich das so offen sage.«

»In einem Bordell?« Tillia staunte. Das Wort war Melitta in zwei Jahrzehnten nicht über die Lippen gekommen.

»Ja, Herrin! Sie haben … In zwei Szenen haben sie sich nämlich ausgezogen!«

»Wie bitte? Wer hat sich ausgezogen?«

»Die Schwestern!«

»Die Schwestern?« Tillia zwinkerte. »Aber Melitta! Das steht doch nirgendwo im Text.« Sie kannte das Stück gut; vor dreißig Jahren hatte es Tillius Cimber mit großem Erfolg inszeniert.

»Eben!« Melitta schniefte und fuhr sich mit der Hand über die Nase.

Ihre Herrin seufzte und meinte: »Es ist weit gekommen, ja. In diesem Fall muss ich allerdings deiner Entrüstung beipflichten.«

Das kam selten genug vor. Sie sah die Szene geradezu vor sich: Der arme Chrysostomos, wie er sich gerade an den aufreizend sich entblößenden »Schwestern« ergötzen wollte, während neben ihm die unansehnliche und absolut unerotische Melitta protestierte und wahrscheinlich darauf bestand, das Theater auf der Stelle zu verlassen.

Tillia wurde in ihren Gedanken unterbrochen. Chrysostomos erschien in der Tür. Er machte einen ziemlich ramponierten Eindruck. Wahrscheinlich hatte er nach der Rückkehr an den häuslichen Herd vor Melittas sittlicher Entrüstung die Flucht ergriffen und sich mit Freunden im Siebengestirn voll laufen lassen.

»Was gibt es?«, fragte Tillia ihn freundlich, denn es tat ihr immer wieder Leid, dass er gerade mit dieser Gefährtin geschlagen war.

»Da is 'n Bote«, nuschelte er. Er war offensichtlich noch nicht ganz nüchtern und stierte schlaftrunken vor sich auf den Boden.

»Ein Bote? Was will er denn?«

»Du solls' mitkommen.«

»Und wohin?«

»In den Palast!«

Tillia horchte auf: »In wessen Palast?«

»Vom Kaiser.« Er sagte das so gelangweilt, als handele es sich um die selbstverständlichste Sache der Welt.

»Hast du auch richtig gehört?« Tillia sprach unwillkürlich schärfer und lauter.

Melitta, die sehr wohl registrierte, dass ihre Herrin über Chrysostomos' Zustand im Bilde war, wollte ihn schon scharf zurechtweisen, als im Türrahmen ein prächtig gekleideter Herold erschien, sich tief verbeugte und erklärte: »Ich suche die Herrin Tillia Capriola.«

Tillia erkannte sofort, dass es sich in der Tat um einen kaiserlichen Boten handelte, und antwortete nun freundlich: »Da brauchst du nicht lange zu suchen. Ich bin es.«

Nach einer erneuten Verbeugung hieß es: »Ich habe Auftrag dich unverzüglich in den Palast zu bringen.«

Tillia erhob sich und fixierte den Boten: »Wer schickt dich?«

»Die Herrin Caenis.«

»Caenis?« Tillia hob die rechte Augenbraue.

»So ist es. Die Sänfte steht unten bereit.«

Sie fasste sich wieder. »Gut. Wenn du bitte eine Viertelstunde warten würdest. Ich muss mich noch ankleiden.«

»Sehr wohl, Herrin!«

»Chrysostomos!«

»Herrin?«

»Führe den Boten ins Tablinum und biete ihm etwas an.«

»Danke«, erwiderte dieser, »das ist nicht nötig.«

»Na gut. – Melitta! Komm, hilf mir!« Sie eilte ins Schlafzimmer, setzte sich auf den Hocker vor den Spiegel und befahl: »Die Haare! Gute Göttin! So kann ich doch nicht in den Palast gehen!«

Sofort machte sich die Bedienstete an die Arbeit, löste das Haar, kämmte und steckte es hoch.

»Willst du nicht lieber eine Perücke aufsetzen, Herrin?«

Tillia schüttelte energisch den Kopf: »Nein. Sie trägt auch keine! Das wäre albern.«

»Und welche ... welche Farben möchtest du?«

»Was meinst du?«

Melitta schlug eine weiße Tunika, eine hellgrüne Stola und eine ockerfarbene Palla vor. Tillia nickte zustimmend. »Gut, gut. Dann beeil dich, Mädchen!«

Als Tillia eine Viertelstunde später aus dem Haus trat, musste sie an Primosus vorbei, der gerade mit einem Kunden bei einem der Schuhregale stand und ihm mit beredten Worten ein Paar Stiefel anpries.

Als er sie sah, stutzte er und meinte: »Salve, Tillia! Schon so früh unterwegs?«

»So ist es.« Sie hatte keine Lust mit dem geschwätzigen Schuhmacher zu plaudern.

Doch er sprach weiter, wies auf die Straße, wo sich eine Traube von Menschen um einen Tragstuhl drängte, und erklärte bedeutungsvoll: »Eine kaiserliche Sänfte!«

»Ach ...«, meinte sie beiläufig. »Ich hätte sie etwas später bestellen sollen. Die Leute sind immer so furchtbar pünktlich!«

Und zielsicher zwängte sie sich durch die Menge und ließ sich mit einem Seufzer im Innern des Transportmittels nieder.

Fassungslos verfolgte Primosus, wie sich der kaiserliche Herold tief vor Tillia verneigte, dann herrisch die Straße freiräumte und den vier Trägern das Zeichen zum Aufbruch gab.

Eine Viertelstunde später würde die ganze Nachbarschaft wissen, dass Tillia Capriola auf dem Weg in den kaiserlichen Palast war.

Tillia ließ die Vorhänge herunter und dachte angestrengt nach: Welchen Grund konnte Caenis haben sie schon so früh zu sich zu bitten? Gewiss wollte sie nicht mit ihr plaudern. Sie kannten sich seit vierundzwanzig Jahren. Damals war Caenis' Herrin, die jüngere Antonia gestorben. Diese hatte Caenis an ihre Enkelin, die jüngere Agrippina, vererbt. In deren Haushalt rückte Caenis binnen kurzem an die Spitze des weiblichen Personals. Sie kümmerte sich mit Hingabe um den bald darauf geborenen Nero und Agrippina schenkte ihr schon im folgenden Jahr die Freiheit. Aber Caenis blieb bei der Familie, und als Agrippina zur kaiserlichen Gemahlin von Claudius aufstieg, war ihr auch der Thronerbe Britannicus, der Sohn der Messalina, anvertraut worden. Ihre Stellung und ihr Einfluss wuchsen.

In jenen Jahren lebte auch der junge Titus, der erstgeborene Sohn eines gewissen Flavius Vespasianus, längere Zeit im Palast und wurde von Caenis mit der gleichen liebevollen Zuneigung behandelt wie die beiden kaiserlichen Prinzen. Bis heute rätselte Tillia, wer Agrippina und Claudius zu diesem Zugeständnis bewogen haben mochte. Sie vermutete, dass der allmächtige Freigelassene Narcissus, der als *ab epistulis* für die Bittschriften zuständig war, hier seine Hand im Spiel gehabt hatte. Narcissus war mit Vespasian befreundet. In jenen Jahren musste Caenis es auch verstanden haben, den geradlinigen, pflichtbewussten und nüchtern denkenden General Vespasian für sich einzunehmen, denn bald hatte er sie zu seiner Geliebten gemacht.

Vespasian war kein Mann leidenschaftlicher Gefühlsausbrüche, aber ungemein ehrgeizig – schon damals. »Erst recht damals«, murmelte Tillia und nickte energisch. »Pah! Er stammt aus sehr kleinen Verhältnissen. Sein Vater war Steuereintreiber ... Steuereintreiber! Nicht zu fassen!«

Nüchtern hatte Vespasian seine Umwelt beobachtet, stets darauf bedacht, im richtigen Augenblick die nächste Stufe nach oben zu nehmen. Sicher war Caenis überaus reizvoll und charmant, hatte makellose Haut und eine gute Figur und ihre großen schwarzen Augen schienen alle Geheimnisse der Welt zu kennen. Aber das alles hätte kaum ausgereicht, um den raubeinigen General auf Dauer zu fesseln. Nein, Vespasian musste wohl instinktiv gespürt haben, dass sich hier eine Frau im Besitz einer Sache befand, die für seinen weiteren Aufstieg von geradezu fundamentaler Bedeutung war: Caenis verfügte über Herrschaftswissen!

Sie hat sie alle erlebt, die Julier, die Claudier, dann Nero. Oh ihr Götter, was für Menschen!, dachte Tillia. Was hatte sie wohl alles mit ansehen müssen! Nichts als Mord und Gewalt! Tiberius erstickt. Caligula erdolcht. Claudius vergiftet. Britannicus auch – mit vierzehn! Dann Neros Mutter. Zum Schluss Nero selbst. Und Caenis immer mittendrin. Dazu im Hintergrund Vespasian, von dem damals niemand ahnen konnte, dass er einmal als IMPERATOR CAESAR VESPASIANUS AUGUSTUS zum Begründer einer neuen Dynastie werden würde.

Nach dem frühen Tode seiner Gattin Flavia Domitilla hatte er dann Caenis zu sich geholt. Sie nahm in seinem Hause fast die Stelle einer rechtmäßigen Ehefrau ein, und das war auch so geblieben, als Vespasian Kaiser geworden und aus der Unterstadt in die Domus Tiberiana, den Palast des Tiberius, gezogen war. Caenis wurde seine klügste und beste Ratgeberin.

»Eigentlich unglaublich!«, murmelte Tillia vor sich hin. Und je länger sie nachdachte, desto klarer wurde ihr noch etwas anderes: dass nämlich Caenis und sie einiges gemeinsam hatten. Beide waren sie als Frauen, so weit das in dem von Männern beherrschten Rom überhaupt möglich war, selbstständig und wirtschaftlich unabhängig. Vor allem dank der umfassenden Bildung, die jeder zuteil geworden war, und dank der Tatsache, dass sie klug gewartet hatten, bis ihnen der richtige Mann über den Weg lief. So war es kein Wunder, dass sich beide, als sie sich eines Tages kennen lernten, sofort sympathisch fanden und sie seitdem eine lose Freundschaft pflegten.

Die Sänfte passierte die Basilica Aemilia, den Tempel des vergöttlichten Caesar, dann das Haus der Vestalinnen und schwenkte nach zweihundert Schritt rechts auf den Clivus Palatinus ein, der steil ansteigend das Plateau des Hügels erreichte. Oben wandten sich die Träger wieder nach rechts, näherten sich der prächtigen Säulenhalle, die Nero vor den Palast des Tiberius hatte setzen lassen, passierten das Tor und hielten in einem Innenhof an. Der Herold war Tillia beim Aussteigen behilflich; dann bat er sie ihm zu folgen.

Es war das erste Mal, dass Tillia Caenis im Palast besuchte. Zu Zeiten Neros hatten sie sich in Vespasians Haus in der Stadt getroffen. Caenis war auch schon des Öfteren zu Gast auf Tillias Landgut bei Tusculum gewesen und mehrere Tage geblieben, wenn sich der Kaiser für längere Zeit außer Landes aufhielt.

Aber weshalb hatte Caenis sie heute zu sich in den Palast bestellt? Sie musste dafür gewichtige Gründe haben. Die Sendung der kaiserlichen Sänfte so früh am Morgen ließ auf den offiziellen Charakter einer Angelegenheit schließen, die offenbar keinen Aufschub duldete.

Der Herold führte Tillia in jenen Trakt der Palastanlage, den Caligula an der Nordwestecke des Geländes hatte anbauen lassen. Er war einer Kaiserin würdig.

Das Personal schien informiert zu sein, denn der Herold reichte sie an einen Kammerdiener weiter, der Tillia unverzüglich in ein großes Empfangszimmer geleitete und nach einer tiefen Verbeugung erklärte, die Herrin Caenis werde in Kürze erscheinen.

Neugierig blickte sich Tillia um. Klare Linien und Formen und dezente Farben bestimmten die Einrichtung des Raumes. Von der übertriebenen Prachtentfaltung des Tiberiusnachfolgers war kaum etwas übrig geblieben. Caenis hatte alle gekünstelten Schnörkel und Verzierungen entfernen lassen.

Schaudernd erinnerte sich Tillia an die Gerüchte, die vor fünfunddreißig Jahren in der Stadt umgegangen waren: Hierher hatte Caligula einst Besucher zur »Audienz« befohlen. Zitternd vor Angst hatten sie auf das Erscheinen des vollkommen unberechenbaren Herrschers gewartet, konnten doch seine ironischen Plaudereien jederzeit in zynische Brutalität umschlagen und mit einem Todesurteil für den Besucher enden.

»Liebe Freundin!« Die Stimme von Caenis riss sie aus ihren Gedanken. Sie hatte durch eine Seitentür leise den Raum betreten. Nun ging sie auf Tillia zu, umarmte sie und fuhr im gleichen freundlichen Ton fort: »Ich bin dir sehr dankbar, dass du meiner Bitte entsprochen hast und so schnell gekommen bist.«

Und Tillia: »Dein Wunsch war mir Befehl!«

»Nicht doch! Ich bin nicht die Kaiserin.«

»Aber beinahe.« Tillia lächelte wissend.

Caenis nahm sie vertraulich am Arm und wurde unvermittelt ernst: »Komm! Ich möchte ungestört mit dir reden – ohne Lauscher.«

Tillia folgte der Freundin in einen Nebenraum, dessen Fenster auf einen großen Innenhof gingen. Auch hier kein übertriebener Prunk, nur eine Sitzgruppe. In einer Ecke stand sogar ein Webstuhl. Caenis bemerkte den erstaunten Blick Tillias und erklärte: »Ich halte es damit wie meine erste Herrin, die kluge Antonia. Auch sie saß jeden Abend wohl eine Stunde am Webstuhl. Es ist übrigens der ihrige.«

Interessiert warf Tillia einen Blick auf das Gewebe, eine Stoffbahn aus sehr fein gesponnener Wolle: Dunkelrote, leuchtend grüne und blassgelbe Streifen verschiedener Breite bildeten reizvolle quadratische Muster und Felder.

»Es wird ein warmer Umhang«, erläuterte Caenis. »An kühlen Abenden fröstelt er leicht. Und er liebt diese Muster. Er hat sie vor Jahren während seines Kommandos in Britannien kennen gelernt.« Caenis strich über das bereits fertige Gewebe. »Wahrscheinlich werde ich ihn innen mit roter Seide füttern.«

»Mit roter Seide?«, fragte Tillia erstaunt.

»Ja. Ich habe eine Lieferung in verschiedenen Farben aus dem Osten erhalten.« Sie wies auf einen Stapel Stoffrollen auf einem Tisch neben dem Webstuhl. »Die Seide kommt aus dem fernen Lande Sina am östlichen Rand der Welt; Titus hat sie mir beschafft. Er verfügt über alte Kontakte zu Kaufleuten aus Syrien, die sie wiederum über Händler aus Persien und Indien beziehen. Ich würde dir gerne ein Stück davon schenken, Tillia. Welche Farbe bevorzugst du?«

Tillia ging hinüber zum Tisch, befühlte mit Daumen und Zeigefinger vorsichtig das hauchdünne Gewebe und seufzte: »Wunderbar! Einfach wunderbar! Da kann ich nicht nein sagen. Du weißt ja, ich liebe dieses dunkle Blaugrün besonders.«

»Es steht dir auch gut. Weil du blaue Augen hast. Ich werde dir davon so viel schicken, dass du dir eine Palla oder was auch immer daraus machen lassen kannst. Ist Sextius Paullus immer noch dein Schneider?«

»Ja. Ich bin sehr zufrieden mit ihm. Er redet zwar furchtbar viel, aber alles, was er macht, sitzt. Und das will bei meiner Figur schon etwas heißen.«

Caenis nahm Tillias Körper in Augenschein: »Hast

du abgenommen? Also ich finde, du hast abgenommen!«

»Nun ja …« Tillia reckte sich und machte mit erhobenen Armen und wiegenden Hüften die Andeutung einer tänzerischen Bewegung. »Es kommt bisweilen über mich. Für mich ist es mittlerweile durchaus angebracht, hin und wieder einige Fastentage einzulegen – ganz im Gegensatz zu dir! Freilich hält Doro nicht viel davon, ist er doch der Meinung, dass ich nicht gegen meine Natur ankomme.« Sie äffte ihn nach: »Schon die Alten, nicht wahr – schon sie wussten, dass, äh, die Natur, nicht wahr, sich durchaus nicht betrügen lässt …«

Caenis lachte und schüttelte belustigt den Kopf. »Nun, das Wichtigste ist, du fühlst dich wohl.«

Sie ging zum Tisch, bot der Freundin Platz auf einem der bequemen Sessel an, ließ sich auf dem zweiten nieder und begann: »Du warst gestern in der Medea, nicht wahr?«

»Ja, mit Athenodoros.«

Caenis nickte. »Ich auch. Ich habe euch übrigens gesehen.«

Es entspann sich ein Gespräch über das Stück, die Ausstattung und die Leistung der Schauspieler, doch Tillia ahnte bereits, dass dies alles nur zum schrecklichen Geschehen nach der Vorstellung überleiten sollte.

Caenis kam nun auch direkt zum Thema: »Nach der Vorstellung ist ein Mord geschehen!«

Tillia sah sie an, zwinkerte mehrmals und erklärte sehr ernst: »Es ist direkt vor unseren Augen passiert. Der Mörder hat uns fast gestreift. Athenodoros konnte nur noch den Tod des jungen Mannes feststellen.«

»Du weißt, wer er ist?«, fragte Caenis.

»Ja, es handelt sich um den jungen Antonius Primus.«

»Hast du ihn gekannt?«

»Nein, aber wir haben kurz vor seinem Tod noch mit

ihm über das Stück gesprochen. Er hat sich dabei selbst vorgestellt. Während der Vorstellung saß er übrigens nur drei Plätze weiter. Ist das der Grund, weshalb du mich …?«

»So ist es.« Caenis lehnte sich zurück. »Ich weiß nicht, ob dir bekannt ist, dass der Vater des Ermordeten, Gaius Antonius Primus, vor fünf Jahren während der Wirren des Bürgerkriegs eine sehr zwielichtige Rolle gespielt hat.«

Tillia antwortete, sie sei darüber informiert. Dann meinte sie: »Natürlich wird Antonius jetzt mit allen ihm zur Verfügung stehenden Mitteln versuchen den Mörder zu finden und ihn vor Gericht zu bringen. Darum habe ich vorausschauend das Mordwerkzeug und die Maske an mich genommen.«

»Die Maske?« Caenis starrte sie an. »Was für eine Maske?«

»Eine Theatermaske.«

»Ich verstehe nicht.«

Tillia schilderte ihr den Ablauf der Tat bis zum Auffinden der Maske, beschrieb den Mörder und schloss: »Ich bin sicher, dass die Tarnung mit einer Theatermaske die Untersuchungen in eine falsche Richtung lenken soll. Die Sache wäre ja sonst zu einfach.«

»Interessant!«, kommentierte Caenis das Gehörte und dachte nach, während sie Tillia aus ihren großen dunklen Augen ansah.

»Aber nun sag mir bitte endlich«, forderte Tillia sie auf, »warum dieser schreckliche Mord für dich so wichtig ist? Was hast denn du mit einem Gaius Antonius Primus zu schaffen?«

Caenis nahm einen Schluck Wasser aus einem Glas, das auf dem Tisch stand. Dann erhob sie sich, ging zum Fenster und blickte eine Weile nach draußen. Sie hat immer noch die Figur einer Achtzehnjährigen, dachte Tillia.

Schließlich drehte Caenis sich wieder zu ihr und lehnte sich gegen die Fensterbank. Leise begann sie: »Antonius Primus – ich meine den Vater – war, wie du wohl weißt, in seiner aktiven Zeit ein Haudegen, tapfer, draufgängerisch, entschlussfreudig und sehr beliebt bei seinen Soldaten.«

Tillia nickte. »Davon habe ich gehört.«

»Dabei hat er immer über seine Verhältnisse gelebt – das war schon unter Nero so. Seine Schulden gehen mittlerweile in die Millionen! Ununterbrochen ist er auf der Suche nach neuen Geldquellen. Dabei scheut er nicht vor übelsten Machenschaften zurück, nutzt jede Schwäche seiner Geldgeber und übt mit erpresserischen Mitteln Druck auf sie aus.«

»Auch das ist mir bekannt. Ich verstehe immer noch nicht, worauf du …?«

Caenis nahm wieder Platz. Ihr Gesicht drückte große Besorgnis aus, als sie nun fortfuhr: »Er verbreitet seit Jahren in der Stadt, schuld an seiner desolaten Situation sei allein Vespasian.«

»Na, soll er doch!« Tillia lachte belustigt auf. »Manchmal bellen Hunde den Mond an. Darüber ist der Kaiser doch erhaben.«

»Sicher.« Caenis nickte langsam und fuhr im gleichen ernsten Ton fort: »Es geht nicht um den Kaiser.«

»Um wen denn sonst?«

»Um Titus.«

Tillia zwinkerte und suchte nach einem Zusammenhang, während Caenis fortfuhr: »Wie ich ihn einschätze, wird Antonius Primus in der Stadt das Gerücht ausstreuen, hinter dem Mord an seinem Sprössling stecke niemand anderer als der Sohn des Kaisers!«

»Aber das ist doch absurd!«

»Gewiss. Aber es gibt genügend Leute, die dies nur zu gern glauben werden. Ich meine all jene, die unter Nero hochgekommen sind und nach und nach vom Kaiser aus ihren Ämtern und Pfründen entfernt wurden. Kannst du mir folgen?«

»Natürlich.«

»Hinzu kommt, dass Titus bei diesen Leuten als brutal, rachsüchtig und verschwenderisch gilt.«

Tillia wusste von dieser Einschätzung. Der Thronfolger, hieß es, fackele nicht lange, wenn es darum gehe, alte Gegner seines Vaters auszuschalten. Als dem Präfekten der Garde brachten ihm seine Prätorianer bedingungslosen Gehorsam entgegen. Sie traute ihm also einiges zu – doch nicht diesen kaltblütigen Mord! Dass Caenis sich so leidenschaftlich für Titus engagierte, überraschte sie im Übrigen nicht, denn sie war ja in jungen Jahren quasi seine Ersatzmutter geworden und liebte ihn wie einen Sohn.

»Du warst Zeugin des Verbrechens«, fuhr Caenis fort. »Du bist im Besitz der Maske, die der Mörder trug. Sicher wird Antonius in Kürze an dich mit der Bitte herantreten ihm bei der Suche nach dem Täter behilflich zu sein.«

»Damit muss ich rechnen, ja«, nickte Tillia. »Parmenion, der ihn wohl längst benachrichtigt hat, wird ihm meinen und Athenodoros' Namen genannt haben.«

»Eben. Außer dir und Athenodoros war aber niemand in der Nähe, der etwas zur Aufklärung beitragen könnte. Jedenfalls sieht es im Augenblick so aus. Aber es könnte durchaus sein, dass sehr wohl noch jemand … Du verstehst?«

»Ich verstehe.«

»Dazu noch Folgendes.« Caenis sah Tillia an. »Kaum jemand weiß über die Welt der Theaterleute so gut Bescheid wie du. Du bist allen von der Zunft bekannt. Du könntest dich jederzeit ungehindert hinter der Bühne bewegen. Niemand würde Verdacht schöpfen, wenn du …«

»Ich soll also …« Tillias Augen begannen zu leuchten. Sie sah sich bereits in Aktion.

Caenis hob die Hand: »Ich bitte dich! Von ›sollen‹ kann keine Rede sein, Tillia. Es handelt sich um eine Bitte. Wir müssen mit allen Mitteln verhindern, dass auch nur der Schatten eines Verdachts auf Titus fällt. Würdest du mir in dieser Angelegenheit helfen?«

Ohne zu zögern, antwortete Tillia: »Das will ich gern versuchen. Ja, ich werde mein Möglichstes tun.«

»Ich danke dir!«

Caenis stand auf und auch Tillia erhob sich.

»Sollte sich der Verdacht in eine bestimmte Richtung erhärten, wirst du mich bitte sogleich informieren. Und falls du finanzielle Unterstützung brauchst – Geld spielt überhaupt keine Rolle.«

»Aber ich bitte dich!«, rief Tillia.

»Es könnte freilich der Fall eintreten, dass du bei deinen Ermittlungen in Gefahr gerätst und Schutz brauchst …«

»Oh, ich habe da sehr gute Freunde, die mich überall und jederzeit heraushauen!«

»Du meinst Perdikkas und seine Männer, nicht wahr?« Caenis lächelte.

»So ist es. Aber dazu wird es wohl nicht kommen.«

»Sei dir da nicht zu sicher, Tillia! Sobald der Mörder weiß, dass du ihm auf der Spur bist, besteht für dich unmittelbare Lebensgefahr. Wer einen so kaltblütigen Mord begeht oder begehen lässt, der scheut auch vor einem zweiten nicht zurück. Sei also bei allem, was du unternimmst, äußerst vorsichtig. Wir werden Kontakt halten. Allerdings …«

»Ja?«

»Du solltest nicht wieder in den Palast kommen, bis der Fall geklärt ist. Wir werden uns irgendwo treffen oder durch Boten verständigen – wie es sich gerade ergibt.«

»Einverstanden.« Tillia blickte aus dem Fenster. »Eine Frage noch ...«

»Ja?«

»Weiß der Kaiser von der Sache?«

»Nein, natürlich nicht! Bis jetzt jedenfalls ... Aber das kann sich ändern; es hängt von der Entwicklung ab, die die Dinge nehmen werden.« Caenis blickte auf den Tisch mit den Seidenstoffen. »Ich schicke dir den Stoff noch heute ins Haus. Blaugrün, nicht wahr?«

»Genau.«

»Gut. Ich hab's im Kopf notiert.«

Sie nahmen Abschied voneinander.

V

Während Tillia durch die nun schon ruhigere Innenstadt getragen wurde, überlegte sie, was sie mit dem Rest des Tages anfangen sollte: Sie könnte bei Cimbrilla vorbeischauen – oder noch einmal ins Pompeiustheater gehen. »Unsinn! Um diese Zeit ist da alles dicht!« Das würde sie erst morgen früh in Angriff nehmen können.

Sie blickte durch den Spalt des Vorhangs nach draußen, nahm aber die Passanten nur schemenhaft wahr, denn vor ihrem geistigen Auge lag der tote Antonius Primus auf den Stufen des Treppenabgangs und starrte sie an.

Seltsam, dachte sie, sobald neben dir ein Mensch stirbt, rückt er dir auf die Seele – auch wenn es ein Wildfremder ist.

Im gleichen Augenblick begriff sie, dass der Weg zum Täter nur über das Opfer führen konnte. Sie musste Erkundigungen über den jungen Mann einziehen – wie und an welchen Orten, wusste sie noch nicht. Es würde sich ergeben. Auch ohne den offiziellen Auftrag von Caenis war sie in höchstem Maße interessiert an den Verwicklungen, Machenschaften und Intrigen, die wahrscheinlich hinter diesem Mord steckten.

Tillia war dann auch nicht überrascht, als Melitta ihr

schon an der Wohnungstür mitteilte, es sei ein Brief für sie abgegeben worden.

»Von Antonius Primus, nehme ich an …?«

»Das weiß ich nicht, Herrin«, antwortete Melitta und hielt den Zeigefinger an die Lippen.

»Wieso weißt du das nicht? Hat der Bote denn nicht den Namen seines Auftraggebers genannt?«

»Nein.«

»Nein? Seltsam. Dann hättest du danach fragen sollen!«

Offenbar hatte Melitta dies unterlassen; sie machte ein zerknirschtes Gesicht und reichte ihrer Herrin stumm die Rolle. Die Schnur, die den Bogen zusammenhielt, war am oberen Ende durch die übereinander liegenden Blattschichten gezogen und sorgsam versiegelt worden. Der Abdruck des Prägestempels zeigte eine sehr schön gearbeitete Sphinx.

Tillia ging ins Tablinum, schloss hinter sich die Tür und trat zum Fenster. Eingehend betrachtete sie das Siegel und schüttelte erstaunt den Kopf: »Eine Sphinx! Weshalb hat Antonius Primus eine Sphinx auf seinem Siegelring?«

Sie zerbrach das dunkelrote Wachs, entfernte die Schnur und entrollte das Blatt. Die Schrift erweckte den Eindruck, als habe jemand die Zeilen in höchster Eile hingeworfen:

Marcus Antonius Felix, Prokurator a. D., grüßt die Herrin Tillia Capriola. Dass ich mich auf diese Art an dich wende, wird dich überraschen, zumal wir uns nicht persönlich kennen. Doch es ist etwas geschehen, worüber ich mit dir sprechen muss. Wenn es dir recht ist, schicke ich dir heute Abend nach Sonnenuntergang einen Wagen.

Tillia legte das Blatt auf die Fensterbank und verfolgte,

wie es sich sofort wieder zusammenrollte. Mit Antonius Primus hatte sie gerechnet, eventuell sogar mit Parmenion – aber niemals mit Antonius Felix!

»Oh ihr Götter! Wo bin ich da nur hineingeraten!«, murmelte sie, griff nach der Rolle und las den knappen Text noch einmal, nun freilich kritischer: »Er ist eitel! Dieser Hinweis, dass er Prokurator von Judäa war – lächerlich! Ein vollkommen subalterner Posten … Aber er redet mich mit Herrin an. Also will er etwas von mir.«

Sie überlegte, wie alt er jetzt sein mochte. Wohl Anfang sechzig. Von Caenis wusste sie einiges über ihn; denn diese war ja mit ihm zusammen im Haushalt Antonias aufgewachsen. Wie sein zwei Jahre älterer Bruder Pallas hatte Felix unter Nero Karriere gemacht und, im Unterschied zu Pallas, seinen Kopf auf den Schultern behalten. Vielleicht, weil er klüger war – oder unbedeutender.

»Er zitiert mich einfach zu sich. Wie unhöflich! Sehr unhöflich! Caenis würde sich taktvoll erkundigen, ob ich einverstanden bin …« Sie zwinkerte. »Er schickt den Wagen nach Sonnenuntergang. Also will er vermeiden, dass mich jemand sieht, wenn ich seinen Palast betrete.«

Soviel sie wusste, wohnte er in einem prächtigen Haus an der Via Lata, der Breiten Straße, im VII. Stadtbezirk, ganz in der Nähe der Sonnenuhr des Augustus. Auf der anderen Seite des Tibers sollte er noch ein Sommerhaus besitzen.

Während sie überlegte, ob sie Caenis von der Einladung in Kenntnis setzen sollte, klopfte es an der Tür und Athenodoros trat ein.

Tillia wandte sich um: »Gut, dass du kommst, Doro. Hier, lies das!«

Sie hielt ihm das Schreiben hin. Athenodoros ging es mehrmals durch. Dann meinte er: »Das ist ganz offensichtlich eine Anspielung auf den Mord. Freilich wagt er es nicht, die Tat beim Namen zu nennen, nicht wahr.

Und dafür wird er Gründe haben. Wirst du ihn aufsuchen?«

»Ich denke: ja!«

»Lunula, bist du dir darüber im Klaren, dass das für dich nicht ungefährlich ist?«

»Wieso? Ich fahre in einem gedeckten Wagen.«

»Das meine ich nicht.«

»Was denn sonst?«

»Die Tat zieht bereits Kreise, wie ein Stein, den man in ein ruhiges Wasser geworfen hat! Inzwischen wissen bereits drei Leute von dem Anschlag: Parmenion, Antonius Primus und Felix!«

»Du meinst: vier!«

»Vier? Wieso vier?«

»Caenis!« Sie berichtete ihm von ihrem Besuch im Palast und schloss: »Ich sollte Caenis benachrichtigen. Niemand kennt Felix besser als sie.«

»Ja, tu das. Allein schon zu deiner eigenen Sicherheit.«

»Aber Doro, wie stellst du dir das vor? Soll sie mir etwa eine Hundertschaft Prätorianer als Eskorte mitgeben?«

Er schüttelte den Kopf: »Natürlich nicht. Aber sie muss wissen, wo du bist. Für alle Fälle. Weißt du Näheres über Antonius Felix?«

»Caenis hat ihn einmal einen skrupellosen Intriganten und gewissenlosen Opportunisten genannt und wenn sie das sagt, wird es wohl stimmen. Felix soll sich während seiner Amtszeit in Judäa unglaublich bereichert haben. Sein damals allmächtiger Bruder Pallas hat ihn gegenüber Nero immer wieder gedeckt, zumal Felix das renitente Land mit drakonischen Maßnahmen ruhig hielt. Im Übrigen brüstet er sich damit, zwei Töchter von Königen geheiratet zu haben.«

Athenodoros, der diese Zusammenhänge nicht kannte, sah sie erstaunt an: »Ich verstehe nicht ….«

»Nun …« Tillia wischte mit der Hand den Staub von der Fensterbank. »In erster Ehe war Felix mit einer Enkelin Kleopatras verheiratet: Drusilla. Ihre Mutter Selene war eine der Töchter, die Kleopatra mit Marcus Antonius hatte. Ihr Bruder Ptolemaios war bis zu seiner Ermordung durch Caligula König von Mauretanien.«

»Lebt sie noch?«

»Ja. Sie müsste jetzt Anfang sechzig sein.«

»Und die zweite Ehe?«

»Noch eine Drusilla!«

»Wie bitte?«

»Ein komischer Zufall, diese Namensgleichheit. Die zweite Drusilla ist eine Tochter von Herodes Agrippa, der unter Claudius König von Judäa war. Ihre Mutter Kypros war eine Enkelin des großen Herodes.«

»Oh ihr Götter, ist das verwirrend!«

»Ja, nicht? Es zeigt vor allem, Doro, wie stark vor dreißig Jahren maßgebliche Leute im Umkreis des julisch-claudischen Hauses mit dem Orient verbandelt waren. Poppaea selbst, Neros zweite Frau, soll für den jüdischen Monotheismus geschwärmt haben. Sie soll es auch gewesen sein, die Nero nach dem großen Brand Roms eingeredet hat die Christen für dieses Unglück verantwortlich zu machen. Nero wollte die Schuld anfangs den in Rom lebenden Juden zuschieben.«

»Interessant! Das wusste ich nicht.« Athenodoros dachte nach. »Und diese erste Drusilla, lebt sie jetzt in Rom?«

»Ich nehme es an, ja«, meinte Tillia. »Genaueres weiß da wohl Caenis.«

Er lächelte. »Deine Caenis … Sie scheint mir die bestinformierte Frau des Imperiums zu sein!«

»Genau das ist sie, Doro, genau das! Seit sie sich auf der Welt befindet, lebt sie ohne Unterbrechung im Zentrum der Macht. Erst bei Antonia, deren Sekretärin sie war, dann unter Agrippina, und jetzt – na, du weißt schon. Ihr Wissen ist in der Tat zum Fürchten!«

»Für ihre Feinde!«

»Oh nein! Nicht für ihre Feinde, denn sie hat keine, weil sie sich klug im Hintergrund hält. Wohl aber für die Feinde des Kaisers!«

»Gut. Aber selbst sie tappt im Fall des ermordeten Antonius Primus im Dunkeln.«

Tillia nickte. »Und das will schon was heißen!«

»Sag mal, traust du Titus einen solchen Mordanschlag zu?«

»Nein.«

»Warum nicht? Du weißt, was in der Stadt über ihn verbreitet wird!«

»Ja, ich kenne die Gerüchte. Aber ich vertraue dem klugen und sachlichen Urteil von Caenis. Sollte Titus blutige Hände haben, würde sie davon wissen. Sie ist ja fast so etwas wie seine Mutter.«

»Sei dir da nur nicht zu sicher, Lunula! Gerade liebende Mütter, nicht wahr, decken ihre Söhne, auch und gerade, wenn diese ein Kapitalverbrechen begangen haben!«

»Das ist nicht logisch, Doro. In diesem Fall würde sie keine dritte Person, zumal mich, einschalten.«

Athenodoros reckte sich. »In Ordnung. Du wirst wohl Recht haben. Aber gerade darum sei auf der Hut! Wenn selbst Caenis im Dunkeln tappt, kann es für dich erst recht gefährlich werden. Du solltest bei allen Gängen außer Haus jemanden in deiner Nähe wissen, der dir bei Gefahr beistehen kann. Ich selbst bin nicht immer verfügbar, aber …«

»Mach dir keine Sorge, Doro. Ich habe schon jemand.«

»Perdikkas?«

»Ja. Er und seine Jungs haben mir schon einmal aus der Patsche geholfen.«

»Dann solltest du mit ihm reden. Sofort!«

»Genau das habe ich vor.«

»Ich muss jetzt – leider.«

»Geh nur. Und schau im Laufe des Tages bei Balbinus vorbei. Ich habe ihm gesagt, dass du heute kommst.«

»Mache ich.«

»Du solltest dir einmal seine Zeichnungen ansehen! Er sitzt an einer Anthologie über die Tierwelt Ägyptens.«

»Gerne. Das interessiert mich. – Und heute Abend wirst du mir ausführlich berichten!«

»In Ordnung.« Sie küsste ihn auf die Wange und strich ihm über den Kopf. »Bist ein guter Junge, Doro. Sei unbesorgt, es ist alles unter Kontrolle. Und ich hab dich lieb!«

»Ich dich auch!«

Noch ein Kuss, diesmal auf den Mund, er umarmte sie, drückte sie fest an sich, strich ihr über den Hintern und verließ den Raum.

Tillia legte die Hand ans Kinn und überlegte, ob sie Chrysostomos in den Ludus Magnus schicken oder besser gleich selbst hingehen sollte. Meist war Perdikkas am Nachmittag bei den Gladiatoren. Sie könnte ihn auch zu einem gemeinsamen Abendessen im Siebengestirn einladen. »Unsinn! Ich bin ja dann bei Antonius Felix!«

Sie entschied sich selbst in den Ludus zu gehen.

»Melitta!«

»Herrin?« Die Dienerin erschien im Türrahmen, schniefte und fuhr sich mit der Hand über die Nase.

»Gute Göttin! Kannst du dir dieses ordinäre Schniefen nicht mal abgewöhnen, Mädchen?«

»Ich habe Schnupfen.«

»Dafür gibt es Tücher. Schick mir deinen Chrysostomos her!«

»Sofort, Herrin.«

Wenige Augenblicke später stand er triefäugig im Raum und erwartete ihre Befehle.

»Du gehst sofort in den Ludus Magnus.«

»Sehr wohl.«

»... und teilst dem Perdikkas mit, dass ich ihn in einer Stunde aufsuchen werde!«

»Sehr wohl.« Das klang nun freilich so, als müsse er jeden Augenblick gähnen.

»Sag ihm, es handele sich um eine Angelegenheit von einiger Bedeutung!«

»Sehr wohl.« Er konnte das Gähnen kaum unterdrücken.

Tillia sah ihren Diener scharf an. »Hast du mich verstanden?«

»Sehr wohl!«

»Dann wiederhole den Auftrag!«

»Ich ... ich gehe in den Ludus und sage dem Perdikkas, dass ich ...«

»Quatsch! Ich!«

»Sehr wohl! Dass du ...«

»Na, was denn?«

»... dass du in einer Stunde.«

»In Ordnung. Komm her, Junge!«

Sie ging zur Geldtruhe, die neben der Tür stand, entriegelte mit einem kompliziert geschnittenen Schlüssel das Schloss, hob den schweren Deckel, entnahm einige Münzen und überreichte sie ihm. »Mach dir mit deiner Melitta einen schönen Abend!«

»Sehr wohl.« Das wiederum klang deprimiert.

»... oder meinetwegen auch allein.«

»Sehr wohl!«

»Na, was denn nun?«

»Ich ... ich mach mir einen schönen Abend, Herrin!«

»Na also.« Sie lächelte ihm freundlich zu. »Und nun geh zu Perdikkas.«

»Sehr wohl!«

Er machte eine tiefe Verbeugung. Tillia sah es ihm an:

Der Mann würde alles tun, was sie ihm befahl. Der Diener entfernte sich.

Sie seufzte: »Oh ihr Götter! Was manche Männer für Frauen haben! Oder auch umgekehrt.«

Nach einer halben Stunde war Chrysostomos zurück und teilte Tillia mit, Perdikkas sei im Ludus und erwarte sie. Unverzüglich machte sie sich auf den Weg.

Sie ging in Richtung Innenstadt. Nach etwa fünfzig Schritten bog sie links in eine Gasse ein. Sie war so eng, dass man mit ausgestreckten Armen fast die Hauswände berühren konnte. Die meisten Häuser befanden sich in einem heruntergekommenen Zustand. Der Putz bröckelte von den Mauern, manche Türen hingen schief in den Angeln. Es roch nach Unrat und Fäulnis, nach Kot, Urin, Essig, Zwiebeln, Knoblauch und Moder. Manche Gebäude waren bloß rauchgeschwärzte Ruinen, denn hier hatte der große Brand vor zehn Jahren furchtbar gewütet. Mit klobigen Holzgerüsten stützte man die rissigen Wände, um sie vor dem Einsturz zu bewahren. Doch es war abzusehen, dass sie dennoch früher oder später zusammenfallen würden. Tillia wusste, gewissenlose Spekulanten warteten nur darauf, um danach Grund und Boden zu einem Schleuderpreis aufzukaufen, fünfstöckige *insulae* zu errichten und aberwitzig hohe Mieten zu kassieren. Hier hausten die Ärmsten der Armen in winzigen, engen Wohnungen, kleine Handwerker, Gewürzhändler, Änderungsschneider, Flickschuster und Trödler, die getragene Sachen an- und verkauften. Die hiesigen Kneipen, schmuddelig, schmierig und eng, gehörten zur untersten Kategorie. Die Wirte waren zugleich Zuhälter und betrieben im Obergeschoss Bordelle.

Normalerweise wagte sich keine anständige Frau allein in dieses Viertel. Doch darüber war Tillia erhaben. Sie kannte hier jeden und jeder kannte sie. Man wusste, dass sie wohlhabend war und schon manchen aus der Gegend vor dem Verhungern bewahrt hatte. Wäre sie ein Mann gewesen, dann hätte man sie den Patron der Armen genannt – so aber sprach man von ihr als der »erlauchten Mutter« oder der »guten Herrin«. Keiner dieser Proletarier, kein Schurke, Taschendieb, Bandit oder Bettler, keine Hure oder alte Vettel würde sie belästigen. Man kannte sich seit dreißig, vierzig Jahren. Sie gehörte dazu. Falls ein frisch Zugezogener es wagen würde, sich mit bösen Absichten an sie heranzumachen, hätte er alle Anwohner gegen sich. Wenn sie, wie jetzt, eiligen Schrittes allein durch die enge Gasse ging, wurde sie freundlich gegrüßt und noch im Vorbeigehen hatte sie für diesen und jenen ein gutes Wort.

Sie hatte das Ende der lichtlosen Gasse fast schon erreicht. Hier, in den ausgebrannten Ruinen links und rechts, wohnte niemand mehr. Da hörte sie neben sich ein Geräusch. Sie blickte zur Seite und erkannte im Schatten eines maroden Eingangs eine dunkle Gestalt, das Gesicht hinter einem Tuch verborgen, in der Rechten einen Dolch. Todesangst stieg in ihr auf. Sie wandte sich um, rannte zurück und rief um Hilfe. Bis zum bewohnten Teil der Gasse waren es noch zwanzig, dreißig Schritte. Sie schrie aus Leibeskräften. Der Verfolger kam näher, erreichte Tillia, packte ihren Arm und sie stolperte und fiel hin. Schon beugte er sich über sie … Dann ging alles sehr schnell: Zwei kräftige Männerhände griffen nach dem Attentäter und rissen ihn hoch. Von der Seite kam ein weiterer, einen schweren Hammer in der Rechten – es war der Zimmermann Marcus Trogus – und bereit damit zuzuschlagen. Der Täter – nun selbst in Gefahr – entwand sich mit aller Kraft dem Griff des ersten Mannes und rannte davon.

»Oh ihr Götter!« Trogus half Tillia auf die Beine und sah sie besorgt an. »Bist du verletzt, Herrin?«

Tillia schüttelte den Kopf: »Nein. Aber das war ...« Sie atmete tief durch und griff nach ihrem Herzen.

»Beim Herkules! Das war haarscharf ...«, brummte Trogus und fügte hinzu: »Jetzt machen sie ihre Überfälle schon am hellen Tag!«

»Ja, es ist weit gekommen.« Tillia klopfte sich den Staub von der Kleidung.

Trogus nickte. »Aber es war sicher keiner aus dem Viertel! Keiner aus dem Viertel!«

»Natürlich nicht.« Tillia lächelte ihn erleichtert an. »Ich danke euch. Schön, wenn man sich auf seine Nachbarn verlassen kann.«

»Immer!«, brummte Trogus. »Immer, Herrin!«

»Kennst du den Burschen?«

»Nein, Herrin. Er trug ein Tuch vor dem Gesicht. Aber das war ein Fremder. Willst du nicht einen Augenblick hereinkommen? Meine Frau wird dir ...«

»Danke, sehr freundlich, Trogus. Vielleicht ein andermal. Ich hab's eilig.«

»Soll dich nicht besser jemand begleiten, Herrin?«

»Nicht nötig. Er wird es an diesem Morgen nicht noch einmal versuchen.«

»Na, ich weiß nicht ...«

»Sei unbesorgt! Nochmals danke! So, ich muss weiter.«

Sie ging zurück bis zum Ende der Gasse, zögerte aber den Clivus Orbis, die Parallelstraße zum Argiletum, zu überqueren. Ein Blick nach rechts, dann nach links. Von dem Burschen keine Spur. »Natürlich nicht! Er wähnt jetzt das ganze Argiletum hinter sich! Also doch! Ich hätte damit rechnen müssen. Aber dass er ..., dass er so bald zuschlagen würde!«

Sie überquerte den Clivus und erreichte die breite Senke zwischen Oppius, Palatin und der Subura. Seit vier Jahren befand sich hier die größte Baustelle des Reiches.

Vespasian ließ auf dem Gelände, das Nero für seinen größenwahnsinnigen Palast ausersehen hatte, das »Neue Amphitheater« mit fünfzigtausend Plätzen errichten. Die Fundamente waren fertig. Sie reichten bis in eine Tiefe von sechsunddreißig Fuß. An der Ostseite stand bereits ein Segment des Baues mit drei mächtigen Stockwerken. Wuchtige Quaderpfeiler aus Travertin stützten die Rundbögen der drei Geschosse. Die vorgesetzten Halbsäulen des Erdgeschosses endeten in dorischen, die des zweiten Stocks in ionischen und die des dritten in korinthischen Kapitellen. Wegen der *Ludi Ceriales* ruhte für eine Woche die Arbeit.

Tillia ging am Bauzaun entlang, blieb stehen und betrachtete das fertige Segment. Sie war beeindruckt. Noch vor fünf Jahren war an dieser Stelle ein Teich gewesen, den die Gartenarchitekten Neros für seinen Park angelegt hatten. Von Caenis hatte sie erfahren, dass Vespasian ganz bewusst dieses riesige Areal, das von Nero mit brutalsten Mitteln konfisziert und zu kaiserlichem Eigentum erklärt worden war, für den Bau des Amphitheaters ausgewählt hatte: »Er gibt dem Volk von Rom zurück, was ihm ohnehin gehört!«

»Recht so!« Tillia nickte grimmig und ging weiter.

Der Ludus Magnus lag östlich vom Amphitheater in dessen unmittelbarer Nachbarschaft. Er war innen schon so weit fertig gestellt, dass er zu Trainingszwecken genutzt werden konnte.

Tillia kannte die Anlage von einem Besuch im letzten Jahr, als Perdikkas hier seinen fünfzigsten Geburtstag gefeiert hatte. Da er ein guter Freund von Crescens gewesen war, kannten er und Tillia sich nun seit fast dreißig Jahren. In seiner aktiven Zeit war Perdikkas der erfolgreichste »Thraker« der kaiserlichen Gladiatorentruppe und hatte dreiundzwanzig Kämpfe überlebt, bis ihn Nero aus dem blutigen Geschäft genommen und als *lanista maximus* zum obersten Ausbilder der kaiserlichen Gladiatoren befördert hatte. Nach der Bestätigung durch Vespasian schaltete und waltete er hier wie ein König: gewissenhaft, hart, aber gerecht, unbestechlich, stolz. Er war mit dem Thronfolger befreundet, denn Titus liebte Gladiatorenkämpfe und förderte die Truppe in jeder Hinsicht.

Perdikkas empfing Tillia in einer Art Kontor im Obergeschoss mit Blick auf die Baustelle des Amphitheaters.

»Tillia, altes Mädchen!«, tönte er mit tiefem Bass und lachte sie an. Er freute sich immer, wenn er sie sah. »Du lange nicht mehr hier gewesen! Wie es dir geht?«

Er ging auf sie zu und drückte sie so kräftig an sich, dass sie um ihren Busen fürchtete. So war es stets, wenn sie sich einige Zeit nicht gesehen hatten. Obwohl er schon seit Jahrzehnten in Rom lebte, radebrechte er Latein wie ein Barbar.

»Danke, es geht. Das Leben ist ein stetes Auf und Ab. Aber das brauche ich dir ja nicht zu sagen, mein Junge.«

Sie lächelte ihm zu. Er hatte immer noch die Figur eines Herkules. Prächtig zeichneten sich die gewaltigen Brustmuskeln unter der feinen Tunika ab. Er trug einen knapp gehaltenen grauen Bart, sein leicht gelocktes Haar, von Silbersträhnen durchzogen, war kurz geschnitten, die Arme bis zu den Handrücken mit einem Pelz schwarzer Haare bedeckt.

Er zog einen gepolsterten Stuhl heran und bat sie Platz zu nehmen, während er sich hinter der großen Platte seines Arbeitstisches niederließ.

»Was soll ich dir anbieten? Wein? Wasser? Trester?« Er wusste, dass sie diesen Traubenschnaps gerne nach einem opulenten Mahl zu sich nahm und, wenn es sein musste, alle Männer unter den Tisch trinken konnte.

»Danke, Perdikkas! Ich habe seit heute Morgen noch nichts gegessen.«

Er riss die blauen Augen auf und rief: »Ich dir alles

holen kann, was du möchten! Vielleicht Hähnchen? Oder Schnitzel? Mit dicken Bohnen?«

»Davor sei Apollo! Danke, wirklich nicht.« Sie schüttelte lachend den Kopf. Dann lehnte sie sich zurück und blickte aus dem Fenster auf die Baustelle. »Sie kommen ja gut voran, wie ich sehe.«

»So ist es. Aber dem Kaiser immer noch es geht zu langsam! Am liebsten er möchte, dass sie sind nächstes Jahr fertig!«

»Ja, der Kaiser …« Sie faltete ihre Hände. »Er will all das, was das Scheusal Nero in vierzehn Jahren auf den Hund gebracht hat, so schnell wie nur möglich wieder gutmachen.«

Perdikkas nickte beifällig. Dann sah er sie ernst an und fragte: »Du wolltest sprechen mit mir. Worum es geht?«

Tillia zwinkerte, blickte zur Tür und fragte: »Können wir hier ungestört reden?«

»Ja, wir können.«

»Gut. Aber wir sollten uns von nun an besser auf Griechisch unterhalten.«

»Einverstanden!« Als gebürtiger Thraker sprach er das Griechische fließend und war immer erleichtert, wenn er sich in dieser Sprache ausdrücken konnte, die er vollkommen beherrschte.

»Nun, worum geht es?«, fragte er noch einmal.

»Ich brauche deine Hilfe.«

»Meine Hilfe?«

Sie kam zur Sache: »Es handelt sich um den Mord an Antonius Primus junior.«

»Ah! Das ist es.«

»Weißt du etwa davon?«

»Tillia, ich bitte dich! Ganz Rom spricht darüber.«

»Und was sagt man?« Als er mit der Antwort zögerte, fuhr sie fort: »Titus, nicht wahr, der Caesar steckt dahinter! Oder?«

Er nickte. »Ja, das sagt man.«

»Und du? Hältst du es für möglich?«

»Beim Jupiter! Natürlich nicht! Das sind die üblichen böswilligen Verleumdungen.«

»Woher weißt du es denn?«

»Einer von den Jungs kam damit an. Er hat es beim Essen erfahren.«

»Wo?«

»Im Siebengestirn.«

»Soso, im Sieben…« Sie zwinkerte.

»Ja. Aber was hast ausgerechnet du damit zu tun?«

Sie schilderte ihm, was sich am gestrigen Morgen im Treppengang des Pompeiustheaters unmittelbar neben ihr zugetragen hatte, erwähnte auch, dass Caenis sich bereits eingeschaltet habe, und kam schließlich zur Einladung von Antonius Felix: »Hier. Lies das bitte!« Sie reichte ihm das Schreiben.

Perdikkas vertiefte sich in den Brief und sagte dann fast dasselbe wie schon Athenodoros: »Das ist ohne Zweifel eine Anspielung auf den Mord. Felix vermeidet es freilich, die Tat beim Namen zu nennen. Daraus könnte man ableiten, dass er vor irgendetwas Angst hat. Aber solche Folgerungen sind zu diesem Zeitpunkt sicherlich verfrüht, nicht wahr, Tillia?«

»Keineswegs.« Sie zwinkerte. »Kennst du ihn?«

»Nicht persönlich. Ich weiß nur das, was man so über ihn erzählt. Aber das dürfte dir ohnehin bekannt sein.«

»Worauf willst du hinaus?«

»Na, auf seine Geldgier! Seinen unglaublichen Dünkel!«

»Dünkel?«

»Er hält sich für einen der bedeutendsten Zeitgenossen auf dem gesamten Erdkreis.«

»Ach!«

»Ja, er brüstet sich vor gewissen Leuten damit, von den Pharaonen abzustammen …«

»Oh, das ist mir neu!«

»… und mit den Töchtern von Königen verheiratet zu sein, deren Stammbaum älter als der der Claudier sei.«

»Das Letztere habe ich gehört, aber dass er von den Pharaonen … Lächerlich!«

»So ist es. – Gehst du zu ihm?«

»Ja.«

Perdikkas überlegte: »Du bist dir hoffentlich darüber im Klaren, Mädchen, dass sie – und damit meine ich den Mörder oder seine Auftraggeber – jeden deiner Schritte genau beobachten werden.«

»Darum, mein Bester, bin ich ja hier. Soeben wurde der Versuch gemacht mich umzubringen.«

»Nein!«

»Aber ja doch.« Sie berichtete von dem Überfall in einer Seitengasse des Argiletums.

»Unglaublich!«, brummte Perdikkas. »Ich verstehe: Ich soll dir einige meiner Jungs als Geleitschutz mitgeben?«

»So in etwa, ja. Sie müssten sich natürlich bedeckt halten.«

»Sicher. Hm … Wie viele brauchst du?«

»Keine Ahnung. Vielleicht zwei?«

»Sagen wir drei.«

Er stand auf, verließ den Raum und kam nach wenigen Augenblicken mit drei Männern zurück. Zweien von ihnen sah man auf den ersten Blick an, dass es sich um Gladiatoren handelte, auch wenn sie nun »Zivil« trugen. Der dritte war zierlicher und feingliedriger. Tillia kannte keinen der drei.

Perdikkas stellte sie vor: »Pankrates, ein Landsmann von mir. In fünfzehn Kämpfen unbesiegt!«

Pankrates machte die Andeutung einer Verbeugung.

»Theodoros! Erst seit kurzem hier. In fünf Kämpfen ungeschlagen.«

Auch er verbeugte sich.

»Und das ist Geta, mein Sekretär!«

Geta lächelte ihr nur freundlich zu.

»Es könnte ja der Fall eintreten, dass du mir oder wem auch immer eine schriftliche Botschaft schicken willst.«

Perdikkas wandte sich an die drei: »Herhören! Ihr werdet die domina Tillia Capriola heute Abend zum Hause des Antonius Felix begleiten! Freilich in so großem Abstand, dass niemand bemerkt, dass ihr in der Nähe seid! Klar?«

Die Männer nickten.

»In Anbetracht dessen, dass Tillia im Wagen fährt, werdet auch ihr einen solchen benutzen. Geta.«

»Lanista!«

»Du kümmerst dich darum, dass das Gefährt kurz vor Sonnenuntergang im Argiletum steht. Direkt gegenüber dem Siebengestirn. Klar?«

»Jawohl!«

»Ihr werdet später vor Ort auf dem Marsfeld warten, bis die Herrin das Haus wieder verlässt …«

»Jawohl!«

»… und werdet sie zurück ins Argiletum begleiten! Sollte es zu irgendwelchen Schwierigkeiten kommen, sei es unterwegs, vor oder im Hause des Antonius Felix, dann wisst ihr, was ihr zu tun habt!«

»Wir wissen es!«

»Achtet auf alles in der Nähe des Hauses. Sollte sich dort irgendjemand auf verdächtige Art und Weise zu schaffen machen, dann greift ihn auf und bringt ihn hierher!«

»Jawohl!«

»Selbstverständlich bewaffnet ihr euch! Kurzschwert. Dolch. Klar?«

»Jawohl!«

»Es kann durchaus sein, dass ihr in den nächsten Tagen weitere Aufträge dieser Art zu erledigen habt. Bis zu den Kämpfen habt ihr ja ohnehin frei. Noch Fragen?«

»Keine Fragen«, brummte Pankrates.

»Sehr gut.« Perdikkas musterte die Männer streng und wies auf Tillia: »Ich vertraue euch das Leben der Domina an.« Er hob die Stimme: »Das ist Tillia Capriola! Sie war einmal die Frau von Crescens!«

Man sah allen dreien an, dass sie im Bilde waren: Noch heute wurde von Crescens wie von einem strahlenden Kometen gesprochen, der unvermittelt aufgetaucht und tragisch untergegangen war.

»Und wehe euch, ihr wird auch nur ein Haar gekrümmt! Verstanden?«

»Jawohl!«

Pankrates reckte sich. »Doch noch eine Frage, Lanista.«

»Bitte.«

»Kannst du uns nicht ein paar nähere Angaben machen?«

»Nein, noch nicht.« Perdikkas wechselte mit Tillia einen Blick. »Vielleicht später. Deshalb ...« Er trat auf die drei zu und sah einem nach dem anderen streng ins Gesicht. »... werdet ihr im Moment mit niemandem über die Sache sprechen! Ich sagte: mit niemandem! Das ist ein Befehl. Nur so viel: Es geht um die Ehre des Caesar Titus! Mehr kann ich im Augenblick nicht sagen.«

»Jawohl«, brummte Pankrates.

»Sehr gut.« Perdikkas hob die Rechte: »Wegtreten! Bereithalten!«

Pankrates und Theodoros schlugen sich mit der Faust auf den Brustkorb, genau an die Stelle, wo sich das Herz befand. Geta verbeugte sich nun doch noch auffallend tief vor Tillia; dann verließen alle drei den Raum.

»Beim Herkules!« Tillia sah Perdikkas lachend an. »An dir ist ein Zenturio verloren gegangen.«

Auch er lachte still vor sich hin, ging auf sie zu und legte ihr vertraulich den Arm um die Taille. »Nun, altes Mädchen, beinahe wäre ich es geworden. Der gute Claudius wollte mich unbedingt unter seine Prätorianer stecken!«

»Oh! Das wusste ich noch nicht! Und warum hast du's abgelehnt?«

»Weil ich diese Burschen nicht leiden kann.«

»Wie bitte?«

»Sie sind und sie waren mir zu … zu arrogant, zu hochnäsig und zu …«

»Ja?«

»Zu feige!«

»Feige? Aber Perdikkas! Wie kannst du so etwas nur sagen?«

»Es ist so, Tillia. Diese Knaben fühlen sich nur in der Masse stark, wenn sie mit zehn, zwölf Mann urplötzlich im Hause des Senators XY auftauchen und ihm eine Viertelstunde Zeit geben, seine wichtigsten Dinge zu ordnen, um ihn dann abzuführen.«

»Aber Perdikkas, diese Zeiten sind doch vorbei.«

»Bist du sicher?« Er sah sie lange aus seinen klugen Augen an. »Ich war – und bin es immer noch: ein Einzelkämpfer!«

»Ich weiß, mein Freund, ich weiß.«

Er grinste. »Wie du übrigens auch.«

»Richtig!«

VI

Wieder zu Hause, schrieb Tillia als Erstes ein paar Zeilen an Caenis und teilte ihr mit, dass sie an diesem Abend bei Antonius Felix sein würde und dass drei Bewaffnete aus dem Ludus Magnus zu ihrer Sicherheit abgestellt seien. Sie fügte eine Abschrift von Felix' Brief bei und nachdem sie das Ganze sorgfältig gefaltet und versiegelt hatte, beauftragte sie Melitta die Botschaft in den Palast zu bringen.

»Soll ich auf Antwort warten, Herrin?«, fragte Melitta.

»Nein. Du wirst sofort umkehren.«

»Und wenn man mich nicht vorlässt?«

»So weit wird es gar nicht kommen, Mädchen. Du sollst nur den Brief hier abgeben. Du sagst irgendeinem vom Personal, du kämest im Auftrag der Herrin Tillia Capriola, und gibst ihm das Schreiben. Das müsste genügen.«

Melitta nickte und fuhr sich schniefend über die Nase.

»Und putz dir die Nase! Gute Göttin, das ist ja widerlich!«

»Hab ich doch grade. Es ist der Schnupfen.«

»Dann nimm zwei Tücher mit! Und nun geh. Vergiss auch den Schlüssel nicht! Ich bin wahrscheinlich nicht hier, wenn du zurückkommst.«

»Ja, Herrin!«

»Und wenn du zurück bist, wisch als Erstes gründlich Staub. Und zwar mit einem feuchten Tuch. Hörst du: feucht! Auf die Fensterbänke kann man schon schreiben!«

»Ja, Herrin!«

Melitta ging in den Flur, warf sich eine einfache Palla über, schniefte noch einmal trotzig und verließ das Haus. Heute hat die Herrin aber schlechte Laune, dachte sie.

Doch Tillia war mit anderen Dingen beschäftigt. Perdikkas hatte, als sie ihn nach der Quelle der Nachricht gefragt hatte, das Siebengestirn genannt. Wieso ausgerechnet das Siebengestirn?

Da sie ohnehin Hunger hatte, legte sie ein grünes Tuch über, betrachtete sich kritisch im Schlafzimmerspiegel, tupfte etwas Rouge auf die Wangen und Blau auf die Oberlider und wollte gerade die Wohnung verlassen, als sie doch noch zwinkernd innehielt. »Ja, warum eigentlich nicht? Fragen kostet nichts.« Kurz entschlossen ging sie ins Tablinum, griff sich die Maske und den Dolch, steckte beides in einen Leinenbeutel und verließ die Wohnung. Sorgfältig schloss sie die Tür hinter sich ab.

»Salve, Tillia!«, rief Primosus, der mit einem Kunden vor dem Eingang stand und ihm seine Sandalen aus gelbem Ziegenleder anpries. Den verließ er nun, kam heran und begann mit wichtiger Miene: »Hast du schon gehört …?«

»Was?«, fragte sie kurz und befürchtete schon, er werde sie auf den Mord im Pompeiustheater ansprechen.

»Unser Haus!«

»Was ist damit?«

»Es soll verkauft werden.«

»Ach ja?«

»So ist es.«

»An wen denn?«

»An eine reiche allein stehende Domina!«

»Ist das wahr?«

»Ich sag's doch!«

»Na, hoffentlich wird sich dann nicht einiges ändern.«

»Wie meinst du das?«

»Die Miete zum Beispiel.«

»Ja, die Miete. Billiger ist sie nach einem Besitzerwechsel noch nie geworden! Man muss mit allem rechnen.«

»Wem sagst du das! Und wo hast du das erfahren?«

»Im Siebengestirn!«

»Soso, im Sieben…« Dort sprudeln die Informationen ja geradezu, dachte sie und fragte nach: »Etwa von Fabius?«

»Wie? Ja, von Fabius.«

»Kennt Fabius denn die neue Besitzerin?«

»Nein. Aber er weiß es direkt vom Hauswirt …«

»Aha!«

»Ja. Die Domina hat ihm nämlich eine so große Summe geboten, dass er nicht widerstehen konnte, hat er gesagt. Er wird verkaufen.«

»Aha!«

»Ja.« Er kam noch näher. »Tillia …«

»Ja?«

»Jetzt müssen wir noch mehr zusammenhalten, wirklich noch mehr zusammenhalten.«

»Na, warten wir's doch erst mal ab, mein Lieber!«

»Sicher. Aber auf unsereins nimmt ja sowieso keiner Rücksicht. Wir dürfen immer nur zahlen, immer nur zahlen!« Mit traurigem Gesicht ging er zurück zu seinem Kunden, der geduldig gewartet hatte.

Tillia überquerte die Straße und trat unter die Arkade. Ein feines Lächeln spielte um ihre Mundwinkel.

Der Eingang zum Siebengestirn lag im Schatten eines schmalen Ganges und wäre leicht zu übersehen gewesen, wenn nicht ein an der Straße angebrachtes Schild auf das

Lokal aufmerksam gemacht hätte: AD SEPTENTRIONEM stand da in Versalschrift und am Abend ließ Gaius Fabius, der Wirt, sieben Laternen anzünden, gewissermaßen eine freie Wiedergabe des gemeinten Sternbildes.

Tillia betrat den Gang, der zum Lokal führte. Er war schmal und ziemlich finster, nur zwei rechts und links an der Wand angebrachte Öllampen spendeten schwaches Licht. Tillia fühlte sich lebhaft an die Beleuchtungssituation im Treppenhaus des Pompeiustheaters erinnert und war augenblicklich entschlossen den Wirt auf diesen ähnlichen Missstand aufmerksam zu machen. Ein dicker schwerer Vorhang trennte den Flur von der eigentlichen Gaststube ab. Tillia schob ihn beiseite und trat ein.

Kaum hatte sich der Vorhang hinter ihr wieder geschlossen, als sich ihr von der Theke her ein riesiger Molosserhund näherte und sie ausgiebig zu beschnuppern begann.

»Na, Placida, altes Mädchen!« Tillia kraulte die Hündin, die fast die Größe eines Kalbs hatte, zärtlich hinter den Ohren. Placida schnupperte an ihr herum und wedelte freundlich. Man kannte sich seit Jahren. Tillia blickte sich um. Das Lokal war um diese Zeit schwach besetzt. Die Speisegäste, meist Leute aus der Nachbarschaft, kamen erst gegen Abend.

Tillia ging zwischen den Tischen und Stühlen auf die Theke zu. Dort war Cyrus gerade dabei, einem eben eingetroffenen Gast – offensichtlich ein Ägypter, denn er trug den bis zu den Füßen reichenden Burnus – auf Griechisch die Lage seines Zimmers im dritten Stock zu erklären. Da der Mann zwar nickte, aber offensichtlich nur einen Bruchteil des Gesagten verstanden hatte, wurde ein Sklave gerufen, um den Herrn nach oben zu geleiten und gleich dessen Gepäck mitzunehmen.

Cyrus, von Geburt Perser, war ein Freigelassener des Fabius, dem dieser die Aufsicht über das gesamte Personal übertragen hatte. Er fungierte auch als Empfangschef. Als er Tillia sah, machte er mit dem Kopf die Andeutung einer Verbeugung, begrüßte sie wie immer sehr freundlich und meinte: »Du bist aber früh heute dran, Herrin!«

»So ist es.«

»Falls du warm essen möchtest – die Küche hat leider noch geschlossen.«

»Danke, ich weiß. Ich möchte nur einen gemischten Salat mit Schafskäse und Pfeffer, wenn sich das machen lässt.«

»Sehr wohl, einen gemischten Salat mit Schafskäse und Pfeffer. Sofort!« Er ging nach hinten in die große Küche, um die Bestellung aufzugeben. Als er zurückkam, fragte er, was sie trinken wolle.

»Nur Wasser, mit einem Schuss Falerner.«

»Sehr wohl, nur Wasser.«

Da Tillia an der Theke stehen blieb, fragte er höflich, ob sie noch einen Wunsch habe.

»Ja, genau. Ich möchte etwas mit Fabius besprechen.«

»Oh, das tut mir Leid«, erklärte er umständlich. »Der Herr hat sich ein wenig hingelegt. Er pflegt das immer um diese Zeit zu tun.«

»Schließlich sein gutes Recht.«

»Wie …? Ja, natürlich. Aber ich denke, dass er in einer Viertelstunde nach unten kommt.«

»Gut. Dann werde ich solange mit dir vorlieb nehen.«

Cyrus, der die bisweilen sehr direkte Art Tillias kannte, verstand nicht, worauf sie hinauswollte. Gewöhnlich sprach sie mit ihm nur über Bestellungen und Wünsche, die das Essen betrafen.

Also sagte er leicht konsterniert: »Ja, bitte?«

Sie sah ihn an und stellte einmal mehr fest, dass er ein gepflegtes Allerweltsgesicht besaß. Dann fragte sie: »Sagt dir der Name Antonius Primus etwas, Cyrus?«

Es entging ihr nicht, dass er ganz leicht zusammenzuckte.

»Antonius Primus ...?« Er schien angestrengt nachzudenken. »Meinst du vielleicht den jungen Mann, der gestern im Pompeiustheater ermordet wurde?«

»Genau den.«

»Also ... der ... äh ...«

Sie fixierte ihn scharf: »Was denn nun? Kennst du ihn oder kennst du ihn nicht?«

»Doch, doch. Er ... äh ...«

»Ja?«

»Er hat des Öfteren bei uns gegessen. Oder etwas getrunken. Aber das ist doch nichts Ungewöhnliches – oder?«

»Durchaus nicht. Essen und trinken ist nicht strafbar.« Sie lachte. »Und war er, wenn er hierher kam, allein?«

»Allein?« Cyrus dachte nach, nickte und erklärte: »Meistens ja ...«

»Aber manchmal auch nicht?«

»Zuweilen, ja, zuweilen auch nicht ...«

Tillia überlegte, ob Cyrus am Ende in irgendeiner Weise mit Antonius Primus intim bekannt war: Die umständliche und verquälte Art und Weise, wie er auf ihre einfachen Fragen antwortete, machte ihn verdächtig. Doch sie ließ sich nichts anmerken und plauderte wie beiläufig weiter: »Na ja, er wird mal eine Freundin dabeigehabt haben, nicht?«

Ohne zu zögern, antwortete Cyrus: »So ist es.«

Tillia zwinkerte: »Kennst du sie?«

»Nein, überhaupt nicht.«

»War er oft mit ihr da?«

»Oft? Nein. Vielleicht zwei-, dreimal.«

»Bist du dir sicher?«

»Absolut.«

»Tat er verliebt? So etwas bemerkt man doch, besonders ein erfahrener Mann wie du, Cyrus.«

»Nein, den Eindruck hatte ich nicht.«

»Wie alt war denn das Mädchen?«

»Mädchen?« Cyrus schüttelte erstaunt den Kopf. »Es war eine Frau.«

»Aha. Wie alt?«

»Ich schätze so Mitte dreißig.«

»Hast du zufällig ihren Namen gehört? Ich meine, hat er sie einmal mit Namen angeredet?«

»Nicht dass ich wüsste. Für mich schienen sie eher geschäftliche Dinge miteinander zu besprechen.«

»Woraus schließt du das?«

»Weil sie sehr sachlich, ja ernst miteinander umgingen. Im Übrigen …«

»Ja?«

»Sie sprachen immer auffallend leise. So, als ob das, was sie sagten, nicht für fremde Ohren gedacht sei. Wenn sie kamen, suchten sie sich immer einen Platz abseits der anderen Gäste.«

»Ah-ja. Wann kehrten sie denn meistens ein? Ich meine, zu welcher Tageszeit?«

»Am frühen Nachmittag, wenn das Lokal kaum besucht war. So wie jetzt.«

»Sie kamen also nicht zum Essen?«

»Nein.«

»Und wer … Ich meine: Hattest du den Eindruck, dass einer von den beiden auf den anderen einredete? Und wenn ja, wer?«

Cyrus dachte nach: »Das ist schwer zu sagen, Herrin. Ich war nicht immer in der Nähe.«

Tillia nickte vor sich hin. »Und sonst? Ist er auch zusammen mit Freunden hier gewesen?«

»Gelegentlich.«

»Was waren das für Leute?«

»Das weiß ich nicht.«

»Aber du könntest ihren Status einschätzen.«

»Ihren Status?«

»Handelte es sich dabei um gut situierte junge Männer? Das erkennt man doch an der Kleidung, an der Art und Weise, wie sie reden und ihr Geld ausgeben!«

»Das ist nicht einfach zu …«

»Gehst du schon mal ins Theater?«

»Gelegentlich, ja.«

»Auch ins Pompeiustheater?«

»Ja, aber nur, wenn eine spritzige Komödie oder ein Mimus …«

»Hätten es Schauspieler sein können?«

»Vielleicht. Jedenfalls kannte ich keinen von ihnen. Wenn sie Schauspieler waren, dann waren es welche aus dem ernsten Fach.«

»… die du nicht kennst!«

»So ist es.«

»Aber sie kamen später, am Abend, und haben zusammen gegessen?«

»Ja.«

»Und auch getrunken?«

»Ja.«

»Reichlich? Waren sie fröhlich?«

»Durchaus.«

»Und wer hat die Rechnung bezahlt?«

»Das war verschieden. Mal der eine, mal der andere.«

»Kennst du Parmenion?«

»Nein. Aber sie haben einen von ihnen so angeredet.«

»Saß der, wenn er da war, immer neben Antonius Primus?«

»Nein. Aber verzeih, Herrin, wenn ich frage: Warum willst du denn das alles wissen?«

»Weil der junge Antonius Primus unmittelbar vor meinen Augen erstochen worden ist!«

»Oh, das ist ja geradezu schrecklich!«

»Allerdings.«

Längst hatte ein Mädchen den Salat aus der Küche gebracht und auf der Theke abgestellt.

»Möchtest du hier essen oder soll ich den Salat in deine Wohnung schicken?«, fragte Cyrus.

»Ich möchte hier essen. Da drüben, beim Fenster.«

»Sehr wohl, beim Fenster.«

Er brachte Schüssel und Teller dorthin, holte Weißbrot, Wasser, Wein, einen Löffel und ein spitzes Messer und hielt Tillia den Stuhl zum Platznehmen hin. Dann wünschte er guten Appetit, verbeugte sich und ging zurück zur Theke, wo er sich mit dem Falten von Servietten beschäftigte.

Ein Sklave kam mit einer Schale Wasser und einem Leinentuch. Tillia wusch und trocknete sich die Hände und machte sich über den Salat her. Er schmeckte vorzüglich und erfrischte sie binnen wenigen Augenblicken. Ihre Gedanken waren aber ganz bei dem, was sie eben erfahren hatte. Hatte Antonius Primus etwa ein Verhältnis mit einer älteren, einer verheirateten Frau gehabt? Und sie hin und wieder im Siebengestirn getroffen, weil sie sich dort sicher glaubten? Hier verkehrten ja keine Angehörigen der Oberschicht. Dennoch bot das Lokal die Gewähr nicht von zwielichtigen Leuten belästigt zu werden. Gegen ein Liebesverhältnis sprach jedoch, dass sich beide sachlich miteinander unterhalten hatten, falls das, was Cyrus erzählt hatte, der Wahrheit entsprach. Aber warum sollte er lügen? Auch dass Antonius Primus mit Parmenion und anderen Schauspielern hier gewesen war, schien in keiner Weise ungewöhnlich. Im Siebengestirn traf sich immer allerlei buntes Volk; selbst Crescens hatte das Lokal oft und gerne aufgesucht. Und wie sie von Perdikkas wusste, kamen seine Jungs ebenfalls häufig hierher …

»Ah, Tillia! Ich hoffe, der Salat fand deinen Beifall!«

Fabius kam mit ausgebreiteten Armen heran und riss sie aus ihren Gedanken. Trotz seines forschen Tons wirkte er müde. Er sieht aus wie ein Kind, das man aus dem Schlaf gerissen hat, dachte Tillia, und er hat schon wieder zugenommen. Sie sagte: »Sehr gut! Ich staune immer wieder über die Frische deiner Salate und Gemüse.«

»Man tut, was man kann. – Du wolltest mich sprechen?«

»Ja. Bitte, nimm doch Platz.«

Mit einem Seufzer ließ sich der Wirt auf den Stuhl ihr gegenüber sinken und meinte: »Es dauert immer eine Weile, bis ich nachmittags wieder auf die Beine komme. Gestern ist es wieder sehr spät geworden. Eine Hochzeit! Immer diese Hochzeiten! Und was die Leute sich da alles vormachen. Besonders die Alten! Manchmal wünsche ich mir einen anderen Beruf, Tillia. Wirklich!« Er sah sie an und seufzte.

»Verstehe. Aber es ist nun mal deiner. Und die Geschäfte gehen doch blendend.«

»Ich will nicht klagen.« Er lehnte sich zurück. »Weißt du, wenn ich da an meinen Vater denke …« Er sah sie an. »Du hast ihn doch noch gekannt – oder?«

»Oh ja! Wenn ich hier was abzuholen hatte, ging er immer zu dem großen Glas auf der Theke, öffnete mit bedeutungsvoller Geste den Verschluss, holte eine kandierte Kirsche heraus und steckte sie mir in den Mund. Köstlich! So was vergisst man nie!«

»So … sooo …« Fabius gähnte ausdauernd. »So ist es. Entschuldige bitte!«

»Warum denn? Das muss am Wetter liegen. Ich wiederum spüre seit Tagen meine Hüftgelenke. Sei froh, dass du damit nichts zu tun hast! Da hilft kein Mittel.«

Fabius nickte ihr zu: »Jaja, wir werden alle älter, Tillia. Das ist der Lauf der Welt. Also, was hast du auf dem Herzen?«

Sie griff nach ihrem Beutel und entnahm ihm den eingewickelten Dolch, entfernte das Tuch, legte es auf den Tisch und die Waffe darauf.

Fabius verfolgte erstaunt ihr Tun und fragte schließlich befremdet: »Seit wann schleppst du so gefährliche Gegenstände mit dir herum?«

»Seit gestern.«

»Wie bitte?«

Sachlich erklärte sie: »Wenn du genau hinschaust, wirst du Blutspuren an der Klinge entdecken.«

»Bei den Göttern!« Fabius fuhr sich erschrocken mit der Hand an den Mund. »Tillia, was soll das? Was ist mit dem Messer?«

»Mit dieser Waffe ist gestern ein junger Mann ermordet worden.«

Er starrte sie an. »Meinst du etwa Antonius Primus?«

»Genau den.«

»Und wie … wie kommst du in den Besitz der Mordwaffe?«

Sie erklärte es dem Wirt mit wenigen Worten und kam zu ihrem eigentlichen Anliegen: »Als Besitzer eines großen Lokals hast du doch sicher immer Bedarf an neuen Messern …«

Er nickte.

»Schau dir das hier genau an: Kannst du mir irgendetwas dazu sagen? Ich meine, es gibt doch für alle möglichen Zwecke die unterschiedlichsten Klingen.«

Fabius beugte sich vorsichtig über die Mordwaffe, darauf bedacht, sie nicht zu berühren, betrachtete sie kritisch und erklärte dann: »Ein ausgesprochenes Allerweltsmesser.«

»Aha. Und warum?«

»Nun, mit einem solchen Messer kannst du die verschiedensten Materialien schneiden: Holz, Leder, Fleisch, Käse, einen Apfel, einen Kürbis. Es ist nichts Besonderes daran. Solche Messer gibt es in jedem Haushalt.«

»Das heißt, eine Klinge wie diese kann man sich bei jedem Messerschmied Roms beschaffen.«

»So ist es.«

Tillia hakte nach: »Bist du dir da ganz sicher?«

»Allerdings!«

Fabius war neugierig geworden, er wollte nun doch mehr über den Tathergang wissen, aber Tillia brach das Gespräch ab: Sie habe noch einen Besuch zu machen. Sie bezahlte den Salat und erhob sich: »Ich bitte dich nur, Fabius, nicht zu verbreiten, dass ich Augenzeugin der Tat war. Du verstehst?«

Er nickte. »Ich verstehe. Die neugierigen Fragen.«

»Danke.«

Sie wickelte den Dolch in das Tuch, verstaute ihn wieder im Beutel und verließ die Gaststube. Es wäre sinnlos gewesen, Fabius auch noch auf die Maske anzusprechen. Vom Theater verstand er noch weniger als von Küchenmessern.

Placida begleitete sie wedelnd bis zum Ausgang.

»Gutes Mädchen!«, sagte Tillia und tätschelte die Hündin.

Als sie auf die Straße trat, überlegte sie, ob sie noch kurz bei Nymphidius vorbeischauen sollte.

»Nein. Das kannst du morgen auch noch«, sagte sie zu sich. »Nymphidius läuft dir nicht weg. Die Zeit ist knapp.« Besser war es, sich eine Stunde hinzulegen und auszuruhen. Heute Abend musste sie im Vollbesitz ihrer Kräfte sein.

Als sie den Schlüssel ins Schloss der Wohnungstür stecken wollte, stutzte sie: Die Tür sprang einfach auf.

Sie trat in den Flur und rief ungehalten: »Melitta! Wie kannst du die Wohnungstür offen lassen!«

Da sie keine Antwort bekam, ging sie in die Küche. Nichts. Sie schaute in die Schlafkammer von Melitta und Chrysostomos. Auch hier niemand. Die Türen von Tablinum und Schlafzimmer waren halb geöffnet. Tillia blieb mit angehaltenem Atem stehen, lauschte angestrengt, hörte aber nur ihren eigenen Pulsschlag. Auf Zehenspitzen näherte sie sich der Tür zum Schlafzimmer, die nur angelehnt war, und spähte durch den Spalt in den Raum. Nichts regte sich – aber sie sah, dass ihr Bett durchwühlt worden war.

Bevor sie es wagte, einen der beiden Räume zu betreten, wartete sie eine Weile und lauschte. Langsam erst wurde ihr klar, dass in die Wohnung eingebrochen worden war.

Ein Geräusch ließ sie herumfahren. Doch es war nur die zurückkehrende Melitta.

Die Dienerin stutzte und schaute sie besorgt an: »Aber Herrin! Ist dir nicht gut?« Offenbar stand ihr der Schreck im Gesicht geschrieben.

Tillia gab keine Antwort. Sie überlegte: Wenn der Einbrecher noch in der Wohnung war, musste er jetzt versuchen so schnell wie möglich zu entkommen. Aber immerhin stand es nun zwei gegen einen! Entschlossen ging sie zur Schlafzimmertür und stieß sie mit einem solchen Schwung auf, dass sie innen gegen die Wand schlug. Also war niemand hinter der Tür!

Entschlossen betrat Tillia den Raum. Ihre Truhe! Jemand hatte das Schloss aufgebrochen. Ein Teil des Inhalts – einige Lederbeutel mit Münzen, dazu Papiere und Schmuck – lag verstreut herum. Auch die Kleidertruhe war vollkommen geleert worden, die Stücke bildeten ein wirres Durcheinander am Boden.

Ein schneller Blick sagte ihr, dass nichts von ihren Wertsachen fehlte.

»Oh ihr Götter!«, stammelte Melitta, die ihr in den Raum gefolgt war. Doch Tillia war schon zurück in den Flur und von dort ins Tablinum geeilt. Auch hier das gleiche Bild: Sämtliche Regale waren durchwühlt worden.

Sogar die Stühle, die Sessel und die bequeme Liege hatte man umgedreht und untersucht.

»Oh ihr Götter!«, murmelte Melitta noch einmal, schniefte und fuhr sich mit der Hand über die Nase.

Tillia fasste sich schnell. Sie hatte noch etwa drei Stunden Zeit bis zur Ankunft des Wagens.

»Hör zu, Mädchen! Du gehst jetzt sofort zur Werkstatt von Camillus und sagst ihm, dass er auf der Stelle hierher kommen und drei neue Türschlösser einbauen soll!«

»So viele?«

»Ja, drei! Es sollen die besten und teuersten sein, die er hat. Geld spielt keine Rolle! Und wenn er das bis Sonnenuntergang schafft, zahle ich ihm den doppelten Preis. Sag ihm das! Und nun geh! – Nein warte. Hast du den Brief abgegeben?«

Melitta nickte.

»Und? Ging alles glatt?«

»Jawohl, Herrin.« Melitta schniefte wieder, doch auch diesmal zog Tillia es vor, das Geräusch zu überhören. »Sie haben mich sogar sehr höflich behandelt.«

»Ich habe nichts anderes erwartet … Gut. Nun geh, Mädchen! Es eilt. Es eilt sogar sehr!«

»Warum denn?«

»Weil ich bald wieder wegmuss. Also Kind, nun frag doch nicht so viel und mach dich endlich auf!« Manchmal ging sie ihr furchtbar auf die Nerven.

Und ausgerechnet jetzt war Chrysostomos nicht da! Auch wenn er ein ziemlicher Trottel war, hätte er doch beim Anbringen der neuen Schlösser dabei sein können, da dies wohl nicht bis Sonnenuntergang zu schaffen war. Sie selbst konnte und wollte ihren Termin keinesfalls verschieben: Der Wagen würde kommen, um sie abzuholen, und auch die Männer von Perdikkas würden pünktlich erscheinen. Außerdem war sie neugierig.

Sie ging noch einmal durch die Räume, betrachtete das

Chaos und dachte nach: Wer auch immer in ihre Wohnung eingedrungen war, hatte es offenbar weder auf ihr Geld noch auf den Schmuck abgesehen. Er schien vielmehr nach etwas ganz Bestimmtem gesucht zu haben. »Die Maske! Natürlich. Er wollte nur die Maske!« Sie zwinkerte. »Oder den Dolch …?«

Sie stellte die Sitzmöbel wieder an deren angestammten Platz und ließ sich mit einem Seufzer in dem Sessel beim Fenster nieder. Ihre Hüfte schmerzte. Eine Folge der Anspannung. Sie kannte das. Immer wenn sie sich furchtbar aufregte, erwachte der Schmerz. So wie jetzt. Aber der Wille, sich nicht von ihren Überlegungen abbringen zu lassen, war stärker.

Sie versuchte sich in den Mörder hineinzuversetzen: Er hatte gewartet, bis Antonius Primus sich erhoben, den Zuschauerraum verlassen und sich zusammen mit ihr und Athenodoros ins Treppenhaus begeben hatte. Er hatte in Kauf genommen, dass sie beide Zeugen der Tat wurden. Dann war er an ihr und Doro vorbeigehastet, hatte aber in einer gewissen Über-Wachheit, wie sie bei solchen Situationen häufig auftritt, ihr Gesicht wahrgenommen.

»Und er hat dich nicht nur gesehen, Tillia«, murmelte sie, »er muss auch wissen, wer du bist! Wie sonst …« Sie massierte ihre Hüfte. »Wie sonst hätte er hier einbrechen können?«

Der Mörder hatte, da er sich der Maske entledigen musste, die Nische im unteren Gang als Versteck benutzt. Vielleicht wollte er sie später, am Abend, wieder an sich nehmen. Das setzte voraus, dass er Zugang zum Theater hatte. Also ein Schauspieler? Oder jemand vom Personal? Aber er musste doch damit rechnen, dass jemand die Maske finden und mitnehmen könnte!

Tillia versuchte einen klaren Kopf zu behalten: Wenn es dem Täter gleichgültig war, dass jemand die Maske fand, würde er sie sich wohl kaum bei einem nicht ungefährlichen Einbruch wieder zu beschaffen versuchen. Er hatte es offenbar sehr eilig gehabt, wegzukommen, und die Maske auf gut Glück abgelegt, in der Hoffnung, dass sie niemand finden würde. Und er musste bald zurückgekehrt sein, um sie zu holen, sonst hätte er nicht sie und Doro als Finder in Betracht gezogen. Und es konnte ja auch sein, dass der Täter, falls er tatsächlich zum Ensemble oder zum Personal des Theaters gehörte, beiläufig von Parmenion erfahren hatte, Athenodoros und sie hätten die Mordwaffe an sich genommen. Dann war es ein Leichtes, herauszufinden, wo sie wohnte.

Es gab aber noch eine andere Möglichkeit: Jemand hatte sich auf die Spur des Mörders gesetzt, weil er wusste, was jener plante. Die Person war ihm nachgeschlichen, hatte ebenfalls die Tat mit angesehen und bemerkt, dass sie beide den Dolch und die Maske mitnahmen. Vielleicht hatte der andere auch im dunklen Treppenhaus des Theaters ihr Gespräch belauscht.

Tillia stand auf und ging zum Fenster. Draußen das vertraute Bild: Die Menschen gingen ihren Geschäften nach. Sie sah, wie Matidia, die Lebensgefährtin von Fabullus im vierten Stock, mit wiegenden Hüften die Straße überquerte und dem Laden von Nymphidius zustrebte. »Elende Schlampe! Verdreht allen Männern den Kopf. Wie sie wieder ihre Hüften wiegt! Der arme Fabullus! Kann so viele schöne Girlanden malen, wie er will, mit der Frau kommt er auf keinen grünen Zweig.« Sie überlegte, ob sie ihr die Wohnung kündigen sollte. Das ging nicht, denn Fabullus zahlte die Miete. Am Ende liebte er sie sogar. »Oh ihr Götter! Was manche Frauen für Männer haben – oder umgekehrt.« Aber so war das Leben. Sie wusste es nur zu gut.

Tillia seufzte und machte sich daran aufzuräumen. Tatsächlich fehlte nichts, weder Geld noch Schmuck. Und es waren teure Stücke darunter, die Crescens ihr geschenkt hatte.

Als sie fertig war, kam ihr plötzlich der Gedanke, dass sie besser Maske und Dolch nicht länger in ihrer Wohnung aufbewahrte. »Unsinn! Er hat nichts gefunden, er wird die Sachen hier wohl nicht mehr vermuten.« Im Übrigen würde Camillus gleich drei neue Schlösser an der Wohnungstür anbringen, die nicht so leicht zu knacken wären.

»Herrin!«, stieß Melitta atemlos hervor und riss sie aus ihren Gedanken. »Der Meister ist selbst gekommen!«

»Na also.«

Sie begrüßte Camillus freundlich. Er warf einen Blick auf die Tür und meinte: »Aber das Schloss ist doch in Ordnung!«

»Das mag sein. Aber es ist nichts wert. Es ist vorhin hier eingebrochen worden.«

»Uiii!« Er pfiff durch die Zähne. »Die Burschen werden immer dreister. Erst heute Morgen …«

Er setzte zu einem längeren umständlichen Bericht an, doch Tillia unterbrach ihn: »Verzeih, Camillus, aber ich habe noch einen Besuch zu machen. Wie ich dir sagen ließ, zahle ich den doppelten Preis, wenn du alle drei Schlösser bis Sonnenuntergang einbaust. Wirst du das schaffen?«

Er nahm die Tür in Augenschein, klopfte das Holz ab – »Gute Arbeit!« – und nickte. »Ich glaube, das ist zu machen. Dann will ich mal …«

VII

Camillus schaffte es tatsächlich, noch vor Sonnenuntergang die drei Schlösser an der Tür und die entsprechenden Vorrichtungen am Rahmen anzubringen. Die neuen Schlösser seien, erklärte er, nicht mit einfachen Dietrichen zu knacken, denn sie besäßen eine kompliziertere innere Mechanik.

»Da hat sich in den letzten Jahren einiges getan!«, sagte er mit Kennermiene und übergab Tillia die Schlüssel: für jedes Schloss drei Stück. Falls sie weitere brauche, werde er welche beschaffen.

Tillia lobte seine Arbeit und zahlte ihm, wie versprochen, den doppelten Preis. Camillus bedankte sich – »Du bist sehr großzügig!« – und meinte zutraulich: »Ich hab da was gehört.«

»Was? Was hast du gehört?« Sie kannte schon die Antwort.

»… dass das Haus verkauft wird.«

»Ach ja? Und wer sagt das?«

»Primosus.«

»Aha!«

»Hm.« Er kratzte sich am fast kahlen Kopf. »Da wird ja einiges auf die neue Besitzerin zukommen …«

»Wie meinst du das?«

»Du sagst es ja selbst, Tillia, die Schlösser!«

»Wieso das?«

»Sie – ich meine, die neue Besitzerin – sie wird ja wohl, wenn sie von diesem und anderen Einbrüchen in der Nachbarschaft erfährt, alle Türschlösser erneuern wollen.«

Tillia lachte: »Na, dann bekommst du doch viel zu tun, Camillus! Das ist bestimmt gut fürs Geschäft.«

»Sicher, sicher.« Er fuhr sich über den Mund. »Aber ich denke, dass sie dann prompt die Miete erhöhen wird. Ich kenne das nur zu gut: Diese Leute können immer alles begründen, wenn sie mehr Geld wollen. Dagegen gibt's kein Mittel!«

»Na, warten wir's ab.« Aber sie dachte: Primosus ist ein Schwätzer!

Als der Schlosser gegangen war, rief sie nach Melitta, damit sie ihr beim Ankleiden helfe. Sie hielt den Zeigefinger sinnend an die Lippen: »Ich … ich möchte einen seriösen Eindruck machen. Hol mir eine hellblaue Stola … Nein, warte! Die weiße. Hol die weiße! Und die blaugrüne Palla. Du weißt schon. Und … eine Perücke!«

»Eine Perücke. Welche, Herrin?«

»Die schwarze.«

Melitta brachte sie und streifte sie ihrer Herrin gekonnt übers Haar.

»Sie kleidet dich wirklich vorzüglich, Herrin!«

»Ich weiß, Mädchen, ich weiß.«

In die Ohren steckte sie sich je eine Perle und tupfte sich einen Hauch von Blaugrün auf die Lider.

Sie war gerade damit fertig, als es an der Wohnungstür klopfte. Melitta ging öffnen.

Geta, Perdikkas' Sekretär, kam herein und meldete, dass der Wagen bereitstehe.

»Gut«, sagte Tillia. »Ihr folgt dann in einigem Abstand dem Gefährt, das mich abholt.«

»Na klar!«, meinte Geta und grinste breit.

Und sie: »Nun geh, mein Junge, damit du nicht noch mit dem Kutscher von Antonius Felix zusammentriffst!«

Geta nickte und zog sich zurück. Schon wenige Augenblicke später klopfte es abermals. Ein missmutig dreinschauender Mann verbeugte sich mehrmals übertrieben – sogar einmal vor Melitta – und erklärte näselnd, er habe den Auftrag, die Herrin Tillia Capriola abzuholen, und bitte die Herrin höflichst ihm zum Wagen zu folgen.

Tillia griff nach den drei Schlüsseln der neuen Schlösser, befestigte sie an einem Riemen und verstaute sie in dem kleinen Handtäschchen aus dunkelrotem Leder, das sie mitzunehmen gedachte.

Bevor sie die Wohnung verließ, schärfte sie Melitta nachdrücklich ein, mit ihrem neuen Satz Schlüssel alle drei Schlösser zu verriegeln. Auch Chrysostomos solle sie strikt darauf hinweisen, dies ebenfalls zu tun, falls er am Abend oder wann auch immer die Wohnung noch einmal verlassen würde.

Melitta – ihr lag noch immer der Schreck über den Einbruch und das angerichtete Chaos auf dem Gemüt, denn nichts hasste sie mehr als Unordnung –, Melitta versprach, auf all das zu achten und den lieben Chrysostomos anzuhalten, sämtliche drei Schlösser zu betätigen.

Als Tillia auf die Straße trat, war Primosus gerade damit beschäftigt, den letzten Schuhständer in den Laden zu rollen. Die Holzräder quietschten fürchterlich.

»Ah, Tillia!« Er hielt inne. »Es soll ja heute jemand in deiner Wohnung …«

Wütend fuhr sie ihn an: »Was? Was ist mit meiner Wohnung?«

Primosus erschrak vor der Heftigkeit ihrer Reaktion. »Ich … ich habe ja nur gemeint …«, stotterte er, wandte sich beleidigt ab und bugsierte den Ständer in den Laden.

»Also der kriegt als Erster die Kündigung, wenn ich das Haus habe«, nahm sich Tillia vor. »So eine Klatschbase!«

Der Kutscher hielt Tillia die Tür auf und half ihr beim Einsteigen. Sie blickte kurz zurück. Die zweite Kutsche mit den Jungs wurde gerade von einem großen Reisewagen überholt, der stadteinwärts fuhr. Das war gut, ihre Beschützer konnten dann unauffälliger folgen.

Ein Ruck! Das Gefährt setzte sich in Bewegung und rumpelte über das Pflaster. Die Dämmerung breitete sich aus. In einer halben Stunde würde es finster sein …

Tillia lehnte sich zurück, nun doch sehr erleichtert, unter dem Schutz von Bewaffneten zu stehen. Sie war sich sicher, dass Pankrates und Theodoros ihr Leben wagen würden, um sie aus jeder gefährlichen Situation herauszuholen. Zwar glaubte sie nicht, dass ihr von Antonius Felix irgendeine Gefahr drohte – er wollte sie nur aushorchen –, wohl aber von dem Unbekannten, der sich auf ihre Spur gesetzt und bei ihr eingebrochen hatte. Es konnte der Mörder selbst sein. Am Ende verfolgte er jeden ihrer Schritte? Ein Schauer lief ihr über den Rücken. Gleich morgen früh musste sie Caenis wie Perdikkas über den Einbruch informieren. Und natürlich auch Athenodoros!

In der Stadt war es nun ruhiger geworden. Lediglich das Gegröle von Betrunkenen ertönte manchmal in der Nähe, aber auch dies blieb schließlich hinter ihr zurück. Jetzt müsste der Wagen die rückwärtige Mauer des Augustusforums passieren – sie blickte nach draußen: So war es. Wenige Augenblicke später rollten sie schon auf der Via Lata, der Breiten Straße, die nach einer kerzengerade gezogenen Meile in die Via Flaminia, die Ausfallstraße nach Norden, überging.

Immer wieder war sie erstaunt, wie ruhig es abends in diesem Teil der Stadt zuging. Sie kannte den Grund: Große Bereiche des alten Marsfelds waren seit Augustus mit repräsentativen Großbauten besetzt worden, deren Kälte kaum dazu verlockte, sie im Dunkeln aufzusuchen. Außerdem hatten sich hier in den letzten Jahrzehnten betuchte Neureiche niedergelassen und mit ihren Häusern, die sich nach außen fensterlos gaben, jene kühl abweisende Atmosphäre der Mächtigen und Reichen geschaffen, die Angehörige der Unterschichten auf Abstand hielt.

»Es ist unglaublich«, murmelte Tillia und sie war wirklich aufgebracht: »Woher nehmen diese Leute das Recht sich zu gebärden, als ob sie direkt von Romulus abstammten!« Sie kannte einige Vertreter dieser neuen Spezies, die über genügend Geld und Beziehungen verfügten, um sich und ihre Familien angemessen – und das hieß: wahnwitzig übertrieben – in der Öffentlichkeit darzustellen. Und Antonius Felix war einer von ihnen. »Pah!«, rief sie. »Er war früher nur ein Sklave! Wie sein Bruder Pallas, der zum engsten Vertrauten Neros aufstieg.« Einmal mehr bewunderte sie Caenis, die trotz ihrer steilen Karriere nie den Boden der Vernunft unter den Füßen verloren hatte. Sie war bescheiden geblieben.

Der Wagen verließ nun die Via Lata und bog in eine Seitenstraße ein. Wenige Augenblicke später schwenkte er noch einmal nach rechts. Das Rumpeln der Räder hörte auf, die Kutsche fuhr auf glattem Bodenbelag und hielt dann an. Es näherten sich Schritte. Jemand riss die Tür auf. Tillia stellte fest, dass sie sich in einem großen Hof befand, der von mehreren an den Wänden angebrachten Laternen hell erleuchtet wurde.

Der Diener, der die Wagentür geöffnet hatte, verbeugte sich und half ihr beim Aussteigen.

»Wenn die Herrin mir folgen würde …«

Er machte eine einladende Handbewegung und ging voraus, auf einen pompösen Eingang zu. Drei Marmorstufen führten zu einer dunklen, fast schwarzen Doppeltür mit Messinggriffen … Oder handelte es sich um Gold? Er öffnete und ließ Tillia eintreten.

Das Atrium übertraf an Pracht alles, was sie bisher gesehen hatte. Die Säulen, die das Dach des Innenhofs trugen, waren aus rotem ägyptischem Granit, gekrönt von vergoldeten korinthischen Kapitellen; die Rahmen der im Geviert abzweigenden Türen glänzten mit poliertem rötlichem Marmor; das Impluvium, welches das Regenwasser auffing, war aus einem einzigen weißen Marmorblock geschlagen. In seiner Mitte kauerte auf rechteckigem Sockel eine Sphinx, aus deren Mund Wasser in das Becken floss. Der Fußboden bestand aus kunstvoll verlegten Marmorintarsien in allen Farben. Er glänzte, als werde er täglich gewachst und poliert.

»Bitte einen Augenblick zu warten, Herrin!«, sagte der Diener und entfernte sich.

Tillia näherte sich einer Säule und fuhr mit den Fingern über den auf Hochglanz geschliffenen Stein. Er fühlte sich so kalt an, dass sie die Hand beinahe erschrocken zurückzog. Sie hasste Granit. Er erschien ihr als das kälteste, gefühlloseste und unmenschlichste Material. Nie würde sie verstehen, wie man ausgerechnet Granit für ein Haus, in dem Menschen lebten, verwenden konnte und weshalb er zu einem Symbol von Macht und Reichtum geworden war.

Aus dem seitlich nach hinten führenden Gang näherten sich schlurfende Schritte. Ein beinahe glatzköpfiger, großer massiger Mann kam, gestützt auf einen Stock, mit kleinen Schritten näher. Einer seiner Sklaven begleitete ihn, jederzeit bereit, als weitere Stütze zu dienen. Als Antonius Felix einmal kurz schwankte, griff der Diener nach dessen Arm, doch sein Herr wies die Hilfe mit einer schroff abwehrenden Geste zurück.

Er erreichte Tillia, blieb drei Schritte vor ihr stehen und musterte sie interessiert, ohne dass sich sein Gesicht dabei veränderte. Kein Lächeln, keine Regung zeigte an, ob er beim Vergleich des Bildes, das er sich von der Besucherin gemacht hatte, mit der Realität zufrieden war. Sein Antlitz wirkte auch dann noch steinern, als er zu sprechen begann: »Tillia Capriola! Ich freue mich sehr, dass du meiner Einladung Folge geleistet und dich zu später Stunde noch auf den Weg gemacht hast.«

Während er dies höflich, aber kühl mit leicht näselnder Stimme sagte, ruhten seine dunklen Augen unbewegt auf ihrem Gesicht.

»Ich würde dich, wenn du denn noch nicht zu Abend gegessen hast, gerne zu einem kleinen Mahl einladen – falls du denn damit einverstanden wärest.« Die Floskeln »wenn es denn …« oder »falls du denn …« sollte er noch oft gebrauchen, wie er es überhaupt zu lieben schien, sich in umständlichen und bisweilen altertümlich wirkenden Wendungen auszudrücken.

Er sieht seinem Bruder sehr ähnlich, dachte Tillia, nur waren Pallas' Gesicht feiner, der Mund sinnlicher und die Stimme, wenn auch verwandt in Klang und Tonlage, wärmer gewesen. Von Felix aber ging eine gefühllose, zugleich anmaßende Kälte aus, die er durch nichts, keinen Blick, keine Geste zu überspielen suchte. Die schmalen Lippen waren fest geschlossen und die Mundwinkel zeigten abweisend nach unten. Er schien von ständigen Schmerzen geplagt zu sein.

»Dagegen ist nichts einzuwenden«, erklärte Tillia souverän und setzte ihr gewinnendstes Lächeln auf, was ihn nun doch veranlasste die Mundwinkel etwas anzuheben.

»Dann darf ich bitten?«

Felix wies mit dem Stock zum Tablinum, das wie in allen Stadthäusern dieser Art dem Eingang gegenüberlag. Der Diener öffnete die Doppeltür, verbeugte sich vor Tillia und ließ sie vorausgehen. Sie war darauf gefasst, ein in jeder Beziehung überladenes, protziges Zimmer zu betreten, aber schon der erste Rundblick ließ sie überall nur Werke von erlesener Qualität feststellen. Farbige Fresken bedeckten die freien Wände. Sie zeigten Szenen, die alle etwas mit Ägypten, seiner Pflanzen- und Tierwelt, seiner Kultur und Geschichte zu tun hatten. Sie konnte den Inhalt des Dargestellten nicht immer erkennen, wohl aber den künstlerischen Rang der Bilder. Dem Maler war es gelungen, eine interessante Symbiose zwischen der überkommenen, erstarrten Piktographie der Ägypter und der von den Griechen beeinflussten lockeren Malweise zu schaffen, wobei er die Anatomie der Figuren, seien es Menschen oder Tiere, perfekt wiedergab.

Als Felix ihren erstaunten Blick bemerkte, räusperte er sich und erklärte mit unerwarteter Offenheit freundlich: »Nun ja, ich schwärme schon seit meiner Kindheit für Ägypten. Es hängt wohl damit zusammen, dass Antonia die Tochter des großen Marcus Antonius war, wenn du verstehst, was ich meine.«

»Und ob!« Sie nickte und versuchte sich zugleich vorzustellen, wie denn wohl die Kunstwerke, die Marcus Antonius einst aus Ägypten nach Rom geschickt hatte, von seiner Gattin, der Mutter besagter Antonia und Schwester des von ihm hintergangenen Octavianus, aufgenommen worden waren – hatte er sie doch mit Kleopatra betrogen.

»Je älter ich werde«, fuhr Felix leise fort, »umso mehr bewundere ich die Welt Ägyptens. Was ist gegen die dreitausend Jahre seiner Geschichte schon unser Rom!«

Tillia war überrascht. Sie hatte einiges erwartet, aber nicht diesen alten, offensichtlich verbitterten Mann voll Verachtung für das Rom, das ihn groß gemacht hatte.

»Ich verstehe, was du meinst, Felix. Mein Vater denkt über Ägypten ganz ähnlich.«

»Oh, dein Vater!« Er schaute sie an. »Wie geht es ihm?

Wenn es denn erlaubt ist, danach zu fragen.« Er war also über ihre Herkunft informiert.

Sie berichtete kurz über den körperlichen Zustand von Balbinus, erwähnte auch, dass er sich zurzeit mit einem fiebrigen Infekt herumschlage, und schloss: »Er arbeitet mit Hingabe an einer Anthologie über die Tierwelt Ägyptens.«

»Das ist schön!« Felix schien wie verwandelt. »Das interessiert mich sehr. Wann wird er das Werk veröffentlichen?«

»Das kann ich wirklich nicht sagen, Felix. Er geht es sehr geruhsam an, zumal er die Illustrationen selbst zu Papier bringt. Er lässt sich Zeit, weil die Arbeit ihm Freude macht.«

»Wie … wie alt ist er denn?«

»Vierundsiebzig.«

Felix nickte bedächtig: »Ach, schon … Teile ihm, wenn du ihn denn siehst, bitte mit, dass mich seine Arbeit ungemein interessiert. Vielleicht ist irgendwann eine Abschrift des Werkes käuflich zu erwerben.«

»Gerne«, nickte sie und fragte, da die Gelegenheit günstig war: »Er sucht nach einem Buch über die Quellen des Nils.«

»Die Quellen des Nils?«

»So ist es. Vielleicht kannst du, der du doch ein Kenner Ägyptens bist, etwas darüber in Erfahrung bringen?«

»Oh ja, sehr gern.« Er fühlte sich offensichtlich geschmeichelt. »Ein seltenes Thema, gewiss, aber da müsste sich was finden lassen. Ich kümmere mich darum.«

»Danke.«

Sie blickte sich um. In einer Ecke des Raums war ein runder Tisch gedeckt. Der Diener, der sie eingelassen hatte, wartete darauf, Gast und Hausherrn die Stühle zu rücken. Felix bot ihr Platz an und wartete, bis sie saß, ehe auch er sich niederließ. Dies entwickelte sich zu einer umständlichen Prozedur, denn es gelang ihm kaum, sich aus eigener Kraft langsam zu setzen. Der Sklave griff ihm nun beherzt unter den Arm und Felix erhob diesmal keinen Einspruch. Der Stock wurde seitlich auf einem Stuhl abgelegt.

»Es ist die Gicht, Tillia, die Gicht, die mich wieder einmal fürchterlich gepackt hat. So schlimm wie diesmal war es noch nie. Bitte, entschuldige! Ich …«

»Aber ich bitte dich!«, rief Tillia. »Das tut mir Leid. Kann dir dein Arzt nicht helfen?«

»Ach, die Ärzte!« Er machte eine wegwerfende Handbewegung. »Betrüger, Scharlatane, Schwätzer! Man sollte sie alle dem Richter vorführen und wegen Unfähigkeit, Inkompetenz, Anmaßung und Wucher verklagen und ans finstere Nordmeer schicken!«

Es entspann sich nun ein Gespräch über Gicht, Arthrose, Rheuma und die Unfähigkeit der Ärzte zu helfen. Immer wieder flocht Felix einen Fluch oder eine Verwünschung in seine Kommentare ein. Schließlich fragte Tillia: »Hast du es schon einmal mit Johanniskraut versucht?«

»Johanniskraut?« Er sah sie an. »Nein. Warum denn ausgerechnet dieses Gewächs?«

»Weil *hypericum perforatum* die Schmerzen der Seele wie die des Körpers mindert und einen beruhigenden Effekt hat. Ich kenne einen guten Arzt, der sich auf die Behandlung mit dieser Pflanze spezialisiert hat. Übrigens mit großem Erfolg! Und das in den besten Kreisen!«

»Aha, aha.« Felix, der in der Tat sichtlich litt, zeigte unerwartet größtes Interesse, wie sich eben ein von unerträglichen Schmerzen gepeinigter Mensch an jeden Strohhalm der Hoffnung klammert.

»Wer ist das denn?«

»Athenodoros.«

»Athenodoros?« Er überlegte. »Sprichst du von dem Medicus, der vor einem Jahr den Kaiser behandelt hat? Wegen Hämorrhoiden?«

»Er ist es.«

»Interessant. Ja, wenn du ihn gut kennst, dann teile ihm doch einmal gelegentlich mit, dass er einen neuen Patienten gewinnen kann.«

»Ich werde versuchen ihn dazu zu bringen, dich aufzusuchen.«

»Ist er denn so beschäftigt?«

»Allerdings.«

Diese überraschende Wendung des Gesprächs schien Antonius Felix in eine bessere Stimmung versetzt zu haben, denn er gab sich nun etwas lockerer als bei der Begrüßung. Er strich sich mit der flachen Hand über die Stirnglatze und machte dem Sklaven ein Zeichen die Speisen zu servieren.

»Was möchtest du trinken, Tillia? Falerner? Oder einen trockenen Umbrier?«

»Nur Falerner!«, rief sie übertrieben emphatisch – wenngleich sie ihn tatsächlich allen anderen Weinen vorzog –, und der Sklave entfernte sich, das gewünschte Getränk zu holen.

Auf einen Wink seines Herrn goss er Wein und Wasser in einen bildschönen antiken Mischkrug, der nur aus Athen stammen konnte.

»Das freut mich.« Zum ersten Mal lächelte Antonius Felix. »Auch ich ziehe einen Falerner, wenn ich denn etwas Wein zu mir nehme, jedem anderen vor. Dieser hier stammt übrigens von meinem eigenen Weinberg bei Nola.«

»Ach ja?« Aber sie dachte: Immer diese Protzerei!

»Ja.« Er lächelte selbstgefällig. »Allerdings darf ich ihn leider nur in höchst mäßigen Mengen zu mir nehmen. Die Gicht, verstehst du? Diese fürchterliche Gicht! Vielleicht hat dein Athenodoros tatsächlich ein Mittel dagegen.«

»Ich kann dazu nur eines sagen: Du solltest es mit ihm versuchen, Felix. Er hat schon vielen in ähnlicher Lage geholfen!«

»Na, dann.« Er hob die silberne Schale: »Prosit, Tillia Capriola!«

Sie tat es ihm gleich und nahm einen Schluck: »Hervorragend! Wirklich hervorragend! Ich kenne einige Weine aus der Gegend, aber dieser ... er ist vorzüglich.«

»Das freut mich. Er ist im besten Alter: sechs Jahre! Danach verliert er sehr schnell an Charme und Blume.«

Nun begann das Ritual eines festlichen Essens, das bis ins Detail geplant worden war. Zwei Sklaven trugen die verschiedenen Gerichte auf und bedienten Hausherrn und Gast mit vollendeter Höflichkeit. Felix hatte die Speisenfolge in Absprache mit seinem Koch so festgelegt, dass sie zwar in gewisser Weise exotisch wirken sollte – es wurde unter anderem Flamingofleisch in Pilzsoße serviert –, zugleich aber der Eindruck des Opulenten und ordinär Überladenen vermieden wurde. Denn dies galt als verräterisches Kennzeichen neureicher Emporkömmlinge, die dem Gast all das in Massen auf den Teller häuften, was zurzeit in vornehmen römischen Häusern Mode war.

Nein, Tillia musste zugeben, dass die Vorspeise – Wachteln in Weinsoße –, die zwei Hauptgänge – neben dem Geflügel ein zarter Schweinebraten, dazu verschiedene Gemüse – und eine süße Nachspeise – in Honig und Wein eingelegte Aprikosen – in jeder Beziehung mit den Angeboten der teuersten Feinschmeckerlokale Roms wetteifern konnten.

Beim Nachtisch nahm das Gespräch allmählich die Wendung zu dem, was Antonius Felix auf dem Herzen lag, und Tillia war gespannt, wie er es angehen würde.

Doch er fragte keineswegs direkt nach dem Mord im Theater, sondern begann recht umständlich: »Nun also … Wenn ich denn zum eigentlichen Anliegen dessen kommen darf, was mich bewogen hat, dich zu mir zu bitten, liebe Tillia: Ich brauche deine Hilfe.«

»Meine Hilfe?« Sie zwinkerte und sah ihn dabei unverwandt an.

»So ist es.« Er lächelte. »Ich habe erfahren, dass du dich um das Fortkommen eines begabten jungen Mannes kümmerst.«

»Wie?« Verblüfft starrte sie ihn an. »Das Fortkommen?« Sie dachte kurz nach. »Ach so, meinst du etwa den jungen Decimus Iunius Iuvenalis?«

»Gerade diesen!«

»Und was … was kann ich hierbei für dich tun?«

Felix lehnte sich zurück. »Es ist so, ich … äh … ich möchte übermorgen Abend ein Fest geben und es mit einigen geschmackvollen Rezitationen anreichern. Es war schon immer mein Bestreben, junge Talente zu fördern. Von einem guten Bekannten habe ich – leider erst gestern – erfahren, dass dieser Iuvenalis das Zeug dazu haben könnte, einmal von sich reden zu machen. Von diesem Bekannten erfuhr ich ebenfalls, dass du, liebe Tillia Capriola, sozusagen deine Hand über dem jungen Mann hältst. Das ist denn auch der Grund, weshalb ich mich an dich wende.«

Blitzschnell überlegte Tillia: Er ist sehr geschickt. Sagt er das nur als Vorwand, um mich …? In Wirklichkeit hat er bestimmt etwas ganz anderes im Sinn. Laut erwiderte sie: »Nun ja, ich … ich kann mich an ihn wenden, aber …«

»Ja?«

»Das wird knapp werden! Er muss sich noch vorbereiten!«

»Gewiss, ja, aber ich gehe denn doch davon aus, dass

er einiges sozusagen aus dem Stand von sich geben kann – oder?«

Tillia betrachtete ihren Siegelring. »Ich werde mich mit ihm in Verbindung setzen und ihn fragen …«

Sie brach abrupt ab, reckte sich, sah Felix mit strengem Blick an – ihre hellblauen Augen funkelten intensiv – und machte dem Versteckspiel ein Ende: »Mein lieber Antonius Felix! Ich kann nicht glauben, dass du mich nur wegen einer solchen Lappalie hierher in dein Haus bittest, mir sogar noch deinen Wagen schickst, nur um mich auf einen gewissen jungen Dichter, dem man eine große Zukunft voraussagt, anzusprechen. Das hättest du auch billiger haben können. Verzeih meine Offenheit, aber ich liebe eine klare Sprache!« Sie beugte sich vor. »Du schriebst in deinem Brief von äußerst wichtigen Dingen, die du mit mir besprechen willst! Also mach mir bitte nicht weis, es ginge dir heute Abend nur um das Fortkommen eines sicherlich begabten jungen Poeten, der seinen Weg auch ohne die Protektion eines Marcus Antonius Felix machen wird!«

Ein amüsiertes, aber kaltes Lächeln spielte um seine Mundwinkel und sie vermutete, dass er wohl ein ganzes langes Leben mit solchen Winkelzügen erfolgreich bestritten hatte. Er wiederum, als er sich durchschaut sah, kam nicht umhin zu bekennen: »Ich hatte schon reichlich Gelegenheit mich mit dem untrüglichen weiblichen Scharfsinn von Königinnen zu messen – aber der deinige ist unschlagbar, Tillia!«

Unbeeindruckt von dem Kompliment hakte sie nach: »Also, was willst du wirklich von mir?«

Bevor Antonius Felix darauf eine Antwort gab, befahl er den bedienenden Sklaven den Raum zu verlassen. Er werde sie rufen, falls er sie brauche. Sie verbeugten sich und zogen sich zurück.

»Zunächst einmal«, begann Felix, als sie allein waren,

»darf ich feststellen: Meine Eingangsfrage war ernst gemeint. Ich möchte durchaus, dass der junge Mann hier vorträgt.«

Er sah Tillia an und sie nickte zustimmend.

»Zugleich möchte ich aber, dass auch du, Tillia, dabei anwesend bist.«

»Wozu das?« Sie zwinkerte. »Er macht das nicht zum ersten Mal und steht allein seinen Mann!«

»Gewiss, ja. Aber es geht dabei nicht um ihn.«

»Wie bitte? Warum soll er denn dann …?«

»Es geht um dich! Ich möchte dir Gelegenheit geben einige meiner Gäste in Augenschein zu nehmen.«

Sie ahnte, worauf er hinauswollte, stellte sich aber unwissend: »Was soll das? Ich kenne diese Leute nicht!«

»Eben! Du bist unvoreingenommen und darum am ehesten in der Lage verräterische Dinge im belanglosen Gespräch zur Kenntnis zu nehmen.«

Tillia ging aufs Ganze: »Also, Felix, dann lassen wir die Katze doch mal aus dem Sack: Bei der Angelegenheit, die du unbedingt mit mir besprechen möchtest, handelt es sich ja wohl um den Mord an dem jungen Antonius Primus, nicht wahr?«

»So ist es.«

»Und du weißt natürlich, dass ich Zeugin des Anschlags wurde.«

»Ja.«

»Von wem hast du das erfahren?«

»Das tut nichts zur Sache. Ich besitze da so meine Quellen.«

»Na gut, jeder hat sie, ich möchte das nicht vertiefen.« Es entging ihr nicht, wie er wegen ihrer selbstsicheren Rede leicht konsterniert die Brauen anhob. »Aber nun erklär mir bitte, was dich bewogen hat gerade zu mir Kontakt aufzunehmen. Was hast du mit der ganzen Sache zu tun?«

»Ich?« Er schüttelte energisch den Kopf. »Überhaupt nichts.«

»Dann verstehe ich allerdings nicht, warum dich der Fall so stark interessiert.«

Seine Mundwinkel verzogen sich: »Der Fall fesselt mich in der Tat weniger als gewisse Folgen, die das Verbrechen nach sich ziehen wird.«

»Wie meinst du das?«, fragte sie und wusste, dass er nun Farbe bekennen musste.

Er fuhr sich mit der Hand über die Stirn und setzte sich bequemer hin. »Ich weiß nicht, ob dir bekannt ist, Tillia, dass ich zum zweiten Mal eine Ehe eingegangen bin.«

Dies zu verneinen wäre unklug gewesen: wegen seiner Eitelkeit und weil er das Heiraten als Prestigeangelegenheit betrachtete. Also sagte sie beiläufig: »Ich habe irgendwann davon gehört.«

»Aha, das ist gut, denn dann wirst du besser verstehen, mit welchen Problemen ich alter Mann mich herumschlage.«

»Was für Probleme?«

»Um es gleich auf den Punkt zu bringen: Man wird behaupten, ich sei der Urheber des Anschlags!«

Jetzt haben wir schon zwei Mörder, dachte Tillia und hatte Mühe sich ein Lächeln zu verkneifen.

»Das musst du mir erklären!«

»Später, Tillia, später. Du sollst dir erst selbst ein Bild von gewissen Personen machen.«

»Und warum gerade ich? Nur weil ich zufällig bei der Tat dabei war?«

»Das auch, natürlich. Ich will es einmal so sagen: Die Erschütterung, um nicht zu sagen, der Schock, den du erfahren haben dürftest, hat dich in gewisser Weise zu einer passiv Beteiligten gemacht, falls du denn verstehst, was ich meine.«

»Ja, durchaus. Aber das genügt nicht, um …«

»Natürlich, natürlich!« Er wurde plötzlich sehr lebendig. »Deshalb das andere: Ich weiß, dass du während des Prozesses gegen Novius Niger vor zwei Jahren – es ging um den Vorwurf, er habe seinen Stiefsohn umgebracht – eine entscheidende Zeugenaussage gemacht hast, die zum Freispruch in allen Punkten der Anklage führte. Da ich mit Niger befreundet bin, habe ich den Prozess mit größtem Interesse verfolgt. Und damals fiel mir deine ungemein nüchterne, kluge und scharfsinnige Argumentation auf, die denn auch die Richter so beeindruckte, dass sie den Angeklagten freisprachen.«

»Hm ... Das heißt also, ich soll morgen Abend hierher kommen ...«

»Übermorgen, Tillia, übermorgen!«

»... ich bewege mich zwanglos unter deinen Gästen, ziehe den einen oder anderen ins Gespräch und ...«

»Nicht den einen oder anderen! Ich, äh, ich denke dabei natürlich an ganz bestimmte Leute.«

»Verstehe. Und an welche?«

»Alle, die in irgendeiner Weise ein Interesse daran haben könnten, dass der Mord entweder unaufgeklärt bleibt – oder dass Personen, denen sie schaden wollen, in den Verdacht geraten selbst der Täter zu sein oder als Auftraggeber den Mörder zu decken.«

Tillia, die das Ganze zunehmend spannend fand, dachte nach und meinte kühl: »Na gut – aber um wen handelt es sich im Einzelnen?«

»Das werde ich dir übermorgen Abend mitteilen. Ich muss dir die Leute doch zeigen, nicht wahr, damit du ...«

»Ich habe verstanden, Felix.«

»Sehr schön!« Er rieb sich nun gut gelaunt die Hände und fügte hinzu: »Du kannst selbstverständlich einen Freund oder Bekannten als Begleiter mitbringen.«

Sie griff den Vorschlag sofort auf und sagte: »Athenodoros!«

»Aha. Ist das nicht der … der Arzt, von dem du sprachst, der den Kaiser …?«

»Er ist es.«

»Ausgezeichnet!« Das schmeichelte seiner Eitelkeit. »Dann kann ich ihn ja gleich einmal auf eine Therapie ansprechen, ich meine, was er denn gegen die Gicht …«

»Dem steht nichts im Wege«, sagte sie und überschlug bereits das Honorar, das Athenodoros dem alten Gockel in Rechnung stellen konnte.

»Und du meinst«, schloss er, »du kannst diesen jungen Dichter dazu bringen, übermorgen Abend hier vorzutragen?«

»Ich denke, ja.« Sie zwinkerte. »Was wäre dir denn seine künstlerische Darbietung wert?«

Und Felix: »Was verlangt er denn?«

Ohne zu zögern, antwortete sie: »Tausend!«

»Sesterzen?«

»Denare!«

Sie sah, wie er schluckte. Das war mehr, als ein Legionär in einem Jahr verdiente.

Schon kleinlauter fragte er: »Was würde er denn vortragen?«

»Was möchtest du hören?«

»Oh, das kann ich nicht so einfach … Das hängt doch wohl von ihm selbst ab – oder nicht?«

»Nicht unbedingt.«

»Vielleicht …« Er streichelte sein Kinn. »Vielleicht könnte er einige neue Gedichte aus seiner eigenen Feder …?«

»Ich werde ihn fragen.«

»Tu das, Tillia! Du kennst ihn und sein Repertoire besser als ich.«

Sie war immer noch unsicher, ob dies alles nicht nur ein vorgeschobener Versuch war, um vom eigentlichen Anlass abzulenken.

»Könnte ich mir nun die Hände säubern?« Sie war plötzlich sehr müde und wollte nach Hause.

»Selbstverständlich!« Er hatte verstanden.

Felix klingelte mit dem Tischglöckchen. Die beiden Sklaven erschienen, und ihr Herr befahl ihnen Wasser und Tücher zu bringen.

Danach begleitete er Tillia persönlich nach draußen zum Wagen.

»Ich danke dir, dass du meinen Bitten entsprechen willst.«

»Keine Ursache, Felix.«

»Also dann, bis übermorgen!«

»Wann sollen wir da sein?«

»Ist dir eine Stunde nach Sonnenuntergang recht?«

»Durchaus, ja.«

»Dann wünsche ich noch einen angenehmen Abend.«

»Danke, das Gleiche. Vale, Antonius Felix!«

»Vale, Tillia Capriola!« Er machte die Andeutung einer Verbeugung.

Sie stieg ein und der Wagen setzte sich augenblicklich in Bewegung.

Wieder auf der Via Lata, schaute sie aus dem Rückfenster, um sich zu vergewissern, dass ihre Beschützer ihr folgten. Sie erkannte die beiden Laternen, die rechts und links am Dach des anderen Wagenkastens angebracht waren.

Tillia lehnte sich zurück und dachte über das Gespräch und die Art und Weise nach, wie Felix sich gegeben hatte. »Anfangs war er sehr zugeknöpft. Mein Gott, ist der Mann eitel! Als ich erwähnte, dass Athenodoros … Seine Reaktion, ha! Typisch. Ganz typisch! Wenn der Kaiser, dann auch er.« Sie schüttelte angewidert den Kopf. »Bei den Personen, auf die ich übermorgen ein Auge werfen soll, handelt es sich wahrscheinlich um Freunde oder Bekannte aus dem Umfeld von Felix – oder um Verwandte?« Sie zwinkerte. »Hat er nicht besonders darauf hingewiesen, dass das ganze Theater in irgendeiner Weise etwas mit seiner Ehe zu tun haben könnte? – Doch, hat er! Das dürfte ja höchst interessant werden.«

Sie sah immer noch den Raum vor sich. »Also das muss man ihm lassen: Er hat Geschmack trotz seines Reichtums! Ich hatte Schlimmeres erwartet … Übrigens Drusilla. Er hätte uns miteinander bekannt machen können!« Sie kannte Drusilla nicht, wusste nur, dass diese Mitte dreißig sein sollte. »Oder verheimlicht er das Ganze vor ihr? Sicher, er ver… Also muss es etwas mit ihr zu tun … Wahrscheinlich wird er mich ihr übermorgen ganz offiziell vorstellen, sozusagen als eine Art weiblichen Mäzen des jungen Dichters. Na, warum nicht?«

Sie versuchte sich die Szene vorzustellen, sah Drusilla falsch lächeln und hörte, wie sie irgendwelche Floskeln von sich gab. Die Tochter des Herodes Agrippa! Wenn sie die Verschlagenheit ihres Vaters geerbt hatte, hieß es, auf der Hut sein.

Und Felix, war er fähig einen Mord in Auftrag zu geben, zum Beispiel an dem jungen Gaius Antonius Primus? Tillia schloss: »Ohne weiteres! Dem Mann traue ich alles zu!«

Bei Titus dagegen, dem Caesar, war sie sich absolut sicher, dass er nicht das Geringste mit der Sache zu tun hatte. Allein schon, weil Caenis sie eingeweiht hatte, was sie nie tun würde, wenn sie auch nur den Funken eines Verdachts hätte.

Morgen sollte sie Caenis von der neuen Lage in Kenntnis setzen. Von ihr würde sie einige Hintergrundinformationen erhalten, die weiterhelfen konnten. Niemand kannte Antonius Felix so gut wie Caenis.

Der Wagen hielt. Der Kutscher öffnete die Tür und half ihr beim Aussteigen. Sie bedankte sich und ging auf den

Eingang ihres Hauses zu. Der Kutscher fuhr bis zur Gabelung der Straße, wendete und machte sich auf den Heimweg.

Tillia – sie hatte längst die Tür geöffnet und den Flur zum Treppenhaus betreten – wartete drinnen einige Augenblicke, dann ging sie wieder auf die Straße. Der zweite Wagen hielt gerade vor dem Eingang, die Jungs sprangen heraus und eilten auf sie zu. Das Licht der Lampen des Siebengestirns von gegenüber reichte aus, dass sie ihre Gesichter erkennen konnte.

»Alles in Ordnung, Domina?«, fragte Pankrates besorgt.

»Alles unter Kontrolle, ja! – Und bei euch?«

»Tja.« Pankrates kratzte sich am Hinterkopf: »Da war jemand.«

»Wer?«

»Das konnten wir in der Dunkelheit nicht feststellen.«

»Ein Mann?«

»Möglich.«

»Was heißt das?« Sie zwinkerte. »Ihr werdet doch wohl noch einen Mann von einer Frau unterscheiden können.«

»Normalerweise ja. Sag du's ihr!« Er wandte sich an Theodoros, und dieser erwiderte: »In der Tat, Herrin, es war nicht auszumachen, ob es sich um einen Mann oder eine Frau handelte.«

»Hm. Also gut, aber wenigstens ein Mensch und kein Gespenst!«

»So ist es.« Theodoros grinste.

»Was hat diese Person gemacht?«

Pankrates: »Es war so: Als dein Wagen bei Felix in den Hof fuhr, tauchte sie plötzlich von irgendwoher auf und verfolgte, wie du ausstiegst und ins Haus gingst.«

»Aha. War sie vermummt oder maskiert?«

»Vermummt?« Er schaute Theodoros und Geta fragend an. Geta meinte: »Sie, ich meine die Person, trug einen dunklen Mantel oder Umhang und hatte den Kopf unter einer Art Kapuze verborgen.«

»Konntet ihr das Gesicht sehen?«

»Nein. Es war zu dunkel«, sagte Pankrates und die beiden anderen nickten.

»Habt ihr irgendetwas unternommen?«

»Nein, dazu bestand kein Anlass«, meinte Pankrates und reckte sich. »Wir haben sie nur in einiger Entfernung vom Wagen aus beobachtet.«

»Was tat sie?«

»Nichts. Sie verschwand nach kurzer Zeit wieder.«

Tillia zwinkerte. »Dann wollte sie wohl nur feststellen, ob ich in das Haus von Felix gegangen bin.«

Die drei nickten.

»Habt ihr vielleicht«, wollte Tillia noch wissen, »aus der Art, wie die Person ging, auf ihr Geschlecht oder Alter schließen können? Ich meine, ein Mann bewegt sich schneller, eine junge Frau geschmeidiger.«

»Nun, wenn du so fragst …« Geta dachte nach. »Ich würde sagen, die Person war jung und weiblich.«

»Aha. Und das Alter?«

»Hm. Nicht älter als Anfang oder Mitte dreißig.«

»Sehr gut! War sie eher beleibt oder schlank?«

Geta sah die anderen an, und Theodoros meinte:

»Schlank und sehr behände.«

»Ich danke euch, Jungs. Das könnte ein wichtiger Hinweis sein.« Sie öffnete ihre Handtasche und entnahm ihr einige Denare. »Hier, macht euch einen schönen Abend. Die Gelegenheit dazu liegt direkt vor euch!« Sie wies zum Eingang des Siebengestirns.

»Danke, Herrin! Aber das war nicht nötig.«

»Nichts ist unbedingt nötig – außer dem Tod!« Sie lachte ihnen zu. »Dies noch! Sagt eurem Chef, ich werde ihn wahrscheinlich morgen im Laufe des Vormittags besuchen. Er ist doch da – oder?«

Geta nickte. »Sicher, er beaufsichtigt das Training.«

»Also dann.« Sie hob die Hand. »Valete!«

Die drei verbeugten sich artig und verschwanden im Siebengestirn.

VIII

Als Tillia die Wohnungstür öffnete, trat ihr schon im Flur Athenodoros mit forschendem Blick entgegen.

»Gut, dass du da bist, Doro, ich muss mit dir sprechen.«

Sie küsste ihn im Vorbeigehen auf den Mund. Melitta kam aus der Küche, knickste und nahm ihrer Herrin Palla und Perücke ab. Sie tat sehr wichtig: »Es ist ein Brief für dich abgegeben worden, Herrin.« Sie schniefte.

»Nein, nicht schon wieder!«, rief Tillia, was Melitta auf ihr Schniefen bezog, aber diesmal kommentarlos hinnahm.

»Von wem denn?«, fragte Tillia.

»Von Antonius Primus.«

»Na endlich! Ich hatte freilich früher damit gerechnet.« Melitta überreichte ihr das gefaltete und gesiegelte Schreiben.

»Sonst noch was?«

»Ja, die Herrin Caenis hat dir einen großen Korb geschickt.«

»Einen Korb? Wo ist er?«

»In deinem Schlafzimmer.«

Sofort eilte Tillia dorthin und fand einen kunstvoll geflochtenen, quaderförmigen Korb aus dunkel gebeiztem Weidengeflecht. Sie öffnete den einfachen Steckverschluss und hob den Deckel an: Ein Stapel von Seidentüchern in den verschiedensten Farben, darunter mehrere in leuchtendem Blaugrün, schmeichelte ihr entgegen. Sie war entzückt. In einem kleinen Leinenbeutel fand sich ein dunkelblaues Fläschchen mit Rosenwasser, dessen Verschluss mit Wachs versiegelt war. Obenauf lag ein Brief.

Sie erbrach das Siegel und las:

Caenis grüßt ihre liebe Freundin Tillia Capriola. Anbei schicke ich dir eine kleine Auswahl an Seidenstoffen. Ich finde, du solltest mehrere verschiedene Farben ausprobieren – sicher steht dir nicht nur das Blaugrün vorzüglich! Den Korb kannst du gewiss für all die vielen Kleinigkeiten gebrauchen, bei denen wir Frauen nie wissen, wohin damit. Sei vorsichtig bei allem, was du unternimmst! Falls du mich sprechen willst – oder musst: Ich bin morgen früh im Pompeiustheater; noch einmal die Medea. Wir könnten uns in der großen Pause zwischen dem zweiten und dritten Akt treffen. Ich werde in der Wandelhalle hinter dem Theater auf und ab schreiten. Wenn ich dich kommen sehe, sollten wir auf getrennten Wegen zur Curia des Pompeius am Ende des Parks gehen. Ich habe nur absolut vertrauenswürdiges Personal bei mir. Alles Weitere an Ort und Stelle. Ich hoffe, es geht dir gut. Vale!

Tillia betrachtete lächelnd die Schrift: Sie war so ausgeglichen und anmutig wie die Schreiberin; man sah den routiniert ausgeführten Lettern an, dass Caenis in jungen Jahren Antonias Sekretärin gewesen war.

»Sehr gut!« Tillia nickte. »Dann brauche ich also nicht selbst …«

»Was gibt's denn Neues?«, fragte Athenodoros.

Bevor sie ihm antwortete, rief Tillia nach draußen: »Melitta! Mach für Athenodoros ein kleines Abendessen!«

»Danke, nicht nötig«, wehrte dieser ab. »Ich habe schon gegessen.«

»Kein Essen!«, rief Tillia und Melitta nahm es erleichtert zur Kenntnis.

Tillia ging zur Tür und schloss sie sorgfältig.

»Entschuldige, Doro! – Bevor ich deine Frage beantworte, muss ich das lesen.«

Sie erbrach das Siegel von Antonius Primus – es zeigte einen Falken, der dem ägyptischen Horus ähnlich sah –, entfaltete den Bogen und las:

Gaius Antonius Primus grüßt die Herrin Tillia Capriola! Du wirst dich gewiss nicht wundern, dass ich mich auf diesem Wege bei dir melde. Es hat ein schreckliches Ereignis stattgefunden, dessen Zeuge du durch einen schlimmen Zufall geworden bist. Der Mord an meinem einzigen Sohn fordert Sühne. Zwar kann kein Gott ihn mir wieder lebendig machen, aber der Mörder muss gestellt, vor Gericht gebracht, der Tat überführt und nach Recht und Gesetz des römischen Volkes bestraft werden. Ich darf hoffen – nein, ich bin sicher, dass du die Gefühle eines Vaters verstehst. Ich bitte dich, sofern es deine Zeit erlaubt, mich in meinem Hause aufzusuchen, denn ich möchte von dir, Herrin, die wohl noch mit ihm gesprochen hat, etwas über die letzten Augenblicke im Leben von Gaius erfahren. Wenn es dir recht ist, schicke ich dir morgen gegen die neunte Stunde meinen Wagen. Solltest du verhindert sein, teile dies bitte dem Diener mit. Wir können dann einen anderen Termin vereinbaren, wobei ich mich ganz nach deinen Wünschen richte. Vale!

Tillia reichte das Schreiben Athenodoros, wartete ungeduldig, bis er es gelesen hatte, und sagte: »Ein sehr höflicher Brief, nicht?«

»Doch, ja – und der Angelegenheit höchst angemessen. Du gehst hin?«

»Natürlich!«

Er nickte. »Und Caenis? Was schreibt sie?«

Tillia gab ihm auch dieses Schreiben. Nach der Lektüre erklärte Athenodoros mit wichtiger Miene: »Du weißt ja, was in der Curia des Pompeius vor hundertachtzehn Jahren geschehen ist?«

Sie rechnete im Kopf zurück, zwinkerte und starrte ihn an: »Die Iden des März! Dort wurde Caesar ermordet!«

»So ist es. Warst du schon mal dort?«

»Nein, noch nie.« Sie sah ihn mit großen Augen an. »Doro, wir sind da in eine unglaubliche Sache hineingeraten.«

»Wir? – Du, Lunula! Nur du!« Er grinste breit.

»Aber du warst auch dabei!«

»Sicher – aber Caenis hat sich nur an dich gewandt, Mädchen, nicht an mich.«

»Mag sein. Dennoch bist du mittendrin, Doro!« Sie schmunzelte.

»Ich verstehe nicht ...«

»Also, pass auf!«

Sie berichtete ihm ausführlich von ihrem Besuch bei Antonius Felix, seiner Einladung zum Fest und schließlich von den Beobachtungen, die Geta, Pankrates und Theodoros vor dem Haus gemacht hatten.

Athenodoros hatte aufmerksam zugehört. Nun legte er die Stirn in Falten und erklärte abschätzig: »Das klingt mir dann doch alles sehr verworren, nicht wahr ...?«

»Was meinst du?«

»Na diese Begründung: Er könne dir im Augenblick nicht mehr über den Hintergrund und die Personen sagen.«

»Genau das war auch mein erster Gedanke!«

»Hast du seine Frau gesehen?«

»Nein.«

»Das ist ebenfalls seltsam.«

»Kluger Junge!«

»Er scheint offensichtlich, nicht wahr, etwas vor ihr zu verbergen.«

»Richtig! – Also, was ist: Gehst du mit? Du wirst im Übrigen einen neuen Patienten bekommen!«

»Hm ...« Er überlegte. »Ich muss dann zwar einen anderen Besuch absagen ... Aber das lässt sich machen.«

»Warst du bei Balbinus?«

»Ja.«

»Und?«

»Nichts Neues. Er hält sich brav an meine Anordnungen. Übrigens: Seine Zeichnungen sind wirklich wunderschön! Ich sollte überlegen, nicht wahr, womit ich denn meine alten Tage hinbringe ...«

»Kein Problem: Du wirst Mordanschläge aufklären! Das hält jung, Doro!«

»Warten wir's ab.«

»Ach, das muss ich dir noch erzählen ...«

Sie berichtete über ihr Gespräch mit Cyrus und fragte am Ende: »Doro, kannst du dir das vorstellen? Der junge, schüchterne, wohlerzogene Gaius Antonius Primus und ein Verhältnis mit einer erheblich älteren Frau?«

Er sah in ihre hellblauen Augen und überlegte: »Ja, warum denn nicht? Gerade weil er so schüchtern war, nicht wahr, besteht die Möglichkeit, dass er eine mütterliche Liebhaberin gesucht – und gefunden hat. Es gibt bekanntlich Frauen, die gerade in solchen Fällen ...«

»Aber Doro!«, unterbrach sie ihn und drohte spielerisch mit dem Finger. »Du scheinst dich in diesem Punkt ja gut auszukennen.«

»Bitte, lass den Unsinn! Ich versuche nur mich in die Lage dieses jungen Mannes zu versetzen, von dem du sogar angenommen hast, er sei homoerotisch veranlagt.«

»Oh, das wird noch zu klären sein. Nein, im Ernst, Lieber: Gegen eine leidenschaftliche Liaison spricht ja nun das, was Cyrus beobachtete oder mehr oder weniger zufällig mitbekam. Ich halte es für viel wahrscheinlicher, dass diese Unbekannte mit ihm geschäftliche Dinge oder Ähnliches besprochen hat.«

»Das ist möglich, ja.« Athenodoros hielt die Hand ans Kinn. »Vielleicht gibt es da eine Verbindung zu der Person, die dich beim Haus des Antonius Felix beobachtet hat. Am Ende ist es dieselbe.«

»Darüber habe ich auch schon nachgedacht, Doro.«

Unvermittelt gähnte sie und erklärte: »Sei mir nicht böse, aber ich kann nicht mehr. Das war alles ein bisschen viel in den letzten Tagen. Und morgen geht es ja weiter. Übrigens bin ich auch noch mit Perdikkas verabredet.«

»Übernimm dich nicht, Lunula!«

»Nein, ich habe alles unter Kontrolle.«

»Na gut …«

»Und du?« Sie gähnte noch einmal, diesmal heftiger. »Wie war's bei dir heute?«

Er nannte ihr die Patienten, die er aufgesucht hatte, darunter den greisen Asconius Pedianus.

»Ach!«, rief Tillia. »Er war wohl erkältet?«

»Ja.«

»War wohl zu lange im kalten Wasser, ich meine, in den Thermen!«

»Genau das. Aber woher weißt du denn …?«

Sie lachte. »Vater hat neulich so eine Bemerkung gemacht. Also, mein Guter, ich geh jetzt schlafen.«

»Tu das.« Er dachte nach. »Sag mal, müssen wir übermorgen etwa ein Geschenk mitbringen?«

»Wie? Auf keinen Fall. Wir sind ja sozusagen dienstlich dort.«

Er nickte. »Seh ich dich morgen?«

»Ja. Ich komme gegen Abend rüber.«

»Ich freue mich.«

»Ich auch.«

Sie schob ihn zur Tür, küsste ihn dann intensiv auf den Mund und er verstand: Er sollte gehen.

Da sie sich zeitig schlafen gelegt hatte, war Tillia am nächsten Morgen früh wach. Sie fühlte sich körperlich und seelisch fit und stand sogleich auf. Nachdem sie ihre Notdurft auf dem Topf erledigt hatte – Melitta würde sich um die Entsorgung kümmern –, galt ihr Blick wie immer als Erstes dem großen Metallspiegel an der Wand. Sie hob wie eine Tänzerin die Arme, drehte und wiegte sich leicht hin und her und begutachtete kritisch ihren Körper. Die Brüste waren wohlproportioniert, voll, ohne zu üppig zu sein, und hingen nicht wie bei so vielen Frauen ihres Alters wie zwei halb leere Weinschläuche herunter.

»Aber die Taille, Tillia, die Taille! Und der Hintern! Das Fett muss weg!« Sie drehte sich so, dass sie ihr Hinterteil sehen konnte. »Da ist nichts zu machen … Wahrscheinlich ein Erbteil meiner Mutter … Aber Doro mag das ja! Crescens mochte es auch! Komisch, was den Männern an Frauen gefällt und was nicht. Es gibt ja durchaus auch welche, die gertenschlanke, knabenhafte Figuren bevorzugen … Abartig! Vollkommen abartig! Da gibt es doch nichts zum Anfassen. Könnten gleich nach einem Knaben greifen …«

Sie rief nach Melitta, ließ sich von ihr den Rücken mit kaltem Wasser waschen und trocken frottieren, vollführte selbst das Gleiche bei ihrem Busen, spülte den Mund mit Wein und schluckte den Rest.

Während sie sich von Melitta beim Ankleiden helfen ließ, plante sie schon den Tag: »Pass auf, Mädchen! Du gehst gleich rüber zu Iuvenalis und schaust nach, ob er schon wach ist!«

Melitta nickte. »Und wenn nicht?«

»Dann wirfst du ihn aus dem Bett!«

»Soll er dann hierher kommen?«

»Nein! Sag ihm, dass ich ihn in einer guten halben Stunde aufsuchen werde. Es gehe um einen wichtigen Auftrag!«

Tillia nahm auf dem gepolsterten Hocker vor dem Spiegel Platz und ließ sich kämmen.

»Und wenn er nicht da ist?«

»Dann legst du ihm einen Zettel unter die Tür! Warte, ich werde ihn gleich schreiben ...«

Sie stand auf, ging ins Tablinum, holte aus einem Regal ein Papyrusblatt und schrieb mit dem Silberstift ein paar Zeilen: Iuvenalis solle sich, sobald er zu Hause sei, unverzüglich bei ihr melden. Wenn sie nicht da sei, solle er unbedingt – sie unterstrich das Wort – warten, bis sie zurückkomme. Es gehe um eine Angelegenheit von großer Wichtigkeit, bei der er eine Menge Geld verdienen könne.

»Bring das sofort hinüber.« Sie faltete das Blatt und gab es der Dienerin. »Nun geh schon, es eilt!«

Melitta schniefte, fuhr sich über die Nase und verließ die Wohnung.

Tillia schüttelte den Kopf und seufzte: Das Schniefen würde sie ihr nicht mehr abgewöhnen können. Hatte das denn Balbinus früher nie gestört?

Sie trat zum Fenster und überlegte: Nach dem Kauf des Hauses sollte sie ins erste Stockwerk, in die »schöne Etage« umziehen. Sie brauchte mehr Platz, gerade bei Festlichkeiten, die immer wieder einmal im Lauf des Jahres anfielen. Ja, und dann sollte sie sich noch eine zweite Sklavin zulegen, ein intelligentes Mädchen, jung genug, dass sie es sich nach ihren Wünschen und Vorstellungen erziehen konnte.

Sie war gerade mit dem Frühstück fertig, als Melitta zurückkam und meldete, sie habe Iuvenalis angetroffen und ihn informiert. Er erwarte die Herrin in einer guten halben Stunde.

»Gut! Wir haben alles unter Kontrolle. Wenn ich weg bin, nimmst du dir mal den Spiegel im Schlafzimmer vor!«

»Ja, Herrin. Aber die Flecken wollen einfach nicht verschwinden!«

»Wie? Na, dann werden wir einen neuen kaufen. Morgen … nein, übermorgen. Du verlässt auf keinen Fall die Wohnung! Es könnte eine wichtige Nachricht kommen. Auch Chrysostomos soll sich in Bereitschaft halten.«

»Ja, Herrin.«

»Wo ist er eigentlich?«

»Einkaufen und Wäsche wegbringen.«

»Sehr gut. Hol mir die Palla!«

»Welche?«

»Die von gestern.«

»Auch die Perücke?«

»Nein. Die kommt später dran. Du kannst sie ja schon einmal herrichten. Aber das neue Rosenwasser nehme ich!«

»Gehst du zur Herrin Caenis?«

»So ist es. Sie wird sich freuen, wenn ich es gleich benutze. Hier. Riech mal!«

Sie hielt ihr das blaue Fläschchen unter die Nase.

»Wunderbar«, sagte Melitta. »Das muss ein Vermögen gekostet haben.«

»Wahrscheinlich …« Tillia war in Gedanken schon weiter: »Und danach muss ich in den Ludus. Vorher ziehe ich mich aber noch um. Na, alles zu seiner Zeit. Jetzt hilf mir beim Ankleiden, Mädchen!«

IX

Decimus Iunius Iuvenalis ahnte nicht, was da auf ihn zukam. Er war noch sehr müde, weil er bis in die Nacht mit Freunden im Siebengestirn zusammengesessen, reichlich getrunken und über alle Probleme der Welt diskutiert hatte.

Melitta hatte ihn aus tiefem Schlaf gerissen. Es kam selten vor, dass Tillia Capriola ihn in seiner Wohnung aufsuchte. Das Geld, das sie ihm monatlich zukommen ließ, wurde ihm stets von Chrysostomos überbracht.

Vor einem halben Jahr hatte Tillia ihn bei einer privaten Veranstaltung im Hause von Asconius Pedianus kennen gelernt. Pedianus, von Natur und Neigung her Stubengelehrter, beschäftigte sich schon sein ganzes Leben mit dem Werk Ciceros, das er fast komplett mit sehr klugen philologischen und historisch soliden Kommentaren versehen und in der Verlagsbuchhandlung von Pollius Valerianus herausgegeben hatte. Einmal im Monat veranstaltete er in seinem schönen alten Haus auf dem Cispius einen literarischen Abend, zu dem er Freunde und Bekannte einlud, darunter oft auch Tillia und Athenodoros.

Tillia war auf der Stelle von dem jungen Iuvenalis fasziniert gewesen, von seinem jugendlichen Charme, seiner noch schüchternen Wohlerzogenheit, der perfekten Beherrschung der Sprache und seiner Stimme, die eine ungewöhnliche Anziehungskraft auf sie ausübte. Er kam aus Aquinum, einem Provinznest achtzig Meilen südöstlich von Rom an der Via Latina, und stammte aus kleinen Verhältnissen. Sein Vater hatte unter großen persönlichen Opfern für eine hervorragende Ausbildung des hoch begabten Sohnes durch gute Hauslehrer gesorgt. Seit zwei Jahren war Iuvenalis nun schon in Rom, wo er sich – so der Wille des Vaters – bei Grammatikern und Rhetorikern der Hauptstadt den letzten Schliff holen sollte, um in Kürze eine erfolgreiche – und das hieß: eine Gewinn bringende – Karriere als Anwalt zu beginnen.

Aber Iuvenalis schrieb lieber Gedichte. Wie es der Zufall wollte, hatte er an einem dieser Vortragsabende bei Asconius Pedianus den älteren Kollegen Martial kennen gelernt, der damals einiges aus seinem Fundus an bissigen Epigrammen zum Besten gab. Als Folge der Begegnung versuchte sich auf der Stelle auch Iuvenalis in diesem Genre und schon seine ersten ebenso komischen wie spöttischen Situationsbeschreibungen ließen eine große satirische Begabung erkennen.

Als Tillia erfuhr, in welch bedürftiger Lage der junge Dichter sich befand, erklärte sie sich spontan bereit ihm monatlich mit einer bestimmten Summe unter die Arme zu greifen. Der Betrag, den der Vater ihm halbjährlich zur Verfügung stellte, reichte nämlich vorn und hinten nicht aus, um in Rom auf einem gewissen Niveau leben zu können: Wohnung, Kleidung, Essen, Wein, Bücher, Papyrus, Tinte, Federn, dazu die Ausgaben für die Wäscherei, die Heizkohle im Winter, die Briefboten – all das kostete sehr viel Geld. Und weil Tillia ahnte, dass der Vater diese Unterstützung – zumal von einer Frau! – als unangemessen ablehnen würde, schärfte sie Iuvenalis ein niemandem davon zu erzählen.

Als Erstes besorgte sie ihrem Schützling eine neue, billigere Wohnung im Argiletum – nur einige Häuser stadteinwärts von ihr entfernt. Es war ein Dachzimmer in einem fünfstöckigen Gebäude, also bezahlbar. Und von einem jungen Menschen mit bester Gesundheit konnte man durchaus erwarten, dass es ihm keine Schwierigkeiten bereitete, die Treppenstufen mehrmals täglich zu nehmen.

Tillia fiel das natürlich sehr viel schwerer. »Gute Göttin! Diese Treppen!«, stieß sie ganz außer Atem hervor, als sie bei ihm eintraf. Sie lehnte sich gegen den Türrahmen, ihr schwindelte. Iuvenalis zog sofort seinen Stuhl vom Arbeitstisch unter der Dachluke weg und bot ihr Platz an. Sie setzte sich. Es dauerte einige Augenblicke, bis sich ihr Herzschlag so weit beruhigt hatte, dass sie sprechen konnte. Schmunzelnd nahm sie zur Kenntnis, dass der junge Mann in höchster Eile seine Bude aufgeräumt hatte. Auch entging ihr nicht, dass er einen übernächtigten Eindruck machte.

»Ist wohl gestern sehr spät geworden – oder?«, fragte sie nicht ohne Tadel in der Stimme.

»So ist es.« Er lächelte schuldbewusst und fügte als Erklärung an: »Martial war da und trug einige seiner neuen Epigramme vor.«

»Aha?«

»Ja. Allerdings schien er recht gehetzt, ja beinahe verbittert zu sein.«

»Dann geht es ihm schlecht.«

»Dabei hat er doch recht gute Einkünfte!«, meinte Iuvenalis. »Pollius Valerianus bereitet schon wieder eine Neuausgabe der bisher erschienenen Epigramme vor! Davon kann ich doch nur träumen!«

Tillia schüttelte den Kopf. »Mein lieber Junge! Du musst noch viel lernen! Den Hauptverdienst hat immer der Buchhändler. Da außerdem auch andere Verleger nach diesen Texten greifen und sie vervielfältigen lassen – freilich ohne auch nur ein Ass an den Autor abzuführen –, kommt unter dem Strich für den Dichter nicht viel heraus. Darum ist Martial immer wieder gezwungen, sich nach einem neuen Patron umzuschauen, der ihm mehr zu versprechen scheint als der augenblickliche. Da bist du übrigens in einer entschieden glücklicheren Lage!«

»... die ich durchaus zu schätzen weiß!« Er nickte lebhaft.

»So habe ich das nicht gemeint. Es war nur eine sachliche Feststellung, mehr nicht.«

»Darf ich dir etwas anbieten, Tillia?«

»Danke, sehr freundlich, aber ich habe schon gefrühstückt.« Sie wusste ohnehin, dass er keine großen Vorräte im Fliegenschrank hatte. Sie schnupperte: »Hier riecht es komisch!«

»Wonach denn?«

»Nach ranzigem Käse! Igitt!« Sie stand auf, ging zum Fliegenschrank, öffnete ihn und warf einen kritischen Blick hinein. Dann hieß es: »Aha! Da haben wir den Übeltäter!«

Sie griff nach einem Leinenbeutel, holte ihn heraus, roch daran, verzog angewidert das Gesicht und erklärte kategorisch: »Der muss weg! Und zwar sofort! Er zieht die Fliegen an. Wahrscheinlich haben sie schon ihre Eier darin abgelegt. Wirf ihn weg, Junge!«

Er nahm ihr den Beutel ab und wollte ihn in den Abfallkorb werfen.

»Nein! Bei den Göttern! Leg ihn gleich vor die Tür. Dann vergisst du später nicht ihn zu entsorgen. Hach, diese Männer!«

Folgsam führte er ihren Auftrag aus. Wieder im Zimmer, fragte er: »Du wolltest mich sprechen?«

»So ist es. Setz dich!«

Er nahm auf der Bettkante Platz und sah sie an. So eine

Mutter hatte er sich immer gewünscht: zupackend, sehr direkt, ohne unsensibel zu sein, gebildet, klug und fürsorglich; dazu mit einem ungemein anziehenden Gesicht ausgestattet, das ganz von den freundlich strahlenden hellblauen Augen beherrscht wurde, mit vielen Lachfältchen darum herum. Dazu die Stimme! Sie konnte mit ihr, wie es die Situation gerade erforderte, schmeicheln, sachlich oder emotional argumentieren, tief oder hoch intonieren – und nahm jeden, der zum ersten Mal mit ihr sprach und ihr zuhörte, auf der Stelle gefangen.

Doch wehe, wenn sie sich herausgefordert, beleidigt oder zu Unrecht angegriffen fühlte: Dann veränderten sich ihre Augen – sie schienen Blitze auszusenden – und die Stimme nahm den Ton eines unbestechlichen Zuchtmeisters an. Ihr jeweiliges Gegenüber erschrak auf der Stelle und überlegte betroffen, was es wohl falsch gemacht hatte.

Das alles hatte Iuvenalis schon oft erlebt und dabei immer wieder mit Genugtuung registriert, dass gerade Männer, die sich Tillia intellektuell überlegen wähnten, stets den Kürzeren zogen. Sogar der äußerst beredte Martial hütete sich ihr allzu ironisch in die Parade zu fahren, weil sogar er ihrem Scharfsinn, ihrer Geistesgegenwart und Schlagfertigkeit wenig entgegenzusetzen hatte. Und das wollte schon etwas heißen!

Iuvenalis liebte Tillia Capriola wie eine Mutter und hatte zugleich allergrößten Respekt vor ihr, dies erst recht, als er von Freunden etwas über ihre Herkunft und ihr bisheriges Leben erfahren hatte.

Tillia lächelte ihm freundlich zu, betrachtete ihn mit Wohlwollen. Denn sie, die ja selbst kinderlos war, hatte sich vor einem halben Jahr entschlossen an dem begabten jungen Mann Mutterstelle zu vertreten.

»Du kannst dir tausend Denare verdienen, Decimus …«

Er riss seine dunklen Augen auf und starrte sie überrascht an.

»Tausend Denare? Das ist ja mehr, als ich in einem halben Jahr von meinem Vater …«

»Allerdings. Pass auf, Junge …«

Sie erklärte ihm mit wenigen Worten, worum es ging, und fragte dann: »Was könntest du denn vortragen?«

»Was du willst.«

»Nein, nicht was ich will, sondern was Antonius Felix gefallen könnte!«

»Ich kenne ihn doch nicht.«

»Aber ich.« Sie dachte nach. »Wie wär's denn mit Vergil … oder Ovid?«

»Kein Problem. Ich kenne die halbe *Äneis* auswendig.«

»Das ist gut, sehr gut sogar. Vergil passt immer! Hohe Gesinnung! Pathos! Verherrlichung der Berufung Roms! – Gut, also rezitiere was von Vergil. Wenn sich die Gelegenheit ergibt, vielleicht auch etwas von Ovid, aus den *Metamorphosen!*«

Er nickte.

Sie überlegte, ob sie ihn über den eigentlichen Grund ihrer Anwesenheit bei dem Fest aufklären sollte, entschied sich aber schnell, es nicht zu tun. Warum sollte sie den jungen Mann belasten? Falls er dennoch etwas mitbekommen würde, konnte sie ihm immer noch die Erklärung nachliefern. Für Iuvenalis war es wichtiger, die Aufmerksamkeit der Zuhörer auf sich zu ziehen, denn es konnte durchaus sein, dass der eine oder andere anschließend an ihn herantrat und den Dichter zu einer Lesung im eigenen Hause einlud.

»Und wenn sich«, fuhr sie fort, »dazu die Gelegenheit ergibt, kannst du ja das eine oder andere deiner Gedichte vortragen. Vielleicht zu fortgeschrittener Stunde, zur Aufheiterung. Keine allzu scharfe Kritik! Amüsant muss es sein. Nun, du machst das ja nicht zum ersten Mal, nicht?«

Sie stand auf. »Da fällt mir ein: Hast du überhaupt eine ordentliche Tunika?«

»Ja, aber …«

»Zeig sie mal her!«

Er holte das Gewand aus der Kleidertruhe und Tillia prüfte Qualität und Farbe des Stoffes. Dann hieß es: »Die hat auch schon bessere Zeiten gesehen. Damit kannst du nicht hingehen! Hier …« Sie entnahm ihrem Brustbeutel einige Münzen, legte sie auf den Tisch und ordnete an: »Du gehst sofort zu Sextius Paullus auf dem Marsfeld! Sag, ich hätte dich geschickt; dann wird man dich gut bedienen. Nimm das Beste, was er auf Lager hat! Ich will, dass du morgen eine gute Figur machst!«

Iuvenalis, der wusste, dass Sextius Paullus das teuerste Ausstattungshaus in Rom besaß, schüttelte sprachlos den Kopf. Schließlich erklärte er: »Ich kann und will das nicht annehmen!«

»Auch noch undankbar, wie? Nun zier dich mal nicht so, mein Junge. Ich bin unter anderem auch für dich verantwortlich. Du gehörst zu meiner Familie.«

»Danke!«

»Bitte!« Sie strich sich über das Gewand und reckte sich. »So, ich muss jetzt. Da gibt es heute noch einiges zu tun, aber wir haben alles unter Kontrolle.«

Er fragte: »Wann soll ich morgen …?«

»Ach ja.« Sie zwinkerte. »Du bist … na sagen wir: eine Stunde vor Sonnenuntergang bei mir. Ich bin sehr gespannt, wie du ankommst. Also, bis morgen. Inzwischen sei artig!«

Als sie gegangen war, schüttelte Iuvenalis den Kopf und murmelte: »Oh ihr Götter! Was für eine Frau!«

Dann schaffte er als Erstes den verdorbenen Käse nach unten, nahm gleich ein schimmelig gewordenes Brot mit, öffnete am Rand des Bürgersteigs den Beutel, warf den Inhalt in die Gosse und das Brot hinterher. Streunende Hunde und Katzen, Krähen und Spatzen würden sich schon an dem Fraß delektieren. Den Beutel wusch er am Brunnen in der Hauswand notdürftig aus. Er würde ihn übermorgen mit den anderen Kleidungsstücken in die Wäscherei geben.

X

Wieder zurück in ihrer Wohnung, fragte Tillia als Erstes, ob irgendjemand eine Nachricht für sie hinterlassen habe. Als Melitta verneinte, war sie erleichtert, rechnete sie zurzeit doch mit Überraschungen.

»Aber mir ist etwas aufgefallen, Herrin …«

»Was?«

»Da … da war ein Mann!«

»Wo? Und was für ein Mann?«

»Er ging auf der anderen Straßenseite immer auf und ab.«

»Das ist nicht strafbar.«

»Ja-ja, aber …« Sie schniefte. »Er hat immer wieder zu den Fenstern unserer Wohnung hochgeschaut!«

»Bist du dir sicher?«

»Ja, Herrin.«

»Na, das muss nichts bedeuten.« Aber sie war doch etwas beunruhigt. Der Unbekannte schien wieder auf ihrer Fährte zu sein. Sie stutzte: Also doch ein Mann? Oder waren es am Ende zwei verschiedene Personen, die sich für jeden ihrer Schritte interessierten, wann sie zurückkehrte oder die Wohnung verließ?

»Wie sah er denn aus? Ist dir irgendeine Besonderheit an ihm aufgefallen?«

Melitta dachte nach. »Nein, Herrin. Er trug nur die übliche Tunika …«

»Welche Farbe?«

»Beige, mehr ins Graue.«

»Sauber oder schmutzig?«

»Das konnte ich nicht erkennen, weil er sich meist im Schatten der Arkade aufhielt.«

»War er groß, klein, jung, alt?«

»Eher jung.«

»Wieso?«

»Weil er sich ziemlich flink bewegte. Normale Größe.«

»Und die Haare! Was hatte er für Haare? Kurz, lang, lockig, gepflegt, ungepflegt? Oder besaß er eine Glatze?«

»Ziemlich kurz.«

»Was heißt *ziemlich?*«

»Na, wie ein Sklave.« Sie schniefte, was Tillia diesmal überhörte.

»Interessant!« Sie zwinkerte. »Wie lange blieb er?«

»Bis du kamst. Jetzt ist er weg.«

»In welche Richtung verschwand er?«

»Richtung Innenstadt.«

Sie gab's auf. Das führte zu nichts. »Hilf mir lieber beim Ankleiden!« Dann rief sie laut: »Chrysostomos!«

»Hier, Herrin!« Schlaftrunken wie immer um diese Zeit erschien er im Türrahmen.

Sie musterte ihn kritisch: »Mein Gott! Junge, du könntest auch mal zum Barbier gehen und dich ordentlich rasieren lassen. Du siehst aus wie ein Penner!«

»Jawohl!«

»Was denn nun?«

»Ich geh zum Barbier«, nuschelte er.

»Dann aber sofort! Und besorge mir eine Sänfte!«

»Jawohl, eine Sänfte. Auch sofort?« Das klang etwas herausfordernd.

»Auf der Stelle!«

»Jawohl!«

»Also … Erst die Sänfte, dann zum Barbier.«

»Jawohl!«

Er schlurfte davon.

»Melitta!«

»Herrin?«

»Du solltest dich etwas mehr um sein Äußeres kümmern. Er läuft ja rum wie … wie … Furchtbar! Was sollen die Leute denken?«

»Ich weiß, Herrin. Ich sag's ihm ja immer! Aber er kümmert sich nicht darum.« Sie schniefte und fuhr sich über die Nase.

»Na, nun geht er ja! Und du, hör endlich auf mit dem Schniefen!«

Eine halbe Stunde später saß Tillia in der Sänfte und befand sich auf dem Weg zum Pompeiustheater. Um Caenis zu zeigen, wie sehr ihr das Geschenk gefiel, hatte sie das blaugrüne Seidentuch umgelegt und einige Tropfen Rosenwasser darauf geträufelt. Sie überlegte, ob sie sich im Bühnenhaus etwas umsehen sollte, kam aber davon ab: »Das kannst du nur außerhalb einer Vorstellung machen, Tillia. Jetzt würdest du bloß unangenehm auffallen! Außerdem reicht die Zeit in der Pause dazu nicht. Aber ich muss mir die Örtlichkeiten genau ansehen. Vielleicht morgen früh? Oder übermorgen? Es eilt wohl nicht …«

Ob sie auch diesmal wieder beschattet wurde? Sie blickte durch das kleine Fenster nach hinten. Außer den üblichen Passanten fiel ihr niemand besonders auf. Aber das musste nichts besagen. Vielleicht wusste ihr Verfolger ohnehin, dass sie auf dem Weg zum Theater war. »Unsinn! Von wem sollte er es denn wissen? Dann müsste es ihm schon jemand aus dem Umkreis von Caenis zugesteckt haben! Unmöglich! Vollkommen undenkbar, dass …« Oder doch? Caenis hatte ihr mitgeteilt, dass sie absolut vertrauenswürdiges Personal bei sich habe. Das bedeutete aber auch, dass diese Leute wussten, um was es ging. Theoretisch bestand also durchaus die Möglichkeit, dass sich jemand darunter befand, der … – »Du musst einfach noch vorsichtiger sein, Tillia, und Caenis unbedingt darauf ansprechen!«

Sie entlohnte die Sänftenträger und nahm den seitlichen Eingang, der in die Säulenhalle und den Park hinter dem Bühnenhaus führte. Nur einige Spaziergänger flanierten dort, meist ältere Leute; im Halbdunkel der Kolonnade umarmte sich ein Liebespaar, ganz mit sich selbst beschäftigt; seitlich eine große Gruppe von Fremden, die sich von einem einheimischen Führer die Gemälde und Statuen in der Säulenhalle erklären ließen, alle hatten sie etwas mit der Geschichte Roms während der Republik zu tun. Sklaven säuberten gemächlich die Wege und sammelten den Unrat auf, den Besucher achtlos weggeworfen hatten.

Immer wieder war Tillia angerührt von der Schönheit und Würde der riesigen Platanen, die nun auch schon fast hundertdreißig Jahre alt waren. Pompeius hatte sie damals pflanzen lassen. Sie standen kerngesund in vollem Laub und spendeten reichlich Schatten. So war es hier im Innern des großen Gevierts stets etwas kühler als außerhalb.

Tillia trat in den Schatten der Halle und spähte aus den Augenwinkeln nach allen Seiten. Caenis und ihre Begleitung waren noch nicht da. In diesem Augenblick setzte im Theater der Beifall ein. Der zweite Akt war also gerade zu Ende gegangen.

Sie ging zum mittleren Weg, der zwischen Hecken und Blumenbeeten direkt auf die Curia des Pompeius zulief. Von hier aus konnte sie leicht erkennen, durch welches der seitlich am Bühnenhaus gelegenen Tore Caenis den Park betreten würde.

Es war das rechte. Also wandte Tillia sich ostentativ nach der anderen Seite und schaute sich beim Gehen mehrmals um. Caenis gab ihr durch ein Kopfnicken zu verstehen, dass sie sie gesehen hatte.

Tillia wartete im Schatten einer Säule und verfolgte, wie die Gruppe sich allmählich dem Ende der Kolonnade näherte und dann nach rechts auf die Curia einschwenkte. Parallel dazu schlug sie auf ihrer Seite den gleichen Weg ein und erreichte das Ende der überdachten Halle. Sie blieb stehen und vergewisserte sich, dass ihnen weder auf ihrer noch auf der anderen Seite eine verdächtige Person gefolgt war. Dann ging auch sie langsam auf das Eingangsportal der Curia zu.

Eine Nebentür war nur angelehnt. Tillia blieb stehen und tat so, als müsse sie ihr Halstuch neu ordnen, ließ aber kein Auge von der Tür. Eine junge Frau trat heraus und verbeugte sich leicht vor Tillia.

»Wenn du mir bitte folgen würdest, Herrin!«

Tillia trat ein. Sie hatte sich den Raum größer vorgestellt. Er war ganz im strengen, äußerst sachlichen Stil der letzten Jahrzehnte der Republik gehalten. Die Bänke, dunkel gebeizt, wirkten abweisend kalt und ungemütlich. Sie schienen lange nicht mehr benutzt worden zu sein. Tillia entging nicht die Staubschicht auf den Sitzflächen, die im hellen Licht des Vormittags grau schimmerte. Wozu sollte man sie auch entfernen? Der Senat, einst das wichtigste und mächtigste Staatsorgan, hatte seit Augustus unter jedem seiner Nachfolger an Einfluss verloren und seine staatstragende Rolle nun endgültig verspielt. Der Kaiser – IMPERATOR CAESAR VESPASIANUS AUGUSTUS – vereinte jetzt in seiner Person die gesamte Macht.

Caenis trat zu ihr und fragte: »Du warst noch nie hier?«

»Nein.«

Tillia betrachtete mit einer gewissen Scheu die monumentale Statue des Pompeius, zu deren Füßen Caesar an den Iden des März ermordet worden war. Unwillkürlich suchte sie nach einem roten Fleck am Boden – ohne ihn natürlich zu finden. Der Marmorboden glänzte, als sei hier niemals eine Mordtat geschehen.

»Ich habe etwa eine Viertelstunde Zeit«, stellte Caenis sachlich fest. Sie nahm die Freundin beim Arm und ging mit ihr zu einem der hoch gelegenen Fenster, die den Raum in ein helles kühles Licht tauchten. »Das heißt, wir müssen uns auf das Wesentliche beschränken. Was gibt es Neues?«

Tillia berichtete so knapp wie möglich über alles, was sich seit dem letzten Treffen vor zwei Tagen ereignet hatte.

Caenis hörte konzentriert zu, ohne die Freundin zu unterbrechen. Ihre dunklen Augen lagen ruhig auf Tillias Gesicht, sie wirkten in diesem Raum noch geheimnisvoller.

»Das könnte also bedeuten«, fasste Caenis zusammen, »dass sich zwei Personen an deine Fersen geheftet haben. Sehr interessant!«

»Ja, nicht?« Tillia zwinkerte lebhaft. »Es müsste möglich sein, deren Identität festzustellen …«

»Wie willst du das machen?«

»Das weiß ich noch nicht. Doch ich gehe davon aus, dass er oder sie sich durch irgendeine verräterische Kleinigkeit zu erkennen geben wird.«

»Ich bitte dich, sei vorsichtig, Tillia!«

»Sicher. Aber …« Sie zog Caenis einige Schritte beiseite, weg von ihrer Begleitung, und fuhr sehr leise fort: »Dich, liebe Freundin, muss ich ebenfalls bitten äußerst vorsichtig zu sein!«

»Wie meinst du das?«

»Nun, es kann ja sein, dass Personen aus deinem Umkreis nicht dichthalten. Wenn denn stimmt, was du annimmst, dass nämlich jemand dem Thronfolger auf jede nur denkbare Weise schaden will, indem er einen Mord begeht oder begehen lässt und anschließend in gewissen Kreisen verbreitet, Titus stecke dahinter, dann dürfte er wahrscheinlich auch über die Möglichkeit verfügen sich an subalterne Personen heranzumachen. Mit Geld kann man viel, sehr viel erreichen, wenn du verstehst, was ich meine.«

»Durchaus. Aber ich kann mir einfach nicht vorstellen, dass …« Caenis schüttelte den Kopf.

»Sei dir da nicht zu sicher! Vespasian hat keine familiäre Vergangenheit wie die Iulier und Claudier. Er ist, wenn du mir erlaubst, es so zu formulieren, er ist ein Seiteneinsteiger! Er hat viele Gegner, ja Feinde! Da sie ihn nicht mit offenem Visier anzugehen wagen, kämpfen sie im Verborgenen.«

»Gut.« Caenis seufzte. »Ich werde also deinen Rat befolgen. Was du sagst, ist mir ja nicht neu.«

»Dies noch …« Tillia sah sie ernst an. »Du kennst Antonius Felix wie sonst niemand in Rom, denn du bist im Hause Antonias mit ihm und seinem Bruder Pallas aufgewachsen. Hältst du es für möglich, dass er mit der Sache zu tun hat oder gar der Urheber ist?«

Caenis dachte kurz nach und sagte: »In seiner Vergangenheit, besonders der Zeit als Prokurator in Judäa, gibt es viele dunkle Flecke, Machenschaften und Komplotte, die auch heute noch nicht ganz aufgeklärt sind. Er ist ein sehr umtriebiger Mann, stets und überall nur auf seinen Vorteil bedacht. Ganz sicher geht er, wenn er mit dem Rücken zur Wand steht, jedes Risiko ein – außer eines: Niemals würde er es wagen, etwas gegen das kaiserliche Haus zu unternehmen!«

»Warum nicht?«

»Einmal, weil er zu feige ist, dann aber auch, weil er weiß, dass der Kaiser keinen Augenblick zögern würde ihn wegen Hochverrats vor Gericht zu bringen.«

»Gut«, sagte Tillia. »Das wird ja dann morgen Abend höchst interessant werden.«

»Das denke ich auch. Ich vermute allerdings, dass es dabei um ganz andere Dinge geht, als du zurzeit vermutest. Du solltest auf keinen Fall auf den Begleitschutz von Perdikkas verzichten. Versprich es mir.«

»Versprochen!«

»So, ich muss jetzt zurück. Mir erscheint dieser Ort hier als sehr geeignet, falls wir uns in Zukunft wieder sprechen müssen. Was meinst du?«

»Sehr gut, ja.«

»Machen wir es doch so: Wenn du mir eine Nachricht in den Palast schickst, dann soll deine … Wie heißt sie noch?«

»Melitta.«

»… dann soll Melitta immer gleich auf Antwort warten, wenn ich abkömmlich bin. Wir werden uns anschließend hier treffen. Thais, du kennst sie, wird sich in der Nähe aufhalten, zum Zeichen, dass ich hier bin.«

Caenis umarmte Tillia und sagte: »Es ist besser, wenn du vor mir gehst.«

»Ich verstehe.«

Auf der Stelle verließ Tillia die Halle.

XI

Als sie zu Hause aus der Sänfte stieg und auf den Eingang zuging, trat gerade Primosus aus der Tür, blieb stehen und fragte sie unvermittelt: »Hast du schon gehört?«

»Was denn?«

»Das Pferd der Reiterstatue des vergöttlichten Caesars auf dem Forum Iulium … !«

»Was ist mit ihm?«

»Es hat Tränen vergossen!«

»Ach ja?«

»So ist es. Was das wohl bedeutet?« Er starrte sie offenen Mundes an und sie sah zum wiederholten Mal seine schlechten Zähne.

»Nun, ich denke, es ist traurig.«

»Traurig, aha. Und worüber?«

»Vielleicht ist es einsam?«

»Aber Tillia, darüber scherzt man nicht!«

»Scherze ich denn?« Sie ließ ihn stehen, ging nach oben und murmelte im Treppenhaus: »Ist der Mann bigott! Wie das seine Frau nur aushält. Aber die ist ja auch nicht viel anders, nur noch geschwätziger!«

Im Flur der Wohnung trat ihr ein glatt rasierter, nach allen Wohlgerüchen des Orients duftender Chrysostomos entgegen und erklärte ungewohnt forsch: »Ich habe mir auch gleich die Haare schneiden lassen.«

»Sehr schön!« Sie begutachtete den Schnitt: »Kürzer als sonst. Steht dir aber gut, wirklich.«

»Ist auch besser für die Haare.« Er strich sich über den Kopf. »Sagt der Barbier. Wegen der Lüftung.«

»Oh ja, ich verstehe. Auch Haare brauchen Luft zum Leben. Wo ist Melitta?«

»Hier!«

Sie kam aus der Küche und trocknete sich die Hände an einem Tuch ab. Tillia fragte: »Was Neues?«

»Nein. Nichts. Der Mann hat sich nicht blicken lassen.«

»Sehr gut. Pass auf, Mädchen ... Wenn dieser Mann während meiner Abwesenheit wieder auftaucht, gehst du nach unten ...«

»Ich gehe nach unten ...«

»... und stellst ihm irgendeine unverfängliche Frage!«

»Eine unverfäng...?« Melitta schluckte, denn sie konnte sich darunter nichts Rechtes vorstellen.

Tillia, der dies nicht entgangen war, erklärte es ihr: »Frag ihn meinetwegen, ob er das Siebengestirn kennt – oder ob er dir helfen kann die Adresse eines gewissen Iuvenalis zu finden.«

»Aber die weiß ich doch, Herrin!«

»Beim Apollo! Sei nicht so begriffsstutzig! Es geht doch nur darum, bestimmte Merkmale zu registrieren, wenn er mit dir spricht: sein Gesicht, die Stimme, die Kleidung, seine Schuhe! Versuche ihn auf irgendeine Weise in ein Gespräch zu ziehen! Mach ihm meinetwegen schöne Augen!«

Wie das die unansehnliche Melitta bewerkstelligen sollte, wusste Tillia zwar selbst nicht, aber die Dienerin strahlte: »Oh ja! Das mache ich!« Der Vorschlag schien ihr zu gefallen.

»Sehr gut! Und nun hol mir aus dem Siebengestirn einen gemischten Salat mit Hühnerfleisch!«

»Auch Wein?«

»Davor sei Apollo! Ich brauche gleich einen klaren Kopf.«

»Musst du denn noch mal weg?«

»Allerdings. In den Ludus. Und am Nachmittag noch zu Antonius Primus!«

»Der arme Mann! Sein einziger Sohn. Und so jung!« Melitta schien wirklich betroffen zu sein.

»Ja. Es ist schrecklich. Aber jetzt habe ich Hunger!«

Sie gab ihr Geld und die Dienerin machte sich unverzüglich auf den Weg zum Siebengestirn.

Tillia ging ins Tablinum, trat ans Regal und betrachtete lange die Mordwaffe. Unabhängig von ihren bisherigen Erkundigungen sollte sie vielleicht doch verschiedene Waffenschmiede befragen. Das waren schließlich Fachleute. Vielleicht konnte ihr der eine oder andere weiterhelfen. Es kam auf den Versuch an. Das könnte sie morgen früh tun. Vielleicht sollte sie danach ins Pompeiustheater gehen. Soviel sie wusste, war da keine Vorstellung. Wieder sah sie die Szene vor sich, wie der Mörder an ihr vorbeihastete, der sterbende Gaius Antonius am Boden, Athenodoros, den Toten untersuchend, Parmenion mit der Bahre. – Halt! Parmenion! Sie musste sich unbedingt mit ihm treffen. Am besten im Theater, in seiner Garderobe. Sie musste herausfinden, welcher Art seine Beziehung zu Antonius gewesen war. Er schien ihn ja sehr gut gekannt zu haben, und daraus, wie er auf ihre Frage reagierte, konnte sie wichtige Schlüsse ziehen, die das Umfeld der Tat und der verdächtigen Personen betrafen.

Melitta kam mit dem Salat und deckte im Tablinum.

»Ich lege mich nach dem Essen eine halbe Stunde hin«, sagte Tillia. »Sollte ich tief einschlafen, so weck mich bitte!«

Mit großem Appetit machte sie sich über die karge Mahlzeit her, trank dazu Wasser pur und tröstete sich mit dem Gedanken, dass Antonius Primus ihr wohl etwas Besseres anbieten werde.

Weil sie es sich vorgenommen hatte, wurde sie nach einer halben Stunde wach und erhob sich sofort vom Lager. Melitta half ihr beim Anlegen der roten Perücke und schlug diesmal ein blaues Seidentuch vor. Tillia war einverstanden.

»Ich bin in einer guten Stunde wieder hier!«, rief Tillia von der Wohnungstür her zurück. »Und denk daran! Mach dem Fremden, falls er wieder auftaucht, schöne Augen.«

»Ja, Herrin!« Sie strahlte – das kam höchstens einmal in fünf Jahren vor.

Wie gestern ging Tillia zu Fuß. Die Bewegung würde ihr gut tun. Die Stadt war um diese Zeit schon ruhiger, die Menschen hatten ihre wichtigsten Geschäfte erledigt und zogen sich in die Wohnungen zurück, um sich von den Strapazen des Vormittags zu erholen. Sie blickte zum wolkenlosen Himmel hinauf. Es würde noch heißer werden. Sie lockerte das Halstuch und bereute die Perücke aufgezogen zu haben. Aber nun musste sie es eben aushalten.

Sie erreichte die Baustelle des Neuen Amphitheaters. Auf dem freien Platz hinter dem Bauzaun stand eine Abteilung Prätorianer, etwa zwanzig Uniformierte. In ihrer Mitte erkannte sie den Thronfolger, auch er in voller Montur mit Helm und rotem Mantel. Titus hörte einem Mann in Zivil zu, der ihm anscheinend etwas erklärte, denn er verdeutlichte seine Ausführungen mit lebhaften Gesten. Er war sehr korpulent und glatzköpfig. Das musste Haterius sein, der kaiserliche Architekt. Neben ihm ein jüngerer Mann, schlank, von sportlicher Statur: Sextus Rabirius, Haterius' Assistent. Man sagte ihm in Fachkreisen eine große Zukunft voraus. Tillia hatte ihn im letzten Jahr bei einem Rennen im Circus maximus kennen gelernt. Sextus hatte neben ihr gesessen und sich angeregt mit ihr über Zucht, Ausbildung, Dressur und Training der Pferde unterhalten. Vor der Stadt besaß er ein eigenes kleines Gestüt, in dem er Araber züchtete. Damals hatte sich Tillia vorgenommen ihn zu Rate zu ziehen, falls sie eines ihrer Häuser umbauen lassen wollte.

Irgendetwas musste schief gelaufen sein, denn Titus herrschte Haterius immer wieder mit zornigem Gesicht an, während dieser ihn mit Worten und Gesten zu beruhigen versuchte. Das Gesicht des Architekten war stark gerötet. Von Caenis wusste Tillia, dass es nicht gut um seine Gesundheit stand; er habe schon vor zwei Jahren einen leichten Schlaganfall gehabt und sei von ihm nur langsam wieder genesen. Auch der Kaiser sei beunruhigt und fürchte seinen besten Architekten zu verlieren. Haterius hatte die Gesamtkonzeption des Amphitheaters entworfen und kontrollierte die Baudurchführung mit sachkundiger Strenge. Nun, Sextus Rabirius konnte ja durchaus bei einem plötzlichen Ausfall von Haterius die gesamte Bauleitung übernehmen, dachte Tillia.

Im Übrigen kümmerte sich Titus selbst um jedes Detail des Riesenbaus, er tauchte – wie heute – oft ohne Vorankündigung auf der Baustelle auf und forderte für alle Änderungen und Abweichungen von der Planung, fielen sie auch noch so gering aus, eindeutige, ausführliche Begründungen. Vespasian selbst erschien etwa einmal im Monat, um den Fortschritt der Arbeiten in Augenschein zu nehmen. Tillia ging weiter, hinüber zum Ludus.

Als sie das Arbeitszimmer von Perdikkas betrat, stand der *lanista maximus* mit Geta vor einer großen, an einer Seitenwand angebrachten Tafel. Mit weißen Linien war darauf ein Kalendarium gezeichnet, das – rot hervorgehoben – alle Festtage des Jahres zeigte, an denen Gladiatorenkämpfe vorgesehen waren. Eine zweite Tafel daneben trug den aktuellen Dienstplan mit den Namen der Kampfpaare für die Tage der *Ludi Ceriales*.

Perdikkas wandte sich um und strahlte: »Ah, Tillia! Ich mich freuen dich zu sehen!«

»Ganz meinerseits, Lanista.«

»Was ich dir anbieten soll?«

»Danke, im Augenblick nichts. Ich habe bereits …«

»Schade! Wir frischen gallischen Schinken. Luftgetrocknet! Köstlich! Viel Kraft in die Knochen.« Er hob die Arme und spannte die Muskeln an.

»Ein andermal, Perdikkas. Danke!« Sie trat zum Fenster und blickte zur Baustelle des Amphitheaters hinüber. »Sag mal, was ist denn da los? Großer Auftritt mit dem Caesar?«

»Ja-ja, schlimm das!«

»Wieso denn? Ist etwas passiert?«

»So ist es.« Als er fortfuhr, wechselte er ins Griechische: »Ein frisch gegossenes Teilstück der unteren Bogengänge ist zusammengebrochen.«

»Gute Göttin! Hat es Verletzte gegeben?«

»Ja, mehrere. Und einen Toten!«

»Wie konnte das nur passieren?«

»Das versuchen sie drüben gerade festzustellen. Haterius selbst ist da.«

»Ja, ich sah ihn im Gespräch mit dem Caesar. Titus war ziemlich wütend.«

»Kein Wunder. Morgen früh wollte sich der Kaiser das fertig gestellte Segment ansehen. Nun machen sie sich auf die Suche nach den Ursachen und dem dafür Verantwortlichen.«

»In dessen Haut möchte ich nicht stecken.«

»Ich auch nicht.«

Tillia verfolgte, wie der Caesar mit Haterius, Rabirius

und einigen Bauleitern und Meistern in die Baracke des Chefarchitekten ging.

Perdikkas nahm hinter seinem Arbeitstisch Platz. Geta wollte sich zurückziehen, doch Tillia bat ihn zu bleiben.

»Die Jungs«, begann sie, »werden dir ja von ihren Beobachtungen berichtet haben.«

»Haben sie! Und deshalb möchte ich, dass sie dich auch in den nächsten Tagen nicht aus den Augen lassen.«

»Danke. Dann brauche ich dich nicht mehr darum zu bitten.«

Perdikkas sah sie ernst an. »Du hast dich da allem Anschein nach in eine höchst gefährliche Sache eingelassen, Tillia!«

»Ja, das wird mir auch immer klarer. Aber nun gibt es kein Zurück mehr. Und du weißt, wem man in Wahrheit schaden will.«

Er nickte. »Ja, und das muss verhindert werden – freilich nicht um jeden Preis. Du bist mir genauso lieb und teuer wie der Caesar, Mädchen!«

»War das eine Liebeserklärung?«

»Sicher.« Er lehnte sich zurück und grinste fröhlich. »Also, wann brauchst du die Jungs?«

»Heute Nachmittag. Antonius Primus, der Vater des Ermordeten, möchte mit mir reden.«

»Das ist verständlich. Armer Mann! – Und wo?«

»In seinem Haus.«

»In seinem Haus …« Perdikkas überlegte. »Soviel ich weiß, wohnt er auf der anderen Tiberseite am Ianiculum. Übrigens ganz in der Nähe von Caesars Parkanlagen.«

»Ach ja?«

»Das stimmt doch, Geta, oder nicht?«

Geta bestätigte dies und meinte: »Wenn ich dazu eine Bemerkung machen darf, Herrin …?«

»Bitte.«

»Am besten begebe ich mich schon vorher dorthin, um

die Umgebung im Auge zu behalten, während Pankrates und Theodoros dir, Herrin, wieder in einem Wagen folgen.«

»Gute Idee!« Tillia nickte.

Auch Perdikkas war einverstanden und ordnete an, dass die beiden Gladiatoren sich ab der neunten Stunde im Argiletum bereithielten, während Geta schon vorher zum Ianiculum aufbrechen sollte.

Damit war alles, was ihren Schutz betraf, besprochen und Tillia wechselte das Thema: »Wie waren die Kämpfe heute?«

»Kämpfe?« Perdikkas schaute sie erstaunt an. »Ach, das weißt du noch nicht. Der Caesar hat eine Truppe aus Capua holen lassen.«

»Warum das denn?«

»Er möchte meinen Männern noch mehr Zeit zum Training geben. Sie sollen dann am ersten Juli antreten. Du weißt ja, sie sind seine Hätschelkinder.«

»Am ersten Juli? Das ist doch …« Tillia zwinkerte. »Das ist doch der … der fünfte Jahrestag von Vespasians Erhebung zum Kaiser!«

»Richtig. Wir haben also noch gut neun Wochen Zeit. Deshalb spielt es im Augenblick keine Rolle, wenn ich Pankrates und Theodoros für einige Tage aus dem Training nehme. Sie haben in den letzten Wochen hart gearbeitet und sind in hervorragender Form. Nicht wahr, Geta?«

»So ist es, Lanista.«

»Dann bin ich in gewisser Weise erleichtert«, meinte Tillia. »Ich möchte nämlich nicht, dass sie durch ihren Einsatz für mich in irgendeiner Weise Nachteile erleiden.«

»Davon kann keine Rede sein.« Für ihn war die Sache abgemacht. Er fragte: »Wie geht's eigentlich Athenodoros?«

»Danke, gut.«

Es entspann sich ein kurzes Gespräch über private und familiäre Dinge. Tillia erfuhr, dass Perdikkas mit dem Gedanken spielte sich auf dem Esquilin ein Haus zu kaufen. Sie versprach ihm mit Rat und Tat behilflich zu sein, wenn es so weit war: »Sag mir rechtzeitig Bescheid. Wir schauen uns dann gemeinsam die jeweiligen Objekte an. Und wenn das hier vorbei ist, feiern wir ein Fest, Junge!«

Perdikkas dankte ihr, zumal er wusste, dass sie wie kaum ein Mann den aktuellen Stand der Haus- und Grundstücksangebote in Rom kannte und knallhart mit den Verkäufern verhandeln konnte.

»Einverstanden«, brummte Perdikkas. »Aber so weit sind wir noch nicht.«

Er stand auf, kam um den Tisch herum und drückte sie kurz und fest an sich.

»Wir passen schon auf dich auf, Mädchen!«

Und sie: »Das ist ein gutes, beruhigendes Gefühl.«

»Na also.«

Er öffnete die Tür, Geta verbeugte sich tief und Tillia verließ den Raum.

XII

Da sie noch reichlich Zeit hatte, machte sie den kleinen Umweg über den Clivus Scauri zum Haus ihres Vaters. Wie immer um diese Zeit fand sie ihn an seinem Arbeits- und Zeichentisch, wo er sich gerade mit Hingabe einer neuen Zeichnung widmete. Thema waren die verschiedenen Fischarten des Nils. Er unterbrach seine Arbeit und wollte als Erstes wissen, ob sie schon etwas in Sachen Nilquellen unternommen hätte. Tillia bejahte dies und teilte ihm mit, sie werde ihm wohl in Kürze Genaueres darüber sagen können. Er müsse sich nur noch etwas gedulden.

»Was heißt in Kürze? Das ist ein recht vager Begriff. Du weißt, ich bin immer für eindeutige Aussagen, mein Kind!«

»Mehr kann ich im Augenblick wirklich nicht sagen, Papa. Und ich kann auch nicht den ganzen Tag hinter deinen Nilquellen herrennen. Ich habe noch andere Dinge zu erledigen. Etwas Geduld musst du schon haben.«

»Wie?« Er hielt die Hand ans Ohr. »Was soll ich …?«

»Geduld! Etwas mehr Geduld! Ich werde dir das Buch schon besorgen.«

Er nickte ergeben. »Dein Athenodoros war hier.«

»Und?«

»Macht seine Sache gut. Quatscht vor allem kein dummes Zeug daher wie die meisten aus dem ärztlichen Gewerbe! Hat mir auch nicht in den Hintern geguckt.«

»Warum auch? Da ist doch alles in Ordnung – oder?« Sie hatten das Thema schon neulich berührt. Er wurde zunehmend vergesslich.

»Vollkommen«, behauptete er. »Nur die Prostata macht ihm Sorgen.«

»Die Prostata? Ihm? Dir denn nicht?«

»An sich nicht, nein. Ich kann ja noch ganz gut Wasser lassen. Zwar nicht mehr wie ein junger Hengst, aber es läuft noch ganz gut. Aber er sagt, wir müssten das im Auge behalten. Ich muss nun dreimal am Tag einen Löffel Kürbiskernöl einnehmen.«

»Aha. Und, tut es dir gut?«

»Scheint so. Ich muss jedenfalls nicht mehr so oft raus nachts.«

»Na, siehst du!«

Tillia war entschieden mehr darüber erleichtert, dass seine Bronchitis zurückgegangen war. Wusste sie doch nur zu gut, wie schnell alte Menschen von einer sich plötzlich daraus entwickelnden Lungenentzündung dahingerafft werden konnten. Balbinus schien sich aber strikt an die Anweisungen von Athenodoros zu halten.

Da fiel ihr noch etwas ein: »Athenodoros haben übrigens deine Zeichnungen sehr gut gefallen!«

»Wirklich?«

»Aber ja, sonst hätte er es mir nicht gesagt. Er ist sehr sparsam mit Lob. Und er besitzt einen großen Kunstverstand!«

»Ein guter Arzt, wirklich ein guter Arzt! Hat auch noch Kunstverstand!«

Sie nutzte die Gelegenheit und fragte: »Papa, hattest du früher schon mal mit Antonius Felix zu tun? Ich meine dienstlich …«

Er legte so abrupt den Stift hin, dass sie erschrak.

»Antonius Felix? Der größte Halunke, der mir je über den Weg gelaufen ist! Ein eiskalter Opportunist! Absolut skrupellos! Verlogen, heimtückisch, hinterhältig, geldgierig, eitel bis zum Erbrechen! Dazu ein Weiberheld! Ich könnte dir von ihm Dinge erzählen …«

»In welchem Zusammenhang hattest du denn mit ihm zu tun?«

»Wie?« Die Hand fuhr reflexartig zum Ohr, doch er hatte verstanden. »Es ging da zum Beispiel um Getreidelieferungen … aus Ägypten … nach Judäa … Damals herrschte in Judäa große Dürre und die Leute hungerten. Es gab tausende von Toten. Die Berichte, die mir von Reisenden zugetragen wurden, klangen schrecklich.« Er hüstelte und sie klopfte ihm auf den Rücken. »Dazu musst du wissen: Sie haben ja nicht wie die Ägypter den Nil. Das mickrige Flüsschen Jordan reicht gerade einmal aus die paar Felder rechts und links davon zu bewässern. Kurz, ich entsprach damals seiner Bitte – er behauptete in einem Schreiben an mich, das sei mit Kaiser Nero abgesprochen – und lieferte ihm eine große Menge Getreide nach Judäa.«

Balbinus lehnte sich zurück und schloss: »Wie ich viel später erst erfuhr, hat er einen Teil davon zurückgehalten und auf eigene Rechnung zu Wucherpreisen an Großhändler in Judäa verkauft. Nur …«, er beugte sich vor, »nachweisen konnte man ihm das nie, weil er zu gerissen war und sich, wie immer bei schmutzigen Geschäften dieser Art, gründlich abgesichert hatte. Aber Kind, warum fragst du mich heute danach?«

»Ach, nur so …«, antwortete sie ausweichend. »Ich hörte dieser Tage Ähnliches über ihn.«

Da hob Balbinus den Zeigefinger und mahnte eindringlich: »Nimm dich in Acht vor diesem Kerl, Kind! Er geht über Leichen! Ich meine das im wörtlichen Sinne.

Der Mann ist ein gewissenloser Lump!« Er nickte mehrmals energisch vor sich hin. »Und nun bring mich ins Bett. Ich bin müde. Vielleicht liegt's an diesem komischen Prostata-, ich meine, an dem Kürbiskern-Öl.«

»Musst du es jetzt einnehmen?«

»Ja.«

Sie half ihm dabei, führte ihm den Löffel zum Mund und sorgte anschließend dafür, dass er bequem und nicht zu warm zugedeckt seinen Mittagsschlaf halten konnte.

Darauf ging Tillia nach unten, in die Küche, und schärfte Myriam ein peinlich darauf zu achten, dass Balbinus seine Medizin pünktlich einnehme.

Myriam lächelte und sagte: »Oh, das ist nicht nötig, Tillia. Er dringt selbst darauf, dem Arzt alles recht zu machen. Er schwärmt geradezu von Athenodoros.«

»Na, das ist doch fein!«

Erneut musste sie Myriams freundliche Einladung zum Essen ablehnen, sagte aber, sie hoffe, es werde sich bald einmal eine Gelegenheit dazu ergeben.

Wieder zurück im Argiletum, näherte sie sich vorsichtig ihrem Wohnhaus, blieb mehrmals stehen, um festzustellen, ob ihr jemand folgte, hielt auch die Arkade auf der gegenüberliegenden Straßenseite im Auge und war sich schließlich sicher, dass sie diesmal nicht beschattet wurde.

Melitta bestätigte ihr, dass der Fremde sich heute nicht eingefunden hatte. Sie schien das tatsächlich zu bedauern, denn sie erging sich in allerlei Mutmaßungen: Er werde wohl noch kommen, aber später, erst in der Dämmerung, weil er vorsichtiger geworden, zurzeit aus irgendwelchen Gründen verhindert sei oder weil er neue Anweisungen seines Auftraggebers einholen müsse.

»Man könnte fast meinen«, sagte Tillia, »du vermisst ihn.«

»Nein, Herrin, aber das ist alles so aufregend!«

»Wie wahr, wie wahr!«

Tillia ging ins Tablinum, wandte sich im Türrahmen um und sagte, sie wolle nicht gestört werden. Sie schloss die Tür, holte aus dem Regal ein Blatt Papyrus, griff sich aus der Elfenbeinschale einen Silberstift und nahm am Arbeitstisch Platz. Sie starrte einige Augenblicke auf das leere Blatt, zwinkerte mehrmals und schrieb dann:

Verdächtige Personen:

I. ANTONIUS FELIX
Motiv:
Mögliche Feindschaft zwischen ihm und Antonius Primus, dem Vater des Ermordeten. Gründe noch unbekannt.

II. Männliches oder weibliches FAMILIENMITGLIED des Antonius Felix
Motiv:
Hass auf Antonius Felix, Gründe noch unbekannt. Vielleicht Erbangelegenheiten? Liebschaften?

III. SCHAUSPIELER aus dem Ensemble des Pompeiustheaters
Motiv:
Noch unbekannt. Irgendwelche Rivalitäten?

IV. ANONYMUS, Mann oder Frau
Motiv:
Gänzlich unbekannt.

Sie legte den Stift hin und betrachtete die Aufzeichnung. »Herzlich wenig, Tillia. Sehr wenig. Die Motive all dieser Leute sind unbekannt. Der Einzige, der im Augenblick etwas hergibt, scheint Felix zu sein. Immerhin …«

XIII

Tillia war gerade mit dem Ankleiden fertig – sie hatte bei Stola und Palla Weiß vorgezogen, das dem Anlass angemessen schien, dazu aber als dezenten farblichen Kontrast die mit dunkelgrünen Jadestücken besetzte Goldkette um den Hals gelegt –, als sich Pankrates bei ihr melden ließ. Er verbeugte sich und erklärte sachlich: »Wir stehen nicht wie beim letzten Mal in Richtung Innenstadt, Herrin.«

»Sondern?«

»In einer Seitenstraße.«

»Aha. Und warum das?«

»Weil wir nicht wissen, ob der Wagen durch die Innenstadt fährt oder seinen Weg außerhalb der Mauer nimmt.«

»Verstehe. So könnt ihr ihm in jedem Fall leicht folgen, ohne wenden zu müssen. Gut, Pankrates! Ich nehme an, der Wagen wird pünktlich eintreffen.«

»Das denke ich auch. Darum sind wir schon etwas früher da.«

Sie lächelte ihm freundlich zu: »Ausgezeichnet.«

Er nickte, verbeugte sich und verließ die Wohnung.

Schon eine Viertelstunde später kam ein Kutscher, ein junger, auffallend großer Mann mit blauen Augen und vollem hellblondem Haar, und fragte sehr höflich an, ob es der Herrin Tillia Capriola genehm sei, jetzt zum Hause seines Herrn Antonius Primus gebracht zu werden.

Tillia darauf, sehr munter: »Wie du siehst, bin ich auf dem Sprung.«

Der Bursche gefiel ihr. Er mochte Anfang oder Mitte zwanzig sein.

»Wie heißt du?«, fragte sie.

»Atto, Herrin.«

»Atto? Das klingt nach Germanien!«

»So ist es. Ich komme aus einem Ort in der Nähe von CCAA.«

»CCAA? Du meinst die Colonia Claudia Ara Agrippinensium, nicht wahr?«

Atto öffnete staunend den Mund und Tillia ergänzte: »Ich kenne die Colonia gut. Vor vielen Jahren habe ich mich dort einige Zeit aufgehalten ...« Es waren genau acht Wochen gewesen, im Sommer. Eine wunderschöne Zeit, an die sie sich gern erinnerte. Damals hatte Caligula Crescens und sein Gespann dem Statthalter Niedergermaniens »ausgeliehen«, um den einheimischen Honoratioren und ihrer ubischen Klientel einmal zu zeigen, wie in Rom Rennen gefahren wurden. Prompt trugen sich dann die Stadtväter mit dem Gedanken einen eigenen Circus am südlichen Stadtrand zu bauen. Tillia meinte sich zu erinnern, dass ihr vor zwei Jahren ein Militärtribun, den Athenodoros behandelt hatte, mitgeteilt hatte, diese Rennbahn gebe es inzwischen tatsächlich. Als sie Atto darauf ansprach, bestätigte er dies.

Da zwischen ihnen nun das Eis gebrochen war, nutzte sie die Gelegenheit und fuhr behutsam fort: »Du bist sicherlich schon lange bei Antonius Primus ...«

»Ja, bereits seit fünf Jahren, seit dem Bataverkrieg unter Civilis.«

»Verstehe. Du bist in Gefangenschaft geraten?«

»So ist es.«

»Wie alt warst du damals?«

»Achtzehn, Herrin.«

»Erstaunlich! Du sprichst absolut rein und fehlerfrei Latein!«

»Danke. Aber ich selbst kann das nicht beurteilen.«

Atto gefiel ihr immer besser. Er hatte seine Natürlichkeit nicht verloren und gleichzeitig die römischen Umgangsformen vollkommen angenommen.

Vorsichtig fragte sie weiter: »Wenn du schon so lange bei Antonius Primus bist, dann hast du wohl auch seinen Sohn gut gekannt?«

Er nickte, aber es war ein trauriges Nicken.

»Ich gehe wohl nicht fehl in der Annahme«, fuhr sie fort, »dass ihr beiden bis zu einem gewissen Grade miteinander befreundet wart. Gaius befand sich ja etwa in deinem Alter, nicht wahr?«

»So ist es, Herrin.«

»Dann muss dich diese Untat sehr getroffen haben.«

Er nickte stumm.

»Du weißt wahrscheinlich, warum dein Herr mich sprechen möchte?«

»Ja, Herrin. Du wurdest unfreiwillig Zeugin des Verbrechens.«

»Das ist richtig. Hat dein Herr dir dies gesagt?«

»Nein.«

»Wer dann?«

»Xerxes.«

»Wer ist denn das?«

»Der Verwalter.«

Tillia merkte sich den Namen. Man konnte nie wissen, ob solch scheinbar harmlose Randfiguren nicht unvermutet größere Beutung gewannen.

Sie nickte mehrmals bedächtig vor sich hin, um den Eindruck zu erwecken, sie müsse das bisher Gehörte überdenken – was im Übrigen tatsächlich der Fall war.

Plötzlich stellte sie dann die Frage, deren Beantwortung sie am meisten interessierte: »Wie kam Gaius Antonius eigentlich mit seinem Vater aus? Ich frage das, weil ich ihn kennen gelernt habe und den Eindruck hatte, dass zwischen Vater und Sohn gewisse Spannungen bestanden.«

Sie beobachtete genau Attos Gesicht und es entging ihr nicht, wie es sich überschattete.

Atto zögerte und schien nach Worten zu suchen. Oder hatte er nun Bedenken diese familiären Dinge vor einer fremden Frau, die ihm zwar sehr sympathisch war, die er aber erst seit wenigen Augenblicken kannte, auszubreiten? Schließlich rettete er sich in ein »Ich verstehe nicht, wie du das meinst, Herrin.«

Tillia, die seine Skrupel sehr gut nachvollziehen konnte, suchte ihn zu beruhigen: »Weißt du, es ist doch so: Wenn plötzlich neben dir ein Mensch tot zusammenbricht, mit dem du dich kurz zuvor noch über sehr ernsthafte Dinge unterhalten hast, dann hast du ein gewisses, ja ich denke: ein berechtigtes Interesse daran zu erfahren, in welchen Lebensumständen er sich befand …« Sie entschied sich kühl und vorsätzlich für eine Lüge: »Er machte Andeutungen darüber, dass sein Vater und er nicht gut miteinander auskamen.«

»Nun, ihre Interessen waren auch zu verschieden.«

»Wie meinst du das, Atto?«

»Er hat mir einmal gesagt, sein Vater wolle aus ihm um jeden Preis einen schneidigen Soldaten machen.«

»Aber das ging ihm gegen seine Natur, seine Interessen …!«

»Ja. Er war dafür nicht geschaffen.«

»Wenn er dir das sagte, dann heißt das, dass er großes Vertrauen in dich setzte.«

»Ja, das tat er.« Atto reckte sich. »Ich bin zwar Sklave, aber Sohn eines ubischen Fürsten!«

»Ich verstehe dich«, sagte Tillia und hoffte, er werde noch mehr aus sich herausgehen. »Für Antonius Primus aber, ich meine den Vater, spielt das keine Rolle – für ihn bist du der Sohn eines Barbaren!«

Das war gewagt. Doch er erkannte, was sie ihm damit zugleich sagen wollte: Für sie war er das eben nicht – ein Barbar.

»Allerdings, ja …« Atto sah zu Boden, schien nachzudenken und bestätigte dann ihre Vermutung: »Der Patron gibt sich mit Menschen wie mir nicht ab.«

Das passt zu ihm, dachte Tillia. Ha! Bildet sich, Gott weiß was, auf seinen Namen ein: Antonius! Himmel, aus welcher subalternen Seitenlinie der Gens Antonia mag er nur hervorgekrochen sein?

Sosehr sie auch Lust verspürte dieses Thema mit Atto zu vertiefen – sie musste darauf Rücksicht nehmen, dass er einen Auftrag zu erfüllen hatte. Sie hatten mit ihrer Konversation schon einige Zeit vertan und sie wollte ihm Ärger ersparen.

Also sagte sie: »Leider müssen wir unser Gespräch jetzt abbrechen, Atto. Wir sollten deinen Herrn nicht warten lassen.«

Er nickte beifällig.

»Aber«, fuhr Tillia fort, »ich würde mich sehr gerne ein andermal mit dir weiter unterhalten. Du musst mir mehr über den jungen Antonius erzählen.«

»Gern, Herrin, aber wo … ? Ich meine …«

»Machen wir es doch so …« Sie zwinkerte. »Wenn du in der Stadt zu tun hast – und das dürfte doch öfters der Fall sein –, kommst du bei mir vorbei, einfach so! Sollte ich nicht da sein, wird man dir mitteilen, wann ich zurück bin. Würdest du das tun?«

Ohne zu zögern, ging er auf ihr Angebot ein und

erklärte, das werde sich wohl machen lassen. Vielleicht schon morgen.

»Am Vormittag?«, hakte Tillia nach.

»Ja, Herrin. Etwa zur zweiten Stunde nach Sonnenaufgang. Ich muss noch einige Dinge im Zusammenhang mit der Bestattung in der Stadt regeln.«

»Einverstanden. – So, wir können …«

Tillia schärfte Melitta noch einmal ein alle drei Türschlösser sorgfältig zu verriegeln, wenn sie oder Chrysostomos aus dem Haus gingen. Dann verließ sie mit Atto die Wohnung.

XIV

Der Wagen nahm, wie Pankrates überlegt hatte, die Route außerhalb der Mauer, kreuzte mehrere Ausfallstraßen, schwenkte bei der Porta Capena, wo die Via Appia Rom verließ, wieder in die Stadt zurück, passierte die Nordseite des Circus maximus, dann das Forum Boarium und überquerte schließlich den Tiber auf dem Pons Aemilius. Gleich hinter der Brückenauffahrt bog er nach links in die Via Portuensis ein – sie war die schnellste Verbindung zum Seehafen von Ostia – und folgte ihr eine halbe Meile. Mehrmals blickte Tillia nach hinten, um sich zu vergewissern, dass ihre Beschützer folgten. Das war der Fall.

Plötzlich stieg ihr ein infernalischer Gestank in die Nase. Er kam aus den Gerbereien und Walkereien in der Nähe des Flusses. Zum Entfetten der Häute und Stoffe wurde Urin benutzt.

»Das ist ja ungeheuerlich!«, stieß sie angewidert hervor. »Eine Zumutung! Wie das die Leute, die hier wohnen, nur aushalten? Das muss doch auch anders zu bewerkstelligen sein! Man sollte den Kaiser einmal darauf aufmerksam machen!«

Der Wagen verließ die Hauptstraße, folgte längere Zeit rechts einem schmalen, steil ansteigenden Weg und näherte sich schließlich einem Anwesen, das deutlich sichtbar herrschaftlichen Anspruch erhob: Das gesamte Areal war von einem schmiedeeisernen Gitter eingefasst, das wiederum von gemauerten Pfeilern getragen wurde. Das Ganze musste ein Vermögen gekostet haben.

Der Wagen passierte die Toreinfahrt – die Torflügel standen offen – und hielt wenige Augenblicke später vor einer breiten Freitreppe, über die man den Haupteingang der Villa erreichte. Sie lag auf halber Höhe des Ianiculum in einem alten Park. Von hier aus konnte man über die ganze Stadt blicken.

Der Wagen mit Pankrates und Theodoros war zurückgeblieben. Wahrscheinlich würden die beiden sich zu Fuß dem Anwesen nähern und alle Vorgänge im Auge behalten. Irgendwo zwischen den Bäumen und Büschen des Parks vermutete sie auch Geta.

Drinnen musste man die Ankunft der Kutsche bemerkt haben, denn die Eingangstür wurde geöffnet, ein Mann trat heraus und näherte sich mit schnellen Schritten. Offenbar Xerxes, der Verwalter. Mit seinem konturlosen Allerweltsgesicht erinnerte er Tillia stark an Cyrus, er bewegte sich mit derselben diensteifrigen Geschäftigkeit.

Xerxes öffnete die Wagentür, klappte das Treppchen herunter und reichte Tillia die Hand, um ihr beim Aussteigen behilflich zu sein. Dann machte er eine tiefe Verbeugung und sagte mit seltsam hoher Stimme: »Bitte mir zu folgen, Herrin!«

Er hielt auf die Freitreppe zu und ließ Tillia dort dann vorgehen. Gute Umgangsformen haben diese Leute ja immer, stellte Tillia fest, aber sie sind aalglatt! Du weißt nie, was sie wirklich denken.

Das Atrium, in das sie nun eintrat, war licht und hell, ganz anders als jenes im Hause von Felix. Kein übertriebener Prunk. Die Säulen bestanden aus hellem, glatt geschliffenem Marmor, das dachtragende Gebälk aus

Holz. Der Boden war mit Travertinplatten belegt. Die zurückliegenden Wände weiß, der Sockel dunkelrot abgesetzt. Einziger Bildschmuck waren zwei überlebensgroße Standbilder, die Panzerstatue eines Mannes, der grüßend die Rechte hob, und ein zweiter in Toga, ebenfalls grüßend. Ein Blick in die Gesichter der Figuren genügte: Der Gewappnete stellte Marcus Antonius, der Togaträger Gaius Iulius Caesar dar.

Tillia hatte erwartet gemäß uraltem Brauch den Verstorbenen im Tablinum aufgebahrt zu finden, mit den Füßen zur Eingangstür. Das war nicht der Fall. Also würden die Beisetzungsfeierlichkeiten an einem anderen Ort stattfinden. Lediglich die mit Zweigen der Rottanne umwundenen Säulen des Innenhofs erinnerten daran, dass man sich in einem Trauerhaus befand.

Die Tür des Tablinums öffnete sich, Antonius Primus kam heraus und ging, leicht gebeugt, mit großen festen Schritten auf Tillia zu. Er sah mitgenommen aus. Dunkle Ränder unter den Augen verrieten, dass er in den letzten Tagen kaum geschlafen hatte. Dennoch strahlte dieses Gesicht große Energie aus. Das Kinn, kantig und entschlossen, ließ ahnen, dass der Mann gewohnt war Befehle zu erteilen und ihre Ausführung strikt zu kontrollieren. Die Lippen, schmal, blass und blutleer, saßen fest aufeinander, die Mundwinkel wiesen kühl nach unten. Die Trauer, die über diesem Antlitz lag, schien freilich älter als drei Tage zu sein; sie war gepaart mit einem gewissen Lebensüberdruss.

Antonius Primus neigte zur Begrüßung leicht den Kopf, ohne Tillia dabei aus den Augen zu lassen. Sie spürte, dass er jetzt blitzschnell abschätzte, welcher Sorte Menschen sie wohl angehörte.

Als er dann sprach, war sie überrascht vom kernigen Klang seiner tiefen Stimme: »Ich bin dir sehr dankbar, Tillia Capriola, dass du meiner Bitte entsprochen und die Mühe auf dich genommen hast mich hier aufzusuchen.«

»Aber das war doch selbstverständlich, Antonius! Und von Mühe kann keine Rede sein.«

Wieder neigte er leicht den Kopf, machte eine einladende Handbewegung und sagte höflich: »Ich darf vorausgehen …?«

Er folgte dem seitlichen Gang zum hinteren Teil des Hauses, öffnete links eine Tür und ließ Tillia eintreten. Es handelte sich um einen kleinen heimeligen Raum mit Blick in den Park. Die Wände waren mit zarten pastellfarbenen Fresken bedeckt. Sie zeigten bukolische Szenen mit Hirten in gebirgiger Landschaft oder am Meer, zitierten Motive aus verschiedenen Mythen, darunter eine Szene mit Circe und Odysseus, ohne jedoch zu sehr ins Detail zu gehen. Da modisch gekünstelter Firlefanz fehlte, mit dem neureiche Menschen Eindruck zu schinden hofften, schloss Tillia, dass diese Bilder noch aus dem vergangenen Jahrhundert, aus den letzten Jahren der Republik stammten.

Als sie eine entsprechende Bemerkung machte, glitt zum ersten Mal ein verhaltenes Lächeln über Antonius' Gesicht und er erklärte lakonisch: »Das Haus befand sich seinerzeit im Besitz Caesars.«

»Ach!«, rief Tillia und zwinkerte. Sie fand ihren Spürsinn bestätigt.

»So ist es.« Antonius nickte. »Caesar stellte es damals – und das ist immerhin schon fast hundertzwanzig Jahre her – Kleopatra zur Verfügung, während der Monate, als sie in Rom weilte. In diesem Raum soll sie sich am liebsten aufgehalten haben. Man sagt, hier habe sie auch die Nachricht vom Tode des Geliebten erhalten.«

Tillia war sichtlich beeindruckt. Mit einer gewissen Scheu betrachtete sie die Fresken, machte sich klar, dass die Königin damals draußen die gleichen Bäume,

Büsche, Wege und Hecken gesehen hatte. Zugleich aber überlegte sie nüchtern, wie denn Antonius Primus wohl in den Besitz dieses geschichtsträchtigen Anwesens gekommen war.

Als könne er Gedanken lesen, fuhr Antonius fort: »Mein Großvater hat das Haus vor sechzig Jahren erworben und mit viel Liebe und Geld wieder instand gesetzt. Es war ziemlich heruntergekommen.«

»Sind das noch die ursprünglichen Möbel?«

»Nein. Das Haus wurde während der Wirren des Dreikaiserjahrs von randalierenden Soldaten Othos geplündert. Die Einrichtung ist neu.«

Tillia war überrascht von dem, was sie sah und hörte, und fand wieder einmal bestätigt, dass Vorurteile meistens falsch sind. Nach dem, was während der letzten Jahre in der Stadt über Antonius Primus verbreitet worden war, hatte sie einen herrischen, ziemlich oberflächlichen und arroganten Mann erwartet. Nun stellte er zwar nicht gerade das Gegenteil dieser Einschätzung dar, doch sein Charakter war vielschichtiger als angenommen. Vor allem hatte sie nicht diese Verbitterung erwartet, die sich in seinem Gesicht deutlich niederschlug und die Züge zeichnete. Der Grund hierfür musste sein, dass ihn Vespasian vor fünf Jahren kaltgestellt hatte. Es mochte durchaus stimmen, dass Primus während des Bürgerkriegs bis zum Schluss gezögert hatte sich auf die Seite des Flaviers zu stellen. Doch würde er, darauf angesprochen, sicher gute Gründe nennen können. Der andere Vorwurf, er habe über seine Verhältnisse gelebt, traf auch auf andere hohe Militärs seiner Generation zu.

Bezeichnend war weiter, dass er im Atrium ostentativ die Standbilder von Marcus Antonius und Caesar aufgestellt hatte und keinen Augustus oder Tiberius – von Vespasian ganz zu schweigen. Wollte er damit zu erkennen geben, dass er eigentlich Republikaner geblieben war und sich nach den Zeiten zurücksehnte, als Heerführer und Statthalter auch noch im Frieden bestimmenden Einfluss auf die Politik nehmen konnten? Und war nicht auch die Restaurierung dieses Hauses ein Beleg für seine konservative Grundhaltung?

Er riss sie aus ihren Gedanken: »Was darf ich dir anbieten, Tillia Capriola?«

»Vielleicht etwas Wasser«, erwiderte sie, obwohl sie Hunger hatte.

»Mit einem Obstsaft?«, fragte er. »Und etwas Gebäck? Oder möchtest du …?«

»Danke, Antonius. Gebäck und Obstsaft genügen. Ich bin nicht zum Essen gekommen.«

Er zog an der Klingelschnur neben der Tür, ein Sklave erschien und erhielt den Auftrag die Erfrischungen zu bringen.

Antonius bot ihr den Platz zum Fenster hin an, so konnte sie in den Park blicken. Er selbst setzte sich ihr schräg gegenüber an einen kleinen runden Tisch.

Er sah sie an, und sie begann vorsichtig: »Die Beisetzung – sie findet nicht in Rom statt?«

»Nein. In Albanum. Dort ist unser Familiensitz. Gaius soll bei seinen Vätern ruhen.«

»Ich verstehe.« Tillia nickte und schwieg, denn sie wollte ihm Gelegenheit geben das Gespräch weiterzuführen.

Er wartete geduldig, bis der Tisch gedeckt, das Gebäck auf den kleinen Silbertellern verteilt und der Kirschsaft eingeschenkt war. Dann schickte er den Sklaven nach draußen, befahl ihm aber sich in der Nähe zu halten.

Tillia nahm einen Schluck Saft und setzte den Becher wieder ab. Antonius tat es ihr aus Höflichkeit gleich und lehnte sich zurück, den Blick ruhig auf Tillia gerichtet.

»Du warst also«, begann er leise, »in unmittelbarer Nähe des … des Geschehens.«

Sie nickte ernst.

»Darf ich dich bitten mir den Hergang aus deiner Sicht zu erzählen? Danach werde ich wohl noch einige Fragen an dich zu richten haben.«

Tillia konzentrierte sich einige Augenblicke und schilderte dann so genau wie möglich, was sich während der letzten Viertelstunde nach dem Ende der Vorstellung inner- und außerhalb des Zuschauerraums zugetragen hatte. Als sie zu den entscheidenden Augenblicken kam, hielt sie inne – sie musste zweimal tief durchatmen, fuhr sich auch mehrmals über die Augen – und beschrieb dann Schritt für Schritt den Ablauf des Verbrechens bis zum Eintreffen von Parmenion und seinen beiden Helfern. Das Auffinden der Maske verschwieg sie.

Antonius Primus hatte ganz ruhig zugehört. Er saß eine Weile wie erstarrt und fixierte gedankenverloren einen imaginären Punkt auf der Tischplatte. Endlich hob er den Blick, griff nach ihrer Hand, drückte sie kurz und sagte: »Ich danke dir. Du hast Schreckliches erlebt.«

Sie nickte ihm zu und zwinkerte, bis sie ihrer inneren Erregung Herr wurde. Dann sagte sie tapfer: »Bitte, wenn du jetzt Fragen an mich hast – ich werde sie dir beantworten, falls ich es kann.«

»Danke!« Antonius lehnte sich zurück. Er schien sehr ergriffen zu sein von dem, was Tillia ihm berichtet hatte. Endlich begann er: »Der Mann trug also eine Maske, eine Theatermaske, wie du festgestellt hast.« Tillia nickte und er fuhr fort: »Das muss natürlich nicht zwangsläufig bedeuten, dass der Mörder ein Schauspieler ist.«

Tillia ging darauf ein und ließ ihn wissen, dass auch sie zu diesem Schluss gekommen sei. Dann zählte sie auf, wer sich möglicherweise die Maske hätte aneignen können: ein Schauspieler, ein Angehöriger des übrigen Personals, aber auch ein völlig Fremder.

»Aber das führt uns nicht weiter«, schloss sie. »Es gibt zu viele Möglichkeiten und Umstände, die wir nicht kennen.«

Antonius nickte beifällig.

Tillia fuhr fort: »Erlaube mir eine persönliche Frage, Antonius!«

»Bitte.«

»Hatte dein Sohn Feinde?«

»Feinde? Du meinst Menschen, die ihm womöglich nach dem Leben trachteten?«

»Genau das!«

»Nun, soweit ich es beurteilen kann, nicht. Aber wer kennt schon alle Leute, mit denen der eigene Sohn Umgang pflegt.«

»Dann will ich es anders formulieren: Hatte er Kontakt zu Personen, die einen negativen Einfluss auf ihn ausübten? Wenn ja: War er ihnen in irgendeiner Weise verpflichtet, war er vielleicht sogar erpressbar?«

Sie wusste, dass sie soeben eine unsichtbare Grenze überschritten hatte, denn diese Fragen berührten den Privat-, wenn nicht gar den Intimbereich – sowohl des Sohnes wie des Vaters.

Doch Antonius reagierte in keiner Weise indigniert. Sei es, dass er Tillia unter den gegebenen Umständen einen großen Freiraum einräumte, sei es, dass er sehr wohl vom Umgang seines Sohnes mit zwielichtigen Kreaturen wusste. Antonius gab ihr eine Antwort, die zwar nicht ihren Wissensdurst befriedigte, die aber deutlich machte, dass er nicht mit allem einverstanden war, was Gaius gedacht, getan und getrieben hatte.

»Ich will es so sagen, Tillia: Während der Jahre, in denen sich die Welt schneller als früher in Jahrhunderten gewandelt hat, haben sich auch zwangsläufig die alten Wertvorstellungen und der Respekt vor den Sitten der Väter verändert. Ich muss dir gestehen, dass ich, was den

Umgang meines Sohnes betrifft – nein, ich muss ja schon sagen: *betraf!* –, keinen genauen Einblick hatte. Dass er vom Temperament, von seinen Anlagen und Begabungen und folglich seinen Interessen her anders war als ich – dies zu leugnen wäre unsinnig. Er kam ohnehin wohl mehr auf seine Mutter.«

»Du sagst: *kam …*?«

»Ja. Plautia ist vor sieben Jahren gestorben. Eine Lungenentzündung. Viel zu früh, besonders für ihn. Ich befand mich, bedingt durch meine wechselnden Kommandos, immer wieder für lange Zeit außer Landes. So war er völlig auf sie fixiert und von ihr geprägt, wenn du verstehst, was ich meine.«

»Ich verstehe, Antonius.«

Ihr wurde allmählich klar, dass Antonius das Bedürfnis hatte mit einem Menschen, der seine Probleme verstand, über diese Dinge zu reden. Alle Härte und Unnahbarkeit schien von ihm abgefallen. Er war verzweifelt. Dass es eine Frau gewesen war, die seinen einzigen Sohn während dessen letzten Augenblicken begleitet hatte, tröstete ihn offenbar. Überhaupt spürte sie deutlich, dass er mehr und mehr Vertrauen zu ihr fasste.

Antonius stand auf, ging zum Fenster und blickte in den Park. Plötzlich drehte er sich um und sagte mit drohendem Unterton: »Wer auch immer ihn auf dem Gewissen hat, er wird es büßen! Gaius war mein einziger Sohn! Ich habe keine weiteren Kinder. Der Mörder hat gleich zwei Leben zerstört.«

Tillia saß betroffen da, hielt die Hände gefaltet und war eine Weile sprachlos. Sie hatte einen völlig anderen Empfang in diesem Hause erwartet. Aber – so schoss es ihr durch den Kopf – es war immer das Gleiche: Sobald man hinter die Kulissen schaute, welche die Menschen zum vermeintlichen Schutz um sich herum aufbauten, stieß man auf Probleme, wie es sie überall gab: Besitzstandwahrung, Kampf der Geschlechter, Generationskonflikte.

Sie musste mehr erfahren: »War er mit Parmenion befreundet?«

Antonius antwortete geradezu unwirsch: »Du meinst diesen … diesen Schauspieler?«

»Ja.«

»Ob er mit ihm befreundet war? Das weiß ich nicht.«

»Aber er ging oft ins Theater.«

»Ja. Obwohl ich das nicht gern sah.«

»Du hattest es ihm verboten?«

»Verboten nicht direkt. Aber ich gab ihm mehrmals deutlich zu verstehen, dass es wichtigere Dinge gibt. Zumal diese Schmierenkomödien in den letzten Jahren in einer Weise zugenommen haben, dass man schon von Volksverdummung reden kann. Aber darum kümmert sich ja niemand!«

Ging das etwa gegen den Kaiser?

Plötzlich sah er sie sehr wach an: »Warum fragst du danach? Hältst du es für möglich, dass der Mörder aus diesen Kreisen stammt?«

»Nun, es wäre denkbar, nicht wahr. Aber das wird ja wohl ein Gericht zu klären versuchen. Wirst du Anklage erheben?«

»Sicher, zu gegebener Zeit. Wenn ich mehr Informationen habe.«

»Wie willst du zu ihnen kommen? – Verzeih bitte, wenn ich so direkt frage, aber ich selbst habe mittlerweile größtes Interesse daran, dass der Mörder dingfest gemacht und bestraft wird.«

»Natürlich.« Er nickte ihr zu. »Deine Anteilnahme ehrt dich. Und weil du außerdem, wie ich weiß, einen hervorragenden Einblick in die Welt des Theaters hast, frage ich mich auch, ob du mir dabei nicht behilflich sein könntest.«

Oh ihr Götter!, dachte Tillia. Der dritte Auftrag! Sie zwinkerte lebhaft und erwiderte: »Nun ja, ich könnte versuchen mir Informationen über gewisse Leute zu beschaffen.«

»Denkst du dabei schon an ganz bestimmte Personen?«

»Nein. Aber das wird sich zeigen.«

»Ich danke dir, Tillia Capriola. Wie verbleiben wir?«

»Einfach so: Wenn ich etwas erfahre, was dir von Nutzen sein kann, dann lasse ich es dich wissen.«

»Das ist gut.« Er stand auf. »Ich habe deine Zeit schon über Gebühr in Anspruch genommen.«

»Keineswegs. Aber du hast ja nun noch eine Menge trauriger Dinge zu erledigen. Ich möchte mich deshalb zurückziehen.«

»Ich danke dir für dein Verständnis.« Er schaute in den Park und sagte unvermittelt: »Dabei war statt des Begräbnisses eine Hochzeit geplant ...«

»Oh Gott, wie furchtbar! Die arme Braut!«

»Ja. Aber Antonia Feliciana ist tapferer, als ich es von ihr erwartet habe.«

Einen Augenblick lang war Tillia vollkommen sprachlos: Antonia Feliciana? Das war doch die Enkelin von Antonius Felix! In ganz Rom gab es kein zweites Mädchen dieses Namens.

Nachdem sie ihre erste Verblüffung überwunden hatte, fragte sie möglichst unbefangen: »Ist das nicht die Enkelin von Antonius Felix, dem früheren Statthalter von Judäa?«

»So ist es.«

Antonius Primus zog an der Klingelschnur, der Diener erschien und erhielt den Auftrag die Herrin Tillia Capriola zum Wagen zu geleiten. Der Hausherr selbst verabschiedete sich an der großen Eingangstür – diesmal mit einer respektvollen Verbeugung – und zog sich ins Tablinum zurück, um die unterbrochene Arbeit am Programm der Beisetzungsfeierlichkeiten wieder aufzunehmen.

Kaum saß Tillia im Wagen, überschlugen sich ihre Gedanken geradezu. Sie spielte verschiedene Szenarien durch und kam schließlich zu folgendem Fazit: Das ungemein lebhafte Interesse des Antonius Felix an dem Mordfall musste in irgendeiner Weise etwas mit Konflikten in seiner eigenen Familie zu tun haben. Vielleicht spielte seine Frau dabei eine gewichtige Rolle. Warum hatte er sie nicht mit Drusilla bekannt gemacht? Diese Geheimniskrämerei! »Er meint mich hinters Licht führen zu können. Ha! Irrtum, mein Lieber. Irrtum. Da kennst du Tillia aber schlecht!«

Sie freute sich nun noch mehr auf den morgigen Abend. Zugleich überlegte sie, ob es angebracht sei, am anderen Tag noch einmal Caenis zu treffen, um von ihr einiges über die verschiedenen Familienmitglieder der *Gens Antonia Feliciana* zu erfahren. Doch kam sie sofort wieder davon ab. Caenis hatte wahrhaftig wichtigere Dinge zu tun, als täglich auf geheimen Wegen die Curia des Pompeius aufzusuchen. Aber gleich übermorgen würde sie ihr vom neuesten Stand ihrer Ermittlungen berichten. Dann konnte sie auch gezieltere Fragen stellen, weil sie dann, nach der Abendveranstaltung, mehr wissen würde.

Sie sah sich mehrmals um und bemerkte, dass der Wagen ihrer Beschützer direkt hinter dem ihren fuhr.

Es war noch hell, als sie das Argiletum erreichten. Atto öffnete ihr die Tür und half ihr beim Aussteigen.

»Dann bis morgen, Atto!«, sagte sie und er nickte.

Wie am Vortag blieb sie im Flur, bis der Wagen gewendet hatte und sich auf den Heimweg machte. Dann trat sie aus dem Haus.

Pankrates, Theodoros und Geta erwarteten sie.

»Und?«, fragte sie.

»Wieder dasselbe«, sagte Geta.

»Was heißt das?«

»Wieder diese Person, bei der man nicht hundertprozentig sicher sein kann, ob man es mit einem Mann oder einer Frau zu tun hat.«

»Was machte sie – die Person?«

»Wie gestern muss sie schon vor der Ankunft des Wagens da gewesen sein. Denn sie tauchte aus einem Gebüsch nahe der Einfahrt auf und verschwand im Park.«

»Hat sie dich gesehen?«

»Nein.«

»Bist du sicher?«

»Absolut!«

»Weiter. Sie war dann im Park …«

»Ja. Ich sah aus meinem Versteck, wie sie sich der hinteren Front des Hauses näherte und nahe an ein bestimmtes Fenster heranmachte. Sie schaute hinein, ohne selbst gesehen zu werden.«

»Konntest du ebenfalls hineinblicken?«

»Ja. Aber aus einem ungünstigen Winkel. Ich sah nur, dass du, Herrin, zusammen mit Antonius Primus den Raum betratst und dich an einem Tisch niederließest.«

»Konnte man draußen etwas hören von dem, was Antonius Primus und ich besprachen?«

»Nein.«

»Bist du dir wirklich sicher, dass auch die oder der Fremde nichts mitbekommen konnte?«

»Vollkommen. Die Fenster waren ja geschlossen.«

»Dies noch …« Tillia zwinkerte. »Trug sie – die Person – dieselbe Kleidung wie gestern?«

»Ja. Das Gesicht war nicht zu erkennen.«

»Hm …« Tillia dachte nach. »Nehmen wir einmal an, es handelte sich um eine Frau: Findet ihr es nicht seltsam, dass eine Frau derlei Dinge tut?« Sie schaute von einem zum anderen.

Pankrates kratzte an seinem Fünftagebart, dass es knisterte, und meinte: »Nun ja, Herrin, es soll da ja Frauen geben, die vor nichts zurückschrecken. Nur meine ich …«

»Ja? Sprich!«

»Also, wenn eine Frau so was macht, dann …« Ihm fehlten die richtigen Worte.

»Du meinst«, half ihm Tillia, »dann muss sie verdammt wichtige Gründe dafür haben!«

»Genau!«

»Zum Beispiel?«

»Na ja, ich würde da als Erstes auf Eifersucht tippen.«

»Sehr wohl möglich!«

»Dann auf Geldgier.«

»Ebenfalls möglich!«

»Vielleicht aber auch auf Rachsucht.«

»Rache? Warum?«

»Na ja, ich kannte da mal eine, die war sauer, weil ihr Freund eine andere …«

»Das ist doch wieder nur die Eifersucht, Pankrates! Sonst nichts. Du kennst die Frauen immer noch nicht gut genug.«

Sie lächelte ihm freundlich zu und er grinste jungenhaft zurück.

Tillia öffnete ihr Handtäschchen, entnahm ihm wie gestern einige Münzen, drückte sie Pankrates in die Hand und erklärte, er möge sich und seinen beiden Kollegen eine gute Abendmahlzeit im Siebengestirn oder wo sonst auch immer gönnen.

Die drei verbeugten sich artig und wollten sich gerade entfernen, als Tillia noch etwas einfiel: »Wartet!«

Sie hielten inne, drehten sich um und sahen sie an.

Tillia zwinkerte lebhaft, reckte sich, hob die Hand und

erklärte mit bedeutungsvoller Stimme: »Morgen Abend …«

»Ja, Herrin?« Geta war ganz Ohr.

»… werden sich Dinge von einiger Bedeutung ereignen – im Hause des Antonius Felix oder auch außerhalb desselben. Das wird sich finden. Es kann der Fall eintreten, dass ich euch …«

»Keine Sorge, Herrin!«, tönte Theodoros, der sonst immer der Schweigsamste der Truppe war. »Wir sind zur Stelle.«

»Danke, Jungs! Was wäre ich ohne euch.«

Sie waren gerührt und wussten nicht, wohin mit ihren Händen.

»Wann geht's denn los?«, wollte Pankrates schließlich wissen.

»Bei Sonnenuntergang.«

»In Ordnung«, brummte Theodoros. »Wir sind schon vorher da.«

»Ihr solltet dann allerdings besser ohne euren Wagen kommen«, fügte Tillia hinzu. »Jedes Verdacht erregende Aufsehen muss unbedingt vermieden werden – wobei ich davon ausgehe, dass unser ständiger Begleiter wohl schon vor uns am Ort des Geschehens sein wird.«

Theodoros machte einen gut gemeinten Vorschlag: »Ich könnte ihn – oder sie – doch mit einem hübschen kleinen Haken außer Gefecht setzen, Herrin.«

Tillia hob entsetzt die Brauen und befahl streng: »Beim Herkules! Das wirst du nicht tun!«

»Und warum nicht?«

»Weil wir ihn oder sie bestimmt noch brauchen. Diese Person – was sage ich: dieses Phantom kann uns zum eigentlichen Drahtzieher des Verbrechens führen. Klar?«

Während Geta und Pankrates nickten, brummte Theodoros: »Na, dann eben nicht!« – und rieb enttäuscht seine Fäuste aneinander.

»Doch, mein Junge«, nickte ihm Tillia freundlich zu. »Aber später! Verstehst du? Später. Kommt Zeit, kommt Rat.«

Sie trennten sich.

XV

Wieder in ihrer Wohnung, stellte Tillia fest, dass ihr Magen knurrte. Während sie noch überlegte, ob sie sich selbst zum Essen ins Siebengestirn begeben oder Melitta etwas holen schicken sollte, erschien Athenodoros und tönte forsch: »Was hältst du davon, wenn ich dich zum Essen einlade, Lunula?«

»Gute Idee! Ich habe einen Mordshunger!«

»Hat Antonius Primus dir denn nichts angeboten?«

»Plätzchen.«

»Wie bitte? Sonst nichts?«

»Aber Doro! Ich befand mich in einem Trauerhaus. Außerdem war es noch zu früh fürs Abendessen und er hat andere Dinge zu tun, als ... Ich erzähl's dir gleich.«

»Dann komm!«

Doch Tillia: »Einen kleinen Augenblick noch ...«

Er seufzte, weil er das bevorstehende Ritual seit Jahren kannte.

Sie ging ins Schlafzimmer, entledigte sich der Trauerkleidung und ließ sich von Athenodoros beim Überstreifen einer hellgelben Stola helfen. Dabei küsste er sie von hinten auf den Hals.

»Oh, schön. Noch einmal!« Er wiederholte den Kuss

zärtlich und sie sagte: »Danke! Reich mir mal die grüne Palla!«

Er griff in die offene Truhe.

»Nein, nicht die. Die hellgrüne.«

»Bitte!«

Sie streifte das Gewand über, nestelte an den Falten und prüfte den Sitz an den Schultern. Dann setzte sie sich vor den Spiegel, machte allerlei seltsame Grimassen, griff nach dem kleinen steifen Borstenpinsel und strich damit sehr flink etwas Blauschwarz auf die Augenbrauen, dann – nun vorsichtiger – auf die Wimpern. Auf die Lider tupfte sie mit dem Zeigefinger ein sehr helles, metallisch schimmerndes Graugrün. Die Lippen feuchtete sie nur mit einer farblosen Creme an, die sehr wenig Fett enthielt, da sie wusste, wie sehr er es hasste, wenn sie die hellrote Lippenpaste benutzte. Wangen und Nase wurden leicht gepudert.

Sie prüfte ihr Aussehen kritisch im Spiegel, hob und senkte den Kopf, betrachtete ihr Gesicht von links, von rechts, zupfte mit der Pinzette ein vorstehendes Haar an der linken Braue weg – und war zufrieden.

Dann rief sie nach Melitta und teilte ihr mit, dass sie erst spät zurück sein werde. Sie, Melitta, brauche also nicht auf sie zu warten, sondern könne früh zu Bett gehen.

Wie immer machte die Dienerin in Gegenwart von Athenodoros einen Knicks, um so ihrer Wohlerzogenheit Ausdruck zu verleihen. Er hob dann jedes Mal huldvoll die Rechte, obwohl es doch Tillia war, die die Anweisung gegeben hatte, und lächelte ihr freundlich zu – was Melitta auf der Stelle zu einem weiteren Knicks veranlasste.

»Also dann …«

Zusammen mit Athenodoros verließ Tillia Wohnung und Haus.

Wie immer um diese Zeit war Primosus damit beschäftigt, die Schuhständer zurück in den Laden zu rollen. Die Holzräder quietschten wieder fürchterlich. Als er das Paar bemerkte, hielt er inne und meinte: »Ah. Noch etwas ausgehen!«

Obwohl Athenodoros den Mann nicht mochte, sah er sich angesichts der Tatsache, dass jener Tillias Nachbar war, zu irgendeiner Antwort genötigt und entgegnete: »Ich würde es einmal mit einem Tropfen Öl versuchen, Primosus!«

»Wie?«

»Öl, Olivenöl. Auf die Achsen!« Er wies auf die Räder. »Das wirkt Wunder.«

»Mach ich doch schon immer«, antwortete der Meister. »Nützt aber nicht viel.«

»Dann versuch es mit Butter!«

»Waaas? – Butter? Meinst du das im Ernst?«

»Ja allerdings.«

»Und du glaubst wirklich …?«

»Probier's aus. Butter!«

»In Ordnung. Gleich morgen.«

Tillia, die schon eine längere Fachsimpelei über die Unterschiede zwischen Olivenöl und Butter als Schmiermittel für Holzachsen von rollenden Schuhständern befürchtet hatte, atmete erleichtert auf, als Athenodoros den Meister einfach stehen ließ, Tillia beim Arm nahm und mit ihr forsch die Straße überquerte.

Da es erst kurz vor Sonnenuntergang war, fanden sie im Siebengestirn ohne weiteres einen freien Tisch für zwei Personen in einer Nische. Hier hatten sie schon oft gesessen. Wann immer möglich, hielt Fabius, der Wirt, den Tisch für sie frei.

Es folgte das übliche Ritual der Begrüßung, erst durch Placida, die riesige Molosserhündin, dann durch Cyrus und schließlich durch Fabius selbst, der sofort auf den

Tisch zueilte, sich vor beiden elegant verbeugte – was man ihm bei seiner Wohlbeleibtheit nicht zugetraut hätte – und sich höchstpersönlich um die Zusammenstellung der Speisen kümmerte. Er empfahl einige Gerichte, die er neu auf der Speisekarte hatte, darunter solche mit höchst exotischen Namen, doch Tillia bestand darauf, die Spezialität des Hauses zu sich zu nehmen: Fasan in Senfsoße. Sie hatte ihn lange nicht mehr genossen. Athonodoros schloss sich gerne an. Zum Nachtisch schlug Fabius in Honigwein eingelegte Kirschen vor.

»Sie stammen tatsächlich aus Kerasos in Asien!«, stellte er nicht ohne Stolz fest. »Und das sind immer noch die besten von allen!«

»Ach, daher stammt ihr Name!«, rief Tillia. »Ich habe mich immer schon gewundert, warum ausgerechnet …«

Schon nach wenigen Augenblicken kam der Salat, angereichert mit Hühnerklein, Stücken hart gekochter Eier, klein geschnittenen Schinkenwürfeln, in Öl eingelegten und scharf gewürzten Oliven. Dazu das obligatorische Weißbrot und eine Schale mit gesalzenem Schweineschmalz.

Mit Heißhunger machte sich Tillia über die anderen Vorspeisen her, während Athenodoros sich eher gemächlich dem Salat und den übrigen Köstlichkeiten widmete.

Als der Fasan aufgetischt wurde, schnupperte Tillia erst einige Male an der Soße, kostete ein Löffelchen, stieß ein »Hm!« und »Ah!« und »Gute Göttin, wie köstlich!« hervor – und gab sich ganz dem Genuss des exquisiten Essens hin.

Fabius hatte dazu einen sechs Jahre alten Falerner aus Kampanien empfohlen und Athenodoros war – nach einem prüfenden Schluck – spontan damit einverstanden.

»Nun erzähl doch endlich, wie es heute bei dir gelaufen ist!«, forderte Athenodoros Tillia auf.

»Was soll ich sagen, Doro …« Sie tupfte sich mit der Serviette die Lippen ab. »Antonius Primus war ganz anders, als ich ihn mir vorgestellt hatte.«

»Wie meinst du das?«

Sie schilderte ihm so genau wie möglich ihre Eindrücke, beschrieb das Interieur des Hauses, vergaß nicht darauf hinzuweisen, dass es einst Kleopatra während ihres Romaufenthaltes als Wohnsitz gedient hatte, und schloss: »Die wichtigste Äußerung machte er erst am Schluss, als ich schon dabei war aufzubrechen …«

»Welche denn?«

»Es war eine Hochzeit geplant!«

»Eine Hochzeit, aha! Und was ist daran so aufregend?« Er nahm einen Schluck aus der Schale. »Ich denke, im Laufe eines Jahres heiraten in Rom und Umgebung einige tausend Menschen!«

»Das mag schon sein …« Tillia lächelte wissend. »Aber Primus rutschte der Name der Braut heraus!«

Er blickte sie an und stellte fest, dass sie heute Abend sehr verführerisch aussah.

»Und?«, fragte er. »Wer sollte die Glückliche sein?«

»Antonia Feliciana!«

»Nein!«

Seine lebhafte Reaktion ließ erkennen, dass er genau über den familiären Hintergrund unterrichtet war.

»Wenn ich's doch sage!« Tillias Augen lächelten dazu. »Nun kommen wir der Sache, um die es geht, doch allmählich näher. Oder wie siehst du das?«

Es entspann sich ein intensives Gespräch über verschiedene Motive und mögliche Tatverdächtige und am Ende meinte Athenodoros: »Nun ja … äh … vor allem wird es morgen Abend sehr interessant werden, nicht wahr, das Verhalten gewisser Leute zu studieren.«

Tillia nickte eifrig. »Allerdings. Wobei wir Felix gegenüber insofern einen Schritt voraus sind, als er nicht ahnt, dass wir von der geplanten Eheschließung Kenntnis haben!«

»Richtig. Ich bin allerdings gespannt, ob er selbst, nicht wahr, Andeutungen in diese Richtung machen wird.«

»Das werden wir sehen. Ich glaub's nicht.«

»Warum nicht?«

»Weil ...«, sie lachte kurz auf, »er könnte sich einen Spaß daraus machen zu beobachten, ob irgendjemand aus seiner Familie auf dieses Thema zu sprechen kommt.«

Athenodoros dachte nach. »Du meinst also: Er will dann seine eigenen Schlüsse ziehen.«

»Ja. Wozu sonst das ganze Versteckspiel?«

In diesem Augenblick näherte sich Cyrus ihrem Tisch und fragte beflissen, ob sie mit allem zufrieden seien – was bejaht wurde – und ob sie noch besondere Wünsche hätten.

Tillia verneinte dies. Dann nutzte sie die Gelegenheit: »Cyrus!«

»Herrin?«

»Hat sich diese weibliche Person, von der du mir neulich berichtet hast, noch einmal hier blicken lassen?«

»Nein.«

»Bist du sicher?«

»Vollkommen, Herrin!«

»Eine andere Frage: Sagt dir der Name Antonia Feliciana etwas?«

»Nein. Eine Domina dieses Namens kenne ich nicht.«

Sie sah ihn prüfend an, und er hielt ihrem Blick stand. Offensichtlich war ihm der Name wirklich nicht geläufig.

»War Parmenion noch einmal hier?«

»Ja, gestern.«

»Allein?«

»Nein, mit Freunden, darunter auch Martial.«

»Ah! Martial … Danke, Cyrus. Das war's.«

»Keine Ursache, Herrin!« Er entfernte sich und ließ Wasser und Tücher bringen, damit sich die Herrschaften die Hände säubern konnten.

Das Lokal hatte sich mittlerweile gefüllt, kein Platz war mehr frei, sodass Cyrus einige Gäste mit Bedauern abweisen musste. Es handelte sich dabei durchweg um Leute aus dem Viertel, die hier ihre Abendmahlzeit zu sich nehmen wollten, ein gutbürgerliches Publikum, das die hervorragende Küche von Fabius und die überaus höfliche Bedienung zu schätzen wusste. Dafür zahlte man gern etwas mehr.

Es wurde lauter. Das Personal in Küche und Gastraum hatte alle Hände voll zu tun die unterschiedlichen Wünsche zu erfüllen. Immer wieder stand die große, schwergewichtige Placida irgendwo im Wege – sie hoffte hier und da auf einen Happen vom Tisch der Gäste – und wurde von den Kellnern, die mit beladenen Tabletts hin und her eilten, unsanft zur Seite geschoben. Doch Placida war hartnäckig und nahm sofort wieder ihre Wartestellung ein, wusste sie doch aus langer Erfahrung, dass irgendwann von diesem und jenem Tisch etwas für sie abfallen würde: ein Knochen, ein Wurstzipfel, manchmal sogar ein Stückchen vom Braten.

»Sie gibt so schnell nicht auf«, kommentierte Tillia das Verhalten der Hündin.

»Ihr gutes Recht«, meinte Athenodoros. »Bei wilden Hunden, nicht wahr, oder gar unter Wölfen kannst du das Gleiche beobachten: Zuerst frisst der Rudelführer. Die rangniederen Tiere müssen warten, bis sie an der Reihe sind. Daher ihre schier unglaubliche Geduld und Ausdauer.«

»Ich verstehe«, sagte Tillia. »Und das ist dann ja wohl der Grund dafür, dass jeder Hund bestechlich ist.«

»Fast jeder«, schränkte Athenodoros ein.

»Wie die Menschen!«, rief Tillia temperamentvoll. »Auch sie sind in gewisser Weise Rudeltiere. Ich würde mich überhaupt nicht wundern, Doro, wenn in unserem Mordfall ein ähnliches Verhalten eine Rolle spielte.«

Unvermittelt gähnte sie und stieß hervor: »Entschuldige, aber ich bin furchtbar müde …«

»Schade!« Dabei lächelte er ihr verschmitzt zu und sie verstand die Anspielung.

»Na gut …«, sagte sie. »Wollen einmal sehen, wie sich's anlässt zu später Stunde. – Hast du schon gezahlt?«

»Nein, mach ich aber sofort!«

Er hob die Hand und suchte mit lebhaftem Winken die Aufmerksamkeit von Cyrus zu erregen. Dieser bemerkte es schließlich und eilte sofort zu ihnen, Wachstafel und Stift in der Hand.

»Ich möchte zahlen!«

»Sehr wohl, Herr.«

Cyrus kritzelte mit dem Stilus auf der Wachstafel, wiederholte dabei die Namen der Speisen und Getränke, die sie verzehrt hatten, zog die Endsumme und nannte den Preis.

Athenodoros holte seine Börse aus dem Halsausschnitt der Tunika hervor, entnahm ihr umständlich die Münzen, zählte sie Stück für Stück auf den Tisch und gab noch ein ordentliches Trinkgeld dazu.

Die Reaktion von Cyrus war sehr sachlich, ja geradezu kühl, als fürchte er sich etwas zu vergeben, wenn er über Gebühr für die Gabe dankte. Und Athenodoros wusste: Es gehörte einfach zum Ritual des Umgangs miteinander.

Cyrus geleitete das Paar nun höchstpersönlich zum Ausgang, was von einigen Gästen neugierig verfolgt wurde.

»Ich wünsche noch einen schönen Abend.«

»Danke«, sagte Tillia. »Bitte, Cyrus, achte weiter darauf, ob die Unbekannte …«

»Ich habe verstanden, Herrin!«

»In Ordnung.«

Als sie draußen waren, fragte Tillia: »Gehen wir zu mir oder zu dir?«

»Zu mir!«, erklärte Athenodoros und wollte schon eine Sänfte herbeiwinken, als Tillia sagte: »Ich bin fürs Gehen. Die frische Abendluft wird uns gut tun.«

Er war einverstanden.

XVI

Athenodoros wohnte am unteren Ende des Vicus Longus, der Langen Straße, die, von der nördlichen Porta Collina kommend, in der Senke zwischen Quirinal und Viminal mitten ins Zentrum der Stadt vorstieß. Sein Haus lag auf mittlerer Höhe noch in dem Übergangsbereich, der die Welt der Reichen von jener der Bedürftigen trennte. Und darauf hielt er sich etwas zugute. Konnte er doch einem neugierigen Aristokraten unter seinen Patienten beiläufig mitteilen, er wohne in der Nähe des altadligen Hauses der Aemilier – einem der ältesten Geschlechter Roms –, was dann stets mit einem erstaunten Blick unter angehobener Braue zur Kenntnis genommen wurde: Ein Arzt, der in dieser Gegend ansässig war, musste hervorragende Honorare kassieren, denn die Mieten in diesem Viertel hatten in den letzten Jahrzehnten Höhen erreicht, die kein normaler Sterblicher mehr bezahlen konnte. So beeindruckte er beide: die Aristokraten, die selbstredend Wert darauf legten, von einem erfolgreichen Medicus, zu dessen Patienten sogar der Kaiser gehörte, behandelt zu werden – und die Armen, weil er es nicht als unter seiner Würde betrachtete, ihre Gebrechen und Krankheiten bisweilen sogar kostenlos zu kurieren, wenn der Patient zahlungsunfähig war, was nur zu oft vorkam.

Athenodoros hatte im vierten Stock des Hauses eine ganze Etage gemietet – nicht weil sie billiger war als die drei unteren Geschosse, sondern weil der Lärm von der Straße in dieser Höhe an Intensität verlor. Das war gerade nachts von einiger Bedeutung: Nach Sonnenuntergang fuhren die Bauern und Händler in die Stadt, um die zahlreichen Märkte der Millionenstadt mit Viktualien zu beliefern. Am frühen Morgen kehrten sie mit Karren und ratternden Fuhrwerken zurück.

Die Wohnung war erheblich größer als die Tillias, benötigte doch Athenodoros mehrere Räume zur Ausübung seines Berufes. An die eigentliche Praxis, einen großen lichten Raum, in dem er akute Fälle aus der Nachbarschaft behandelte, schloss sich das Wartezimmer an, auf der anderen Seite das Laboratorium, in dem er seine Salben und Cremes, Tropfen und Säfte, Öl- und Kräuterextrakte mischte. Diese Räume lagen, wie die Küche und der Arbeitsraum seiner Sklaven, zur Straße hin. Sein privates Arbeitszimmer, ein großer Raum mit zwei Fenstern und Balkon, ging nach hinten zum Garten hinaus, der sich an der Rückseite der *insula* entlangzog. Gleich daneben befanden sich sein Schlafzimmer und das stattliche, sehr geschmackvoll eingerichtete Tablinum. Vom Lärm der Straße drang kaum ein Laut bis hierher vor.

Das Haus war unterirdisch an die Kanalisation sowie an eine Frischwasserleitung angeschlossen und verfügte in den Kellerräumen über mehrere Bäder. Das schönste davon – es war mit Marmorplatten ausgekleidet und über Hypokausten beheizbar – hatte Athenodoros gemietet. Am meisten aber beneidete Tillia ihn um die appetitlich saubere und fast geruchfreie Toilette gleich neben dem Bad. Voraussetzung dafür war ihr technisch perfekter Anschluss an die Frischwasserleitung – Bleirohre führten das Wasser zu – und die Kanalisation. Ununterbrochen strömte das klare Nass aus Quellen in den Albaner Bergen durch die Röhren und Rinnen und spülte jeden Schmutz fort.

Athenodoros standen drei Hilfskräfte zur Verfügung, die ihm bei seinen vielfältigen Verpflichtungen und Tätigkeiten unterstützten. Glykon und Phyllis, schon seit Jahrzehnten als Sklaven in seinem Haushalt, hatte er vor fünf Jahren freigelassen, nachdem sie vier Fünftel der Summe, die er einst bei Tigranes, dem renommiertesten und teuersten Sklavenhändler Roms, für sie ausgegeben hatte, angespart und ihm zurückgezahlt hatten.

Glykon war fünfundfünfzig, sah aber erheblich jünger aus, während Phyllis mit ihren fünfundvierzig Jahren in jeder Beziehung dem gängigen Bild einer Frau dieses Alters entsprach: füllig und überall rund, ausgestattet mit einem phänomenalen Busen und einem festen Doppelkinn; auf Wangen, Fingern und Ellenbogen zeigten sich Grübchen. Doch trotz ihres offensichtlichen Übergewichts – für Tillia eine lebendige Warnung! – bewegte sie sich sehr flink. Wie Chrysostomos und Melitta lebte sie mit Glykon in einem eheähnlichen Verhältnis, das nach beider Freilassung juristisch enger gefasst worden war. Von ihren drei Kindern hatte nur eine Tochter überlebt. Athenodoros hatte ihr, da sie noch vor der Freilassung ihrer Eltern zur Welt gekommen war, später die Freiheit geschenkt. Die Zwanzigjährige war längst aus dem Haus und mit dem Sohn eines Fuhrunternehmers in der Nachbarschaft verheiratet. Glykon und Phyllis besorgten den Haushalt und kümmerten sich um das leibliche Wohl ihres Herrn.

Wichtiger als die beiden war für Athenodoros freilich ein Dritter: Diogenes. Obwohl erst Ende vierzig, wirkte er älter. Ursache dafür war weniger sein früh ergrautes schütteres Haar oder seine leicht gebeugte Haltung bei hagerem, kleinem Wuchs als vielmehr seine versponnene, stets leicht zerstreute Art. Im Allgemeinen war Diogenes sehr zurückhaltend, Fremden gegenüber geradezu schüchtern und wenn er sprach – was ohnehin selten vorkam –, bestand die Gefahr, dass er sich in komplizierten Satzgebilden verhedderte. Im Laufe der Jahre hatte er es sich deshalb angewöhnt, in unvollständigen Wendungen zu reden. Das hatte zur Folge, dass Fremde ihn stets unterschätzten. Bei seiner hohen Intelligenz war ihm dieser Umstand natürlich nicht entgangen. Darum pflegte er jenen Teil seiner Äußerungen, den er – jedenfalls aus seiner Sicht – für bedeutsam oder aussagekräftig hielt, einfach zu wiederholen.

Diogenes war ein wandelndes Lexikon. Er vergaß nichts, keine Aktion, keinen Vorgang oder Auftrag, selbst wenn die Ereignisse schon zwanzig, dreißig Jahre zurücklagen – denn so lange stand er schon bei Athenodoros in Diensten. Er hatte hunderte komplizierter Rezepturen im Kopf, kannte die Krise jeder Krankheit und konnte erstaunlich gute Diagnosen stellen, sodass Athenodoros ihn bei ernsten Fällen stets um seine Meinung fragte.

Dabei war Diogenes kein Arzt. Athenodoros hatte den jungen Mann – er war damals fünfzehn gewesen und hatte bei einem Schiffsuntergang seine Eltern verloren – von einer Reise aus Griechenland mitgebracht und ihn sich ganz nach seinen beruflichen Bedürfnissen erzogen und ausgebildet. Mehr aus der täglichen, scharfen Beobachtung des ärztlichen Handwerks als aus dem Studium des Kanons der griechischen Klassiker hatte Diogenes schließlich eine so umfassende Kenntnis der verschiedensten Krankheitsbilder erworben, dass er durchaus eigene Diagnosen stellen und Therapien vorschlagen konnte. So schickte ihn Athenodoros immer wieder einmal allein zu diesem oder jenem Kranken, wenn er selbst wegen einer gerade kursierenden Grippewelle oder sich plötzlich häufender Darminfektionen verhindert war.

Darüber hinaus führte Diogenes seinem Herrn die Bücher, notierte die eingehenden oder noch ausstehenden Zahlungen, erledigte die umfangreiche Korrespondenz und kümmerte sich um die Archivierung der Krankengeschichten. Dementsprechend war er besser über diesen oder jenen weit zurückliegenden Fall unterrichtet als sein Meister selbst. Mit einem Wort: Diogenes war Athenodoros unentbehrlich geworden.

In Erwartung des Besuchs von Tillia hatte Athenodoros seinem Personal freien Ausgang gewährt und jedem der Bediensteten ein erkleckliches Taschengeld zur Gestaltung des Abends zugesteckt. Umso erstaunter war er, als Diogenes ihm und Tillia in der geöffneten Wohnungstür entgegentrat – er musste ihr Kommen auf der Treppe gehört haben – und beide aus weit aufgerissenen Augen anstarrte.

»Ah, Diogenes!«, begrüßte ihn Tillia freundlich, doch ebenso überrascht und befremdet wie Athenodoros.

Diogenes schluckte, nickte mehrmals, wandte sich an Athenodoros und stieß aufgeregt hervor: »Herr, Herr …!« Dabei machte er unkontrollierte Bewegungen mit den Händen.

»Ja doch …« Athenodoros sah ihn vollkommen verblüfft an, denn so aufgelöst hatte er seinen Famulus noch nie erlebt. »Was ist denn geschehen?«

»Es ist … es ist eingebrochen worden!« Diogenes ließ kein Auge von seinem Herrn.

»Eingebrochen? Wieso … ich meine … du bist doch in der Wohnung!«

»Gewiss, Herr, gewiss. Aber erst seit einer Viertelstunde! Seit einer Viertelstunde!« Diogenes war offensichtlich im Innersten erschüttert.

Athenodoros und Tillia wechselten einen schnellen

Blick, dann betrat Tillia entschlossen den Flur und schaute sich um. Alles schien wie immer: der Ständer, an dem Athenodoros seinen Mantel und im Winter den Hut aufhing; die Eichentruhe, die unter anderem die Schals barg, die sie ihm im Laufe der Jahre geschenkt hatte. Ihr kritischer Blick sagte: Nichts schien verändert zu sein.

Entschlossen ging sie ins Tablinum. Diogenes hatte hier, wie im Flur und den angrenzenden Räumlichkeiten, die Öllampen an den Wänden angezündet. Das Chaos, das sie hier erblickte, glich dem früheren in ihrer Wohnung. Das große, bis zur Decke reichende Wandregal war leer geräumt, Buchrollen und Schreibzeug lagen verstreut im Zimmer, die Truhe war mit brachialer Gewalt geöffnet und der Inhalt auf dem Boden ausgebreitet: Lederbeutel mit Münzen, wichtige Papiere, Urkunden, Briefe.

Athenodoros war ihr gefolgt und prüfte den Inhalt der Beutel.

»Alles da!«, stellte er fest.

Und Tillia: »Wie bei mir! Geld interessiert ihn nicht.«

Athenodoros ging ins Sprechzimmer. Auch hier waren alle Regale, Truhen und Kästen durchsucht und der Inhalt in wüstem Durcheinander auf den Boden geworfen worden. Das gleiche Bild im Arbeits- und sogar im Schlafzimmer.

Athenodoros wandte sich an den immer noch fassungslos dastehenden Diogenes: »Wann hast du die Wohnung verlassen?«

»Vor zwei Stunden, Herr. Vor zwei Stunden.«

»Aha. Und du sagst, du bist vor einer guten Viertelstunde zurückgekehrt …«

»So ist es. Mir war unwohl, und ich wollte …«

»Schon gut. Das ist kein Vorwurf. – Als du kamst, war da die Wohnungstür offen?«

»Nein, Herr. Sie war verschlossen … verschlossen.«

»Interessant …« Athenodoros ging zur Tür, öffnete sie

und untersuchte das Schloss. »Keine Gewaltanwendung!«

Tillia trat dazu und meinte: »Doro, auch du wirst nicht umhinkommen dir gleich morgen drei neue Schlösser einbauen zu lassen.«

Er nickte und hielt die Rechte sinnend ans Kinn: »Bei dem Burschen handelt es sich zweifellos um einen Spezialisten, nicht wahr, dem es nicht die geringste Mühe macht, ein solches Schloss mit technischen Hilfsmitteln zu öffnen – ohne es dabei zu beschädigen. Ja, ja, ich werde gleich morgen neue Schlösser ...«

Diogenes hatte schon damit begonnen, die verstreuten Sachen an ihren angestammten Platz zu bringen, und Athenodoros ließ ihn gewähren. Er ging mit Tillia ins Arbeitszimmer und nahm hinter dem Schreibtisch Platz, während Tillia sich auf die Kante der Liege an der Seitenwand setzte.

Beide brüteten eine Weile vor sich hin. Schließlich hob Athenodoros den Kopf und schaute Tillia an: »Also, wenn du mich fragst ...«

»Ich frage!«

»Nun, ich glaube, nicht wahr, dass hier mehrere Leute am Werk sind.«

»Wie kommst du zu dieser Annahme?«

»Weil ich davon ausgehe, dass unsere beiden Wohnungen ständig beobachtet werden.«

Tillia nickte langsam und dachte intensiv nach. »Das ist möglich, ja ...« Sie zwinkerte lebhaft. »Auch mir schoss gerade derselbe Gedanke durch den Kopf. Diese Leute sind offensichtlich immer genauestens darüber informiert, wann du die Wohnung verlässt oder ich es tue – mehr noch: wann unser Personal außer Haus und niemand in den Räumen ist. Das wiederum setzt voraus, dass sie auch über unsere privaten Verhältnisse Bescheid wissen.«

»Genau!«

»Was dann freilich auch bedeuten würde …«

»Ja?«

»… dass wahrscheinlich noch mehr Leute eingesetzt werden, die die Umgebung im Auge behalten und gegebenenfalls den Einbrecher warnen. Wenn zwei Mann Schmiere stehen, was sie nicht den ganzen Tag über tun können, und also abgelöst werden müssen, dann macht das im Ganzen mindestens zehn Mann. Es könnten sogar noch mehr sein, denn es müssen ja auch Botschaften hin und her geschickt werden. Hinter allem steht also eine einflussreiche, um nicht zu sagen mächtige Persönlichkeit!«

»Denkst du an jemand Bestimmtes?«

»Nein, ich tappe völlig im Dunkeln.«

»Felix?«

»Vielleicht.«

»Primus?«

»Bei ihm würde ich zögern …«

»Interessant.« Er lächelte. »Und warum?«

»Nun, ich habe ihn kennen gelernt und konnte mir ein Bild von ihm machen. Es entspricht durchaus nicht in allen Punkten demjenigen, das gewisse Leute von ihm in Umlauf gesetzt haben.«

»Hm …« Athenodoros stand auf, trat zum Fenster und blickte in den dunklen Garten hinunter. Gegenüber, in den Wohnungen der benachbarten insula, waren einige Fenster hell erleuchtet. Die Menschen saßen mit Verwandten und Freunden zusammen, aßen und tranken und genossen die ruhigen Festtage der Ludi Ceriales. Sogar die Kinder durften länger aufbleiben und tollten in den Zimmern herum.

»Gut, Lunula, ich kann das nicht beurteilen, denn ich kenne Primus nicht, aber …«, er wandte sich um und ging einige Schritte auf und ab, »… aber ich denke, nicht wahr, dass derjenige, der die Einbrecher auf unsere Wohnungen angesetzt hat, brennend daran interessiert ist, in den Besitz der Maske oder des Dolches oder beider zu kommen. Du bist dir doch darüber im Klaren, dass es auch hier und heute, nicht wahr, ausschließlich um diese beiden Objekte ging – oder?« Tillia nickte beifällig und er fuhr fort: »Wobei ich nicht mehr unbedingt deine Meinung teile, nicht wahr, dass es sich bei der Waffe um einen Allerweltsdolch handelt.«

»Ach!«

»So ist es, ja.« Er legte die Stirn in Falten. »Wie wollen wir das wissen? Das kann wirklich nur ein Fachmann beurteilen. Darum schlage ich vor, dass du mit dem Dolch zu einem erfahrenen Messerschmied gehst, um ihn genau untersuchen zu lassen. Vielleicht findet der Mann am Ende doch etwas, was uns weiterbringt. Das solltest du gleich morgen als Erstes in Angriff nehmen.«

Sie seufzte, gähnte und erklärte müde: »Also gut, gleich morgen.«

»Und noch etwas …« Er sah sie mit angehobenen Brauen an und es gefiel ihr, dass er sich so für die Sache engagierte und den Einbruch in seine Wohnung anscheinend gelassen hinnahm. »Wir sollten morgen, wenn wir bei Felix sind, immer wieder einfließen lassen, dass jemand eine Maske und einen Dolch in der Nähe des Tatorts gefunden hat …«

»Gute Idee!« Sie gähnte noch einmal, diesmal länger und lauter.

»Dabei dürfte es«, fuhr er lebhaft fort, »sehr interessant sein, die Reaktionen gewisser Leute zu beobachten, nicht wahr.«

»In Ordnung, Doro. Aber nun will ich ins Bett!«

»Wie?« Er schien erst jetzt ihre Müdigkeit zu bemerken. »Einverstanden …«

Er ging zur Tür und rief nach Diogenes, der sofort erschien.

Athenodoros fragte: »Fehlt irgendetwas? Ich meine, etwas von Bedeutung?«

»Nein, Herr, absolut nichts, absolut nichts.«

»Sehr gut!«

»Es ist mir inzwischen gelungen«, fuhr Diogenes fort, »die überall verstreuten Dinge wieder ... Dabei habe ich in einem Arbeitsgang gleich die Regale ...«

»... entstaubt«, ergänzte Athenodoros. Denn er kannte die Sprachmarotte seines wichtigsten Mannes nur zu gut. Also lobte er: »Sehr gut, Diogenes, wirklich ...!«

Nun musste auch Athenodoros gähnen, aber er tat es hinter vorgehaltener Hand.

»Danke, Herr«, fuhr Diogenes fort, »aber da ist noch etwas ...«

»Ja?«

»Ich habe da etwas Interessantes ...«

»... gefunden?«

»So ist es.«

Diogenes ging nach draußen und kam mit geschlossener Hand zurück. »Ich habe dieses hier ...«

»Was? Was ist das?«

Diogenes öffnete die Finger und hielt Athenodoros ein rundes Plättchen hin. »Es lag am Boden neben der Truhe, neben der Truhe. Er muss es im Eifer ... wegen der heftigen Bewegung, der heftigen ... Es dürfte Silber ...«

Athenodoros nahm das Plättchen, das etwa die Größe eines Denars hatte, und betrachtete es: »Silber, ja, aber keine Münze, nicht wahr ...«

»Keine Münze, nein.«

»Die Vorderseite glänzt auffallend ... Sie ist blank geputzt, als ob dies in regelmäßigen Abständen geschähe ...« Er drehte das Stück um. »Auf der Rückseite befinden sich zwei Bügel ... Der eine ist abgebrochen, der andere hat sich schon geöffnet … Wie zwei Klammern, die das Ganze auf einem anderen Material festhielten …«

Er reichte Tillia das Plättchen. Sie drehte und wendete es mehrmals, betrachtete es sehr genau und erklärte schließlich mit einem bedeutungsvollen Blick: »Das ist ja erstaunlich!«

»Was?«, fragte Athenodoros.

»Ich glaube zu wissen, worum es sich hier handelt …«

»Nämlich?« Athenodoros sah sie gespannt an.

»Das ist eine der Nieten vom Schurz aus Lederstreifen, wie ihn Offiziere am Dolchgürtel tragen.«

»Nein!«

»Ja!«

»Bist du sicher?«

»Ja. Neulich noch habe ich solchen Nieten bei einem Zenturio der Palastwache gesehen.«

»Der Palastwache?«, echote Athenodoros. »Aber Tillia, bist du dir im Klaren darüber, was das bedeutet?«

»Allerdings.« Sie lachte grimmig auf. »Ha! Unser Mann ist ein ehrenwertes Mitglied der Prätorianer!«

»Beim Jupiter! Tillia! Das ist eine ungeheuerliche Behauptung! Kann es sich nicht um einen Angehörigen der regulären Truppe handeln?«

»Nein. Die Jungs von der Truppe tragen kleinere Nieten. Diese hier hat ein Prätorianer verloren.«

»Aber Lunula, wie stellst du dir das vor? Der Mann ist doch nicht in voller Montur erschienen, um hier einzubrechen! Das wäre doch idiotisch!«

»Sicher. Aber denk daran, was Pankrates, Geta und Theodoros beobachtet haben: Der Unbekannte, der mich beschattete, trug stets einen dunklen langen Umhang mit Kapuze. Darunter konnte er die Uniform eines Prätorianers leicht verbergen. Selbst wenn er in Zivil kam, dürfte er seinen Dienstgürtel mit dem Dolch getragen haben. Der Mann geht nicht ohne Waffe, wenn er vorhat in eine Wohnung einzubrechen.«

Athenodoros hielt den Zeigefinger an die Lippen und wandte sich an Diogenes: »Wo hast du die Niete gefunden?«

»Unmittelbar neben der geöffneten Truhe, Herr, der geöffneten …«

»Aha, neben der Truhe. Hol mir mal aus der Küche einen langen Holzlöffel und bring ihn ins Tablinum.«

»Einen langen … Sofort, Herr!«

Athenodoros ging mit Tillia ins Tablinum. Diogenes kam mit dem Holzlöffel – er hatte etwa die Länge einer Elle – und reichte ihn seinem Herrn. Athenodoros beugte sich hinunter, nahm verschiedene Stellungen ein, ließ sich auch auf die Knie nieder und setzte das Holz so ein, als wolle er mit einem Stemmeisen den Verschluss sprengen. Nachdem er die unterschiedlichsten Haltungen ausprobiert und dabei festgestellt hatte, dass das Ende des Holzes immer wieder seinen Körper an der Stelle berührte, wo sich bei einem anderen die Bänder des ledernen Schurzes befinden mussten, meinte er: »Ja, dabei könnte es passiert sein, ohne dass er es im Eifer des Gefechts bemerkte.«

Er erhob sich wieder und fuhr fort: »Die Niete saß, wie man am fehlenden zweiten Bügel erkennen kann, vorher schon locker. Unser Mann war aber so sehr auf den Verschluss konzentriert, dass er ihren Verlust nicht bemerkte. Es musste alles sehr schnell gehen. Im Übrigen war der Boden um ihn herum schon mit all den Dingen bedeckt, die er vorher aus den Regalen gerissen hatte. Deshalb gab es auch kein Geräusch, als die Niete herunterfiel. Im Übrigen gehe ich davon aus, dass es bereits dämmrig war und er die Niete, selbst wenn sie unmittelbar neben ihm lag, nicht bemerkte. – Diogenes!«

»Herr?«

»Lag die Niete frei am Boden?«

»Nein, ich fand sie zwischen und unter verschiedenen Buchrollen ... verschiedenen ...«

»Na also! So wird es gewesen sein. Was meinst du, Lunula?«

Tillia stimmte ihm zu. Seine ebenso anschauliche wie in sich schlüssige Rekonstruktion des Vorgangs war überzeugend.

Athenodoros wandte sich an seinen Gehilfen: »Diogenes, du wirst mit niemandem – wer auch immer es sei, nicht wahr – über das reden, was sich hier heute Abend zugetragen hat. Mit niemandem!«

»Mit niemandem«, wiederholte dieser und nickte, »... niemandem.« Er fuhr fort die verstreuten Sachen in den verschiedenen Räumen vom Boden aufzuheben und sie an ihren angestammten Platz zu stellen oder zu legen.

»Tja ...« Athenodoros sah Tillia ernst an. »Daraus ergeben sich ganz neue, überraschende Konstellationen. Wenn es sich also um einen Angehörigen der kaiserlichen Garde handelt, der hier wie bei dir am Werk war – und alles spricht dafür –, dann muss ich daraus schließen, nicht wahr, dass er nicht ohne höheren Befehl tätig wurde. Und ich hege nun doch den begründeten Verdacht, dass sehr wohl der Thronfolger als Drahtzieher dahinter stecken könnte, denn Titus ist alleiniger Befehlshaber der Garde! Es gibt keinen zweiten, wie noch unter Nero und Claudius üblich.«

»Nein, Doro!«, erklärte Tillia leidenschaftlich. »Niemals! Ich vertraue dem Urteil von Caenis. Sie hat sich noch nie im Charakter eines Menschen getäuscht.«

»Dann wäre es nun das erste Mal. Jeder Mensch, selbst der klügste, macht irgendwann einen großen Fehler.«

»Nein und noch mal nein! Du kannst mich so lange nicht vom Gegenteil überzeugen, bis du mir den Beweis dafür erbringst. Im Übrigen ...«, sie zwinkerte ungemein lebhaft, »... im Übrigen besteht sehr wohl die Möglichkeit, dass eine andere Persönlichkeit diesen im Knacken von Türschlössern äußerst bewanderten Prätorianerknaben losgeschickt hat!«

»Ach! Und wer sollte das sein? Etwa der Kaiser selbst?«

»Warum denn nicht?«

»Das ist doch lächerlich, entschuldige bitte! – Lunula! Du musst endlich der Tatsache ins Auge sehen, dass ...«

»Oder der Knabe handelt am Ende auf eigene Faust!«

»Das klingt schon wahrscheinlicher, wiewohl ich mich auch dieser Annahme nicht recht anschließen kann.«

»Oder aber ...«

»Ja?« Er hing an ihrem Mund.

»Jemand hat sich den Mann gekauft. Mit Geld erreichst du alles!«

»Einspruch! Nehmen wir an, der große Unbekannte im Hintergrund braucht einen in diesen Dingen – ich meine das Aufbrechen von Türen und das Durchsuchen von Wohnungen friedlicher Bürger – erfahrenen Mann, dann wird er sich wohl kaum mit viel Geld ausgerechnet einen Zenturio der Garde leisten, sondern sich an einen Ganoven wenden, der in diesen Tätigkeiten größere Erfahrung hat. Nein, Mädchen, es spricht alles dafür, dass Titus doch dahinter steckt. Woraus ferner zu schließen wäre, dass er tatsächlich etwas mit dem Mord an dem jungen Antonius Primus zu tun hat.«

»Und was ist mit Felix? Was mit dem alten Primus? Mit Parmenion?«

»Keine Ahnung. Ich weiß es wirklich nicht. Vielleicht kommt morgen Abend die Erleuchtung über uns. Ich hoffe es jedenfalls.«

Er legte den Arm um ihre Schulter und streichelte ihre Wange. »Damit wir uns nicht falsch verstehen: Ich habe überhaupt kein Interesse daran, Titus als Täter zu entlarven. Im Gegenteil! Nur zu gut habe ich noch die schrecklichen Zeiten Neros in Erinnerung. Aber ich bin nun einmal Arzt und als solcher gehalten die verschiedensten Ursachen einer Krankheit in meine Überlegungen einzubeziehen, um eine vernünftige Diagnose stellen zu können. Wenn du willst, ist auch ein Mord, nicht wahr, immer der Endpunkt einer seelischen Krise, einer ausweglos scheinenden Situation, welcher der Täter eben nur mit dieser letzten schrecklichen Tat entkommen zu können glaubt …« Er seufzte. »Wir werden sehen …«

Athenodoros gähnte nun ungehemmt, laut und lange, und ließ sogar noch einen Wind entweichen.

Tillia überhörte beides. Beim Spekulieren über die Hintergründe des Einbruchs war sie hellwach geworden. Sie wusste, dass sie in dieser Nacht schlecht schlafen würde. Darum sagte sie: »Gegen einen Becher Rotwein hätte ich nichts einzuwenden …«

»Sofort, Herrin!«

Athenodoros machte sich höchstselbst auf den Weg in die Küche, goss aus einer Karaffe etwas Wein in einen Becher, kehrte zurück und fragte: »Mit Wasser?«

Und sie: »Pur.«

»Bitte.« Er reichte ihr den Becher und sie trank ihn auf einmal leer.

Diogenes erschien in der Tür, legte seine Stirn in Falten und fragte: »Soll ich heute noch alles … Ich meine …?«

»Auf keinen Fall!«, erklärte Athenodoros kategorisch. »Das hat Zeit bis morgen früh. Phyllis und Glykon werden dir beim Aufräumen helfen.«

Er lächelte ihm freundlich zu und ergänzte: »Gehe ich recht in der Annahme, dass du eigentlich noch einmal wegwolltest?«

Diogenes lächelte wissend zurück, denn er verstand sehr wohl den feinen Hinweis seines Herrn. Mit der ihm eigenen Wohlerzogenheit erklärte er: »Nun ja, wenn der Herr nichts dagegen … Ich meine …«

»Habe ich denn was gesagt?«

»Nein, Herr, durchaus nicht.«

»Also dann, bis morgen! Gute Nacht!«

»Gute Nacht, Herr!« Er verbeugte sich vor Tillia: »Gute Nacht, Herrin!«

»Gute Nacht, Diogenes. Bist ein guter Junge!«

»Danke, Herrin!« In gehobener Stimmung verließ er die Wohnung.

»Sag mal …«, wandte sich Tillia darauf an Athenodoros. »Hat er eigentlich eine Freundin?«

»Du wirst es nicht glauben: Ja!«

»Und wer ist sie?«

»Ein älteres Mädchen.«

»Aha. Und was macht sie?«

»Sie putzt bei den Vestalinnen.«

»Nein!«

»Aber ja doch!«

»Sklavin?«

»Nein.«

»Kennst du sie?«

»Ich hab sie einmal kurz gesehen.«

»Und?«

»Sagen wir so: Sie ist hübscher als er.«

»Ach ja? Wie alt?«

»Älter.«

»Was heißt das?«

»Ich schätze: Ende dreißig.«

»Liebt sie ihn?«

»Und wie!«

»Gute Göttin! Was manche Frauen für Männer …«

»Wem sagst du das!«

»Dir!« Sie nahm ihn bei der Hand und geleitete ihn geradezu fürsorglich ins Schlafzimmer.

XVII

Am nächsten Morgen widmeten sich Tillia und Athenodoros in Ruhe ihrem Frühstück, das ihnen von Phyllis serviert wurde, während Glykon und Diogenes damit beschäftigt waren, die letzten Spuren des Einbruchs zu beseitigen. Im Unterschied zu Melitta war Phyllis sehr gesprächig und sprudelte in schnell hingeworfenen Sätzen die neuesten Nachrichten aus der Stadt und dem Viertel hervor: In der Nacht habe es in der Nähe eine handfeste Schlägerei gegeben, dabei sei ein junger Mann erstochen worden; auf dem Aventin seien drei Häuser abgebrannt, die *vigiles* hätten aber ein Übergreifen auf weitere Gebäude verhindern können; in der Bäckerei habe ihr eben jemand einen jungen Hund angeboten, aber sie habe dankend abgelehnt.

»Was war das für ein Hund?«, wollte Tillia wissen.

»Ein kleiner, Herrin.«

»Welche Rasse?«

»Wohl eine Art Terrier.«

»Hast du ihn gesehen?«

»Nein.«

»Wie alt?«

»Zwei Monate.«

»Kennst du den Besitzer?«

»Ja.«

»Ist er vertrauenswürdig?«

»Oh ja. Faustus Salvius ist ein Veteran aus dem Britannienkrieg unter Claudius. Er hat mit seiner Abfindung einen Laden eröffnet, in dem er Spezialitäten aus Britannien verkauft.«

»Aha. Was denn zum Beispiel?«

»Na, diese warmen Decken mit den quadratischen Mustern, ebensolche Umhänge, sogar warme Hosen. Und er züchtet diese Hunde. Hat sie auch aus Britannien mitgebracht. Sind sehr gelehrig und immer zu Späßen aufgelegt.«

Athenodoros schaltete sich ein: »Sag mal, Tillia, du willst dir doch wohl keinen Hund zulegen?«

Tillia wischte sich den Mund mit der Serviette ab und meinte: »Direkt nicht, aber wenn man mir ein gutes Angebot macht, wäre ich nicht abgeneigt.«

»Oh ihr Götter!«, rief Athenodoros. »Das fehlte noch! Wie wär's denn mit einer Katze? Sie ist entschieden pflegeleichter.«

»Und störrischer! Katzen sind Einzelgänger! Dazu diese kalte Arroganz im Blick, wenn sie dich anschauen.«

Das ging noch eine Weile so hin und her, bis Athenodoros sich erhob: »Ich muss los! Was machst du heute Morgen?«

»Ich gehe zu einem Waffen- oder Messerschmied. Kennst du einen guten?«

Er dachte nach: »Die größte Auswahl hat Milo, am Clivus Argentarius, nur hundert Schritt von der Curia. Du solltest dich aber an den Alten wenden, nicht an den Sohn. Er arbeitet auch für Offiziere der Garde.«

»Ah, ich kenne ihn. Wusste gar nicht, dass er noch lebt. Er hat mir einmal vor vielen Jahren einen Prunkdolch verkauft. Crescens hatte, was Dolche betraf, einen ziemlichen Tick. Er sammelte sie.«

»Ja, ich weiß«, nickte Athenodoros. »Also, dann sehen wir uns heute Nachmittag. Ich komme zu dir rüber. Sag mal, muss ich am Abend eine Toga anziehen?«

»Sicher. Du bist seit drei Jahren römischer Bürger!«

Er zog eine Grimasse. »Ich hasse dieses Bettlaken. Nichts ist übrigens lächerlicher als ein in einer Toga laufender Mann.«

Sie lachte. »Du wirst ja getragen!«

»Wenigstens etwas. Aber ich ziehe mich erst bei dir um. Du musst mir helfen das Ding in Falten zu legen.«

»Aber gern.«

Sie stand auf und begleitete ihn zur Tür, wo ihn bereits Diogenes, die große Tasche neben sich, erwartete. Sie gab Athenodoros einen Kuss auf den Mund und er sagte: »Pass auf dich auf!«

»Sicher.«

»Es wäre mir unter den gegebenen Umständen, nicht wahr, sehr recht, wenn du dich von Glykon begleiten ließest, bis du wieder in deiner Wohnung bist. Sonst wäre ich denn doch stark beunruhigt.«

Zu seiner Überraschung erhob sie keinen Einspruch, worauf Athenodoros Glykon rief und ihm den Auftrag erteilte die Herrin durch die Stadt zu begleiten und sie nicht aus den Augen zu lassen.

Für Glykon, längst von Diogenes über den gestrigen Einbruch wie den vorausgegangenen in Tillias Wohnung informiert, war es eine Ehrensache, die Lebensgefährtin seines Herrn zu beschützen, denn er mochte sie.

Phyllis, die mitbekommen hatte, dass Tillia zum Laden von Publius Milo ging, bat ihren Mann gleich ein neues Küchenmesser mitzubringen. Er versprach es.

In der Stadt herrschte der übliche morgendliche Verkehr – es war ja schon zwei Stunden nach Sonnenaufgang –, und je näher sie dem Zentrum kamen, umso mühsamer wurde das Fortkommen in den engen Straßen. Glykon wich Tillia nicht von der Seite. Um ihr einen Weg zu schaffen, drängte er sich immer wieder mit den Ellbogen durch die Menge, was ihm manch tadelnde Bemerkung von aufgebrachten Passanten einbrachte. Tillia hielt die Riemen ihrer Umhängetasche krampfhaft fest, die sie sich aus Furcht vor Dieben quer über die Schulter gehängt hatte.

Sie mussten einen Umweg über das Argiletum machen, denn Tillia brauchte den Dolch.

»Was Neues?«, fragte sie Melitta.

»Nein, Herrin.« Die Dienerin schniefte, doch Tillia überhörte es und befahl: »Leg mir für heute Abend die hellgrüne Stola bereit, dazu die weiße Palla, die mit den Goldstickereien, na du weißt schon. Häng sie auf einen Bügel, damit der Stoff glatt wird. Wenn nötig, geh mit dem Eisen drüber. Aber vorsichtig! Das Gewebe ist empfindlich. Dazu das blaugrüne Seidentuch von Caenis!«

Als sie den Clivus Argentarius erreichten – die Straße lag an der Engstelle zwischen Caesarforum und Capitol –, wurde es ruhiger. Hier gab es nur sehr teure Luxusläden, die für die ärmeren Bevölkerungsschichten ohne Interesse waren. Darunter befanden sich die ältesten Juweliergeschäfte der Stadt, die aus handfesten Kupfer- und Silberschmieden der frühen Republik hervorgegangen waren. Wie seine Nachbarn und Konkurrenten konnte auch Publius Milo auf eine Ahnenreihe blicken, die bis in die Zeit Hannibals reichte – also fast dreihundert Jahre zurück.

Tillia betrat den Laden. Immer noch der lange Schlauch, den sie von früher in Erinnerung hatte. Allerdings strahlten jetzt an den Wänden silberne Öllampen, deren Licht von glänzend polierten Metallspiegeln reflektiert wurde. Das Geschäft von Milo musste gut laufen.

Der Alte stand bei einem jüngeren Mann und schien ihm etwas zu erklären. Obwohl der Kunde mit einer gewöhnlichen hellblauen Tunika gekleidet war, konnte er den Berufssoldaten nicht verleugnen. Sein Körper war durchtrainiert, die Haltung straff, er bewegte beim Reden kaum die Hände und wenn er zuhörte, sah er sein Gegenüber offen an. Nun fragte er – und sein Ton war energisch: »Und du kannst das wirklich bis heute Abend zuwege bringen?«

»Du hast mein Wort, Tribun.«

»Danke, Milo! Es wird dein Schade nicht sein.«

Der Offizier verließ den Laden, ohne Tillia und Glykon zu beachten.

Milo wandte sich um, sah die beiden Kunden und näherte sich ihnen mit sehr langsamen, bedächtigen Schritten. Tillia schloss auf Hüftarthrose im fortgeschrittenen Stadium. Er sah so alt aus, wie er war: sechsundsiebzig.

Milo blieb vor Tillia stehen und betrachtete geradezu wohlwollend ihr Gesicht. Die Andeutung eines Lächelns huschte über seine schmalen Lippen und er begann mit immer noch fester Stimme: »Tillia Capriola! Was kann ich für dich tun?«

Und sie, erstaunt: »Du kennst mich noch?«

»Aber sicher. Das ist doch noch gar nicht lange her, dass wir uns zum letzten Mal gesehen haben.«

»Wie bitte?« Sie zwinkerte und rief: »Das liegt zwanzig Jahre zurück!«

»Zwanzig Jahre? Ja, ja, wie die Zeit vergeht. Aber ich weiß es noch wie gestern. Du hast damals für Crescens einen Prunkdolch gekauft. Eine Sonderanfertigung. Die teuerste Waffe, die ich jemals hergestellt habe. Armer Crescens …«

Tillia war gerührt. Crescens hatte immer noch Bewunderer und Freunde. Nach zwanzig Jahren!

»Du hast dich kaum verändert, Tillia!«

»Danke. Wohl aber die Zeiten!«

»Die Zeiten, ja. Aber weißt du, das spielt in meinem Alter keine Rolle mehr, wenn du verstehst, was ich meine.«

»Ich verstehe, Milo.«

»Lebt dein Vater eigentlich noch?«

»Oh ja! Und er ist einigermaßen gesund und munter.« Sie berichtete Milo recht ausführlich über dessen altersbedingte Gebrechen und Leiden, schilderte, was er tat und trieb und womit er sich beschäftigte. Der Alte lauschte ihr mit großem Interesse. Balbinus und Milo gehörten ja beide der gleichen Generation an und waren in den vergangenen Jahrzehnten beim schnellen Wechseln der Caesaren ähnlich gebeutelt worden.

»Sag mal«, fragte sie, »war das eben ein Tribun?«

»So ist es. Ein *tribunus militum* der Prätorianer! Gaius Asinius Gallus!«

»Asinius? Asinius Gallus?« Sie zwinkerte. »Ist er etwa verwandt mit dem berühmten Historiker Asinius Pollio, der mit Caesar über den Rubikon gegangen ist und später darüber wie auch über den anschließenden Bürgerkrieg geschrieben hat?«

»Allerdings. Ein Urenkel, freilich aus einer abgespaltenen Nebenlinie. Sie führt das neue Kognomen *Gallus*. Er hat die Namensversion *Pollio* abgelegt, weil sein Vater damit in den vergangenen Jahrzehnten einige Schwierigkeiten hatte, wenn du verstehst, was ich meine, Tillia …«

»Oh, ich verstehe sogar sehr gut, Milo!« Sie nickte und erinnerte sich vage, dass ein gewisser Asinius Pollio unter Claudius große Probleme gehabt hatte zu überleben. Deshalb hakte sie nach: »Und der Mann ist bei der Garde?«

»Ja. Bei Vespasian spielen diese albernen Eifersüchteleien und schrecklichen Konkurrenzkämpfe aus den letzten Jahren der Republik keine Rolle mehr. Den Göttern sei Dank!«

»Ganz meiner Meinung, Milo!« Sie war neugierig geworden und fragte lächelnd: »Hat Gallus etwa auch einen Prunkdolch bei dir bestellt?«

»Nein, nicht doch ...« Milo lachte kurz auf. »Er ist – wie er mir sagte, völlig überraschend – heute Abend bei Antonius Felix eingeladen worden und suchte noch ein passendes Geschenk.«

Tillia glaubte nicht recht zu gehört zu haben und hielt überrascht den Atem an. Die Ereignisse des gestrigen Abends und die Folgerungen, die sie und Athenodoros daraus gezogen hatten, schossen ihr durch den Kopf. Ein Prätorianer! Ein Angehöriger der kaiserlichen Garde war in die Wohnung von Athenodoros eingebrochen. Wahrscheinlich auch in ihre eigene. Und soeben hatte sie von dem arglosen Milo erfahren, dass ein Tribun der kaiserlichen Garde ebenfalls für diesen Abend bei Antonius Felix eingeladen war! Felix hatte also auch Verbindung zu einem hohen Offizier der Prätorianer. Ein rühriger Mann, der es offensichtlich verstand, wichtige Leute aus den verschiedensten Lagern zu Freunden zu gewinnen. Das passte zu ihm. Im Übrigen war bemerkenswert, dass der Name Antonius Felix sogar dem alten Milo geläufig war.

»Wahrscheinlich ging's um was Ägyptisches – oder?«, fragte Tillia beiläufig.

»In der Tat!« Milo schmunzelte. »Er wollte einen Dolch mit einem Skarabäus im Griff. Mein Sohn wird das bis heute Abend schaffen.«

Endlich ging Milo auf, dass Tillia ja als Kundin in seine Werkstatt gekommen war und nicht, um mit ihm zu plaudern. Also wechselte er das Thema und fragte nach ihrem Begehr.

In diesem Augenblick betrat ein weiterer Kunde den

Laden. Leise sagte Tillia: »Kann ich dich unter vier Augen sprechen?«

Milo stutzte einen Augenblick, nickte dann und erwiderte: »Selbstverständlich.«

»Bitte ohne Zeugen!«, ergänzte sie. »Allein.« Und zu Glykon: »Du kannst dich ja inzwischen um das Küchenmesser kümmern.«

Glykon machte eine leichte Verbeugung und näherte sich der Theke, auf der Muster der verschiedensten Messer ausgebreitet lagen.

Milo bat Tillia ihm zu folgen. Mit schweren Schritten ging er zum hinteren Teil des Ladens, vorbei an den eifrig über ihrer Arbeit sitzenden Gesellen, zu einer Treppe, die zum oberen Stockwerk führte. Beim Hinaufsteigen musste er immer wieder eine längere Pause einlegen und warten, bis der Schmerz in den Hüftgelenken etwas nachließ. Tillia harrte jedes Mal geduldig aus – vielleicht würde etwas Ähnliches in späteren Jahren auch auf sie zukommen – und stützte den Greis beim behutsamen Schreiten von Stufe zu Stufe, bis er endlich oben angekommen war.

»Danke, Tillia, danke!« Er reckte sich, atmete tief durch und schimpfte: »Die Treppe, weißt du, diese verdammte Treppe! Sie ist schon über dreihundert Jahre alt. Und sie macht mir immer mehr Schwierigkeiten.«

Tillia lächelte ihm aufmunternd zu: »Aber nun hast du's wieder einmal geschafft!«

»Ja, ja, der tägliche Kampf gegen die Schwerkraft. Und irgendwann endet er tödlich.«

»Aber so weit sind wir ja noch nicht.«

»Wer weiß …« Er fuhr sich mit fahriger Hand über die Stirn. »Ich rechne eigentlich täglich, nein, stündlich mit ihm. Und ich bin sehr neugierig – auf das Danach.«

»Ich auch, Milo, glaub mir, ich auch.«

Hier oben befanden sich das Kontor, die Schreibstube

und das reich bestückte Lager. Alle Türen waren mit mehreren Schlössern gesichert. Am Ende des Ganges hatte Milo sich noch einen kleinen Raum sehr gemütlich eingerichtet. Hierher zog er sich zurück, wenn er sich ausruhen wollte. Das kleine Fenster ging zum Clivus Argentarius hinaus. Er konnte, wenn er auf der bequemen Liege seinen Mittagsschlaf halten wollte, den Raum mit zwei Läden völlig abdunkeln. Jetzt lag er im hellen Licht des Vormittags.

Umständlich schloss Milo die Tür, legte sogar einen Riegel vor und bot Tillia auf einem Korbsessel Platz an. Er selbst setzte sich auf den zweiten, ihr gegenüber. Auf der Marmorplatte des kleinen Rundtischs stand eine Schale mit allerlei süßem Gebäck.

»Darf ich dir etwas anbieten?«, fragte er.

»Nein danke, Milo, ich habe schon gefrühstückt.«

Er blickte sie an. »Also, was hast du auf dem Herzen, Tillia?«

Sie öffnete ihre Tasche und entnahm ihr den eingewickelten Dolch, entfernte das Tuch und legte die Waffe auf die Tischplatte.

»Ich möchte«, begann sie, »dass du dir dieses Messer sehr genau anschaust.«

»Warum?«, fragte er sehr direkt.

Und sie, ebenso: »Weil damit ein junger Mann ermordet worden ist!«

Milo reagierte gelassen, er hüstelte und fragte: »Sprichst du vielleicht vom jungen Antonius Primus?«

»So ist es.« Sie erklärte ihm mit wenigen Worten, was im Treppenabgang des Pompeiustheaters geschehen und wie sie in den Besitz der Waffe gekommen war.

Milo hörte aufmerksam zu, dann meinte er: »Und warum soll ich mir den Dolch genauer ansehen?«

»Weil ich mit absoluter Sicherheit wissen muss, ob es sich dabei um ein Allerweltsmesser handelt – oder ob du an ihm irgendwelche Besonderheiten feststellen kannst, von denen man auf seine Herkunft schließen könnte.«

»Warum interessiert dich das?«

»Weil ich den jungen Mann kannte. Der Mörder muss gefunden werden.«

Milo nahm das Messer, drehte und wendete es mehrmals, fuhr mit dem Daumen über den Holzgriff, prüfte die Schärfe der Schneide und ließ schließlich seinen Zeigefinger immer wieder über die Seiten der Klinge gleiten. Das wiederholte er dann mit geschlossenen Augen. Schließlich legte er das Messer zurück auf die Platte, stand auf, ging zu einem Regal, griff sich einen kleinen Holzkasten und kehrte zum Tisch zurück.

Neugierig und fasziniert verfolgte Tillia sein Tun. Er öffnete den Deckel des Kastens, und sie erkannte mehrere kugel- und halbkugelförmige Glasstücke in verschiedenen Größen; einige sahen aus wie Tropfen, andere wie Bohnen oder winzige Brötchen. Milo griff nach einem Stück, legte es auf die Klinge, beugte sich darüber und fuhr mit dem Glas in den verschiedensten Richtungen hin und her. Dann nahm er ein anderes und wiederholte den Vorgang. Auch die beiden aufgenieteten Holzschalen des Griffs inspizierte er sehr genau, wobei er besonders der Klinge am Ende der Hölzer seine Aufmerksamkeit widmete. Schließlich legte er die Stücke auf die Platte, lehnte sich zurück und sah Tillia an.

»Und?«, fragte diese. »Hast du irgendetwas von Bedeutung entdeckt?«

»Allerdings.« Er nickte bedächtig. »Zunächst dies: Das Material der Klinge ist von allerbester Qualität, es handelt sich um in Öl gehärteten Stahl, fast rostfrei. Das Messer muss sehr teuer gewesen sein. Allein aus diesem Grund schon kann man nicht von einem Allerweltsmesser sprechen. Aber interessanter ist etwas anderes: Die Klinge ist irgendwann einmal mit neuen Griffhölzern versehen worden. Du erkennst dies daran, dass die jetzigen etwas kürzer ausfallen, als es die ursprünglichen gewesen sind.«

Er zeigte ihr die entsprechende Stelle und fuhr fort: »Doch nun das Wichtigste: Auf der Klinge war einmal etwas eingraviert, wahrscheinlich der Name des Besitzers oder seiner Familie. Diese Zeichen sind später, wahrscheinlich durch Schleifen, beseitigt worden. Freilich nicht ganz.«

»Hochinteressant!«, rief Tillia und zwinkerte lebhaft. »Aber du kannst die ursprünglichen Markierungen nicht mehr erkennen?«

»Das wird sich gleich herausstellen.«

Er stand auf und verließ den Raum. Nach einer Weile kam er mit einer kleinen runden Dose, einem feinen Pinsel und einem weichen Tuch zurück. Er öffnete das Döschen, entnahm mit dem Pinsel ein wenig schwarzes Pulver – es war Ruß – und tupfte es auf die Klinge. Dann griff er zum Tuch, rieb damit vorsichtig kreisend über das Metall, hielt inne und betrachtete die Klinge.

»Aha!« Er nickte befriedigt. »Es hat jemand versucht, gewisse Eingravierungen verschwinden zu lassen, aber man kann sie – durch Einsatz eines kleinen Hilfsmittels – immer noch erkennen.«

Er hielt Tillia das Messer hin. Sie las: »CN … DOM … COR … Gute Göttin! Das ist ja unglaublich! Du bist ein Genie, Milo!«

»Nicht doch«, wehrte dieser ab. »Das gehört zu unserem Handwerk. Nichts Besonderes.«

»Da ist noch ein Buchstabe!« Tillia versuchte ihn zu entziffern. »Könnte ein D oder auch ein B sein.« Sie wies mit dem Finger auf die Stelle.

Milo griff wieder nach einem der Gläser, betrachtete die Gravierung und erklärte: »Ich finde, es ist eher ein B, denn du kannst, wenn du genau hinschaust, noch Reste der Einschnürung in der Mitte des Buchstabens feststellen.«

Tillia überlegte: CN war bei Inschriften die Abkürzung für den Vornamen *Gnaeus*. Also hatte ein früherer Besitzer des Dolches Gnaeus geheißen. Dann musste DOM die Abkürzung des Familiennamens sein und COR beziehungsweise CORB die verkürzte Schreibung des Kognomens, des Beinamens. Aber das sollte sie jetzt nicht mit Milo erörtern.

Sie packte den Dolch ein und stand auf. »Ich danke dir, Milo, du hast mir sehr geholfen.«

»Keine Ursache, Tillia.« Er erhob sich mühsam. »Wenn du einmal wieder ein gutes Messer brauchst …«

»Oh, ich brauche einige, für die Küche.« Sie wollte nicht gehen, ohne etwas gekauft zu haben, es war nur eine freundliche Geste.

Milo begleitete sie nach unten und ließ ihr einige Messer von hervorragender Qualität zeigen. Sie kaufte gleich drei mit unterschiedlich geformten Klingen. Melitta würde sich ebenso freuen wie Phyllis, für die Glykon ein gutes Messer und einen Schleifstein erstanden hatte.

Auf dem Weg zu ihrer Wohnung war Tillia wortkarg und ging nur kurz auf das ein, was Glykon über die Qualität der Messer sagte, dass gute Ware eben ihren Preis habe. Im Argiletum angekommen, lehnte er es freundlich ab, mit nach oben zu kommen. Er habe noch einiges in der Stadt zu erledigen. Das war ihr sehr recht.

Melitta freute sich ungemein über die neuen Messer und fasste den Erwerb geradezu als persönliches Geschenk auf. Tillia ließ sie in dem Glauben. Hoffte sie doch, dass sich die Stimmung Melittas in den nächsten Tagen heben würde.

»Hast du diesen Mann noch einmal gesehen?«

»Nein, Herrin.«

»Gibt's sonst was Neues?«

»Nein.«

»Das ist gut.«

Sie ging ins Tablinum, packte den Dolch aus und betrachtete die immer noch gut lesbare schwarze Schrift, die Milo herbeigezaubert hatte. Dann holte sie ein Blatt Papyrus und einen Silberstift aus dem Regal und schrieb die drei Abkürzungen untereinander:

CN
DOM
CORB

CN war zweifellos die übliche Abkürzung für den Vornamen *Gnaeus.* Und DOM …? Wenn dahinter ein Familienname steckte, kam nur *Domitius* in Frage. Es gab keine zweite Familie in Rom, deren *nomen gentile* mit diesen Buchstaben begann. Also hieß der Mann Gnaeus Domitius.

Doch die Sippe der Domitier war weit verzweigt. Die männlichen Vorfahren Neros – Vater, Großvater und Urgroßvater – trugen alle diese beiden Namen, freilich besonders gekennzeichnet mit dem Beinamen Ahenobarbus. Auf der Klinge stand aber ganz deutlich COR oder CORB …

Sie dachte mit höchster Konzentration nach. »Corbinus … Corbinius … Corbinianus …« Und plötzlich hatte sie die Lösung: »Cnaeus Domitius Corbulo!«

Corbulo hatte als erfolgreichster Feldherr Neros gegolten und war von ihm gefördert worden, bis er demselben zu mächtig wurde. Während der großspurigen Griechenlandreise, auf der Nero sich von Claqueuren als Dichterfürst feiern ließ, kam es zum Eklat und der Despot verurteilte ihn zum Tode. Corbulo entzog sich damals der Hinrichtung durch Selbstmord.

»Oh, ihr Götter! Das ist erst sieben Jahre her!« Schaudernd erinnerte sie sich an diese letzten Exzesse der Tyrannei, der so viele Angehörige der ältesten Adelsfamilien Roms zum Opfer gefallen waren. Bis das Maß voll war und beherzte Heerführer sich gegen den geistesgestörten Wüstling in Rom erhoben. Vespasian war einer von ihnen gewesen und hatte alle anderen überlebt.

»Aber wie kommt der Mörder ausgerechnet zu diesem Messer? Nach der Gravierung stammt es aus dem Hause des Gnaeus Domitius Corbulo!« Sie zwinkerte lebhaft. »Hat der Täter etwa selbst den Namen entfernt? Gute Göttin! Tillia, in was bist du da nur hingeraten?«

Sie stand auf, ging zum Fenster und blickte auf die belebte Straße, ohne das Treiben unten wirklich wahrzunehmen. »Gnaeus Domitius Corbulo ...« Sie überlegte: »Heiratete nicht seine Tochter Domitia vor vier Jahren in zweiter Ehe Domitian, den jüngeren Sohn des Kaisers?«

Sie erschrak so sehr über die möglichen Folgerungen, die sich aus dieser Erkenntnis ergaben, dass sie sich setzen musste. Ihr Puls beschleunigte sich, sie musste mehrmals tief durchatmen, bis sie endlich in der Lage war die Informationen, die ihr seit drei Tagen von verschiedenen Seiten zugespielt worden waren, in ein logisches System zu bringen:

Titus! Der Thronfolger konnte, wie Caenis aus guten Gründen befürchtete, in den Verdacht geraten Urheber des Mordanschlags zu sein; das erschien bei seinem Ruf in der Stadt als wahrscheinlich – wenngleich sie wie Caenis vollkommen von seiner Unschuld überzeugt war.

Antonius Felix! Unter allen, die von dem Verbrechen tangiert wurden, war er nach wie vor die schillerndste Figur und spielte die zwielichtigste Rolle.

Der Unbekannte! Sie wurde von mindestens einer Person bei ihren abendlichen Gängen außer Haus regelmäßig beschattet. Es war nicht klar, ob es sich dabei um einen Mann oder eine Frau handelte.

Dann gestern der Einbruch in die Wohnung von Athenodoros! Er ging mit großer Wahrscheinlichkeit auf das Konto eines Angehörigen der kaiserlichen Garde. Wahrscheinlich hatte derselbe Mann zuvor schon ihre eigene Wohnung durchsucht. Dafür sprach auch, dass er sich in beiden Fällen nicht an Geld, Schmuck oder wertvollen Kleinodien vergriffen hatte. Es ging ihm nur um die Maske und den Dolch. Er hatte wahrscheinlich einen Auftraggeber.

Der Tribun! Durch Zufall hatte sie soeben bei Milo erfahren, dass ein gewisser Gaius Asinius Gallus, Militärtribun der Prätorianer, heute Abend bei Felix eingeladen war. Das musste nichts besagen, war aber höchst bemerkenswert, vor allem im Hinblick auf Felix.

Und schließlich die Gravierung auf der Mordwaffe, die entfernt worden war, freilich so laienhaft, dass der Fachmann Milo sie mühelos rekonstruieren konnte. Wenn der Dolch vormals zum Haushalt des Gnaeus Domitius Corbulo gehört hatte, dann konnte es durchaus sein, dass er nach dem Tode des Vaters mit anderem Küchengerät in den Besitz seiner Tochter Domitia übergegangen war. Milo hatte ja ausdrücklich darauf hingewiesen, dass das Messer von höchster Qualität sei. Domitia aber war seit vier Jahren mit Domitian, dem zweiten Sohn Vespasians, verheiratet.

Ein aberwitziger Gedanke schoss ihr durch den Kopf: Domitian! Konnte es nicht sein, dass am Ende Domitian selbst hinter allem steckte? Galt er doch, mehr noch als sein zwölf Jahre älterer Bruder, als unberechenbar, hochmütig, sadistisch, menschenfeindlich und absolut skrupellos, wenn es um seine Interessen ging. Aber welches Motiv sollte er haben den braven Antonius Primus junior im Pompeiustheater umbringen zu lassen?

Und schließlich: Welche Rolle spielte Parmenion?

Eines wurde ihr klar: Wer auch immer hinter dem Dolch her war, er wusste um die schlecht getilgte Gravierung auf der Klinge. Dabei musste es sich nicht einmal um den Mörder handeln, sondern vielleicht auch nur um jemand, der mit seinem Wissen den eigentlich Verantwortlichen erpressen konnte.

Tillia seufzte. Das war alles ungeheuer aufregend. In den vergangenen drei Tagen war mehr auf sie eingedrungen als in all den Jahren zuvor. Sie befand sich mitten in einem Strudel von Ereignissen und Personen, von Interessen, Leidenschaften und Machtkämpfen, ohne selbst daran beteiligt zu sein. Nur: Es gab jemanden, der davon Kenntnis hatte! Und vor diesem Unbekannten hieß es, auf der Hut zu sein. Er ging im wahrsten Sinn des Wortes über Leichen und würde nicht zögern einen weiteren Mord zu begehen, um von ihr aufgedeckte, verräterische Spuren des ersten Verbrechens zu verwischen.

Also entschloss sie sich noch einmal bei Perdikkas vorbeizuschauen und mit ihm über den Personenschutz für diesen Abend zu reden, zumal sich auch Athenodoros als Mitwisser in großer Gefahr befand. Danach würde sie sich eine Stunde schlafen legen, denn am Abend musste sie hellwach sein.

»Melitta!«

»Herrin?« Die Dienerin erschien mit selten freundlichem Gesicht in der Tür.

»Hast du die Sachen schon bereitgelegt? Ich meine, was ich heute Abend anziehen werde?«

»Selbstverständlich, Herrin!«

Tillia stutzte: Melitta hatte nicht geschnieft!

»Sehr gut.«

Tillia wollte sich schon für den Gang zum Ludus zurechtmachen, als ihr einfiel, dass sie Atto zugesagt hatte ihn um diese Zeit zu empfangen. Sie seufzte – »Man kommt schier zu nichts!« – und legte die Palla an ihren Platz zurück. Auf keinen Fall durfte sie auf die Auskünfte, die ihr vielleicht der wohlerzogene Germane geben würde, verzichten. Bedienstete hatten oft einen ungemein wachen und kritischen Blick für das Tun und Treiben ihrer Herrschaften.

XVIII

Atto war pünktlich, denn schon wenige Augenblicke später betrat Melitta das Schlafzimmer und meldete abfällig: »Da ist wieder dieser Germane!«

»Natürlich ist er da! Ich erwarte ihn. Sei höflich zu ihm. Er ist der Sohn eines Fürsten!«

»Oh, das wusste ich nicht.«

»Nun weißt du's. Und sage nie wieder so despektierlich: ›Da ist dieser Germane!‹ Er hat mehr Anstand und bessere Umgangsformen als manch ein Römer. Bring uns Gebäck, Wasser und Wein ins Tablinum.«

Melitta entfernte sich mit einem trotzigen Schniefen, was Tillia veranlasste ihr ein wütendes »Dumme Gans!« hinterherzuschicken. Dann ging sie hinüber ins Tablinum.

Atto machte vor ihr eine angemessene, freilich nicht zu tiefe Verbeugung. Er trug eine frisch gewaschene hellbeige Tunika. Tillias sensibler Nase entging nicht der unverwechselbare Duft der Kernseife aus der Wäscherei. Atto wollte unbedingt einen guten, und das hieß, einen gepflegten Eindruck auf sie machen. Sie war gerührt. Sehr freundlich begrüßte sie ihn: »Schön, dass du doch noch die Zeit gefunden hast mich zu besuchen, Atto.«

»Ich kann leider nicht lange bleiben, Herrin. Wegen …«

»Ich weiß, ich weiß. All diese tausend Dinge, die bei einer Trauerfeier zu regeln sind.«

»So ist es.«

Sie bot ihm Platz und er setzte sich vorsichtig auf das elegante, leichte Gestühl, als fürchte er, es könne unter ihm zerbrechen. Tillia ließ sich ihm gegenüber nieder.

Melitta kam herein, warf Atto nun ein gekünsteltes Lächeln zu – was dieser freundlich erwiderte – und verteilte Gebäck, Becher, Wein- und Wasserkrug auf der runden Tischplatte.

»Bitte, Atto, greif zu! In deinem Alter hat man immer Appetit.«

»Danke, Herrin!« Er holte vorsichtig ein Honigplätzchen aus der Silberschale und knabberte daran. Auch Tillia griff sich eins und biss mit großem Genuss auf die Mandelsplitter, die im Teig verborgen waren.

»Sag mal …« Sie wurde sich bewusst, dass sie nicht allzu viel Zeit hatte sich mit dem sympathischen jungen Germanen zu beschäftigen. »Diese Antonia Feliciana, wie alt ist sie eigentlich?«

»Sie ist sechzehn, Herrin.«

»Gute Göttin, wie jung! – Ist sie schön?«

»Oh ja! Sogar sehr schön!«

»Blond?« Tillia hatte sie sich stets blond vorgestellt.

»Ja, sie ist blond, hellblond.«

»Wie hat sie's denn aufgenommen – ich meine die Mordtat?«

»Das weiß ich nicht. Ich habe sie seit dem Verbrechen noch nicht gesehen.«

Sie fragte weiter: »Und ihre Mutter Antonia Clementiana, war sie danach schon im Hause deines Herrn?«

»Ja, gestern.«

»Wie hat sie's denn verkraftet?«

»Ich denke, ganz gut.«

»Ganz gut?« Tillia stutzte. »Wie meinst du das?«

»Nun, sie schien innerlich unberührt davon zu sein, aber …«

»Ja?«

»Sie hat mit dem Herrn gestritten!«

Tillia war hellwach: »Ihr passte wohl nicht, was Antonius Primus für die Feierlichkeiten vorgesehen hat?«

»Nein, nein, sie stritten über etwas anderes.«

»So? Worüber denn?« Tillia war sich bewusst, dass sie Atto mit dieser Frage stark in Verlegenheit bringen konnte; immerhin handelte es sich um sehr intime Dinge aus dem Leben seines Herrn. Zugleich aber spürte sie deutlich, dass der Germane nicht abgeneigt war mit ihr über Privates zu reden, da er ihr vertraute. Wahrscheinlich hatte mit ihm noch nie jemand so offen und Anteil nehmend gesprochen, seit er in Rom war.

Atto zögerte auch nicht zu antworten: »Über Geld.«

»Geld?«

»Ja. Aus dem wenigen, was ich mitbekommen habe, schloss ich, dass Antonia Clementiana Forderungen an ihn stellt.«

»Forderungen? Sie? Das verstehe ich nicht.«

»Ich auch nicht, Herrin. Nun, sie verlangt keine bestimmten Summen …«

»Sondern?«

»Es ging um ein Testament.«

»Nun ja, solche Dinge müssen frühzeitig geregelt sein.«

»Es handelte sich nicht um das Testament meines Herrn, sondern eines anderen.«

»Ach! Und wessen …?«

»Das weiß ich nicht. Aber aus dem wenigen, was ich gehört habe, konnte ich erkennen, dass es sich um eine gewaltige Erbschaft handeln muss.«

»Wo war das? Ich meine, bei welcher Gelegenheit hast du das gehört?«

»Als ich beim Wagen auf die Herrin wartete; ich sollte

sie zurück auf den Esquilin zu ihrem Haus bringen. Sie kam mit meinem Herrn Antonius Primus aus dem Hause. Und da stritten sie miteinander.«

Tillia, ihre Neugier sollte keinen Verdacht erregen, schloss das Thema ab: »Tja, da bekommst du ja einiges mit! Aber die Hauptsache ist, dass du dich einigermaßen wohl fühlst.«

»Ich kann nicht klagen, Herrin. Ich soll demnächst die Aufsicht über den gesamten Fuhrpark, die Wagen, Pferde und Ställe bekommen. Der alte Hipparchos macht's wohl nicht mehr lange. Er kümmerte sich bisher darum. Er ist schon neunundsechzig und kann kaum noch gehen.«

»Na, das ist doch schön für dich!«

»Ja. Dann beziehe ich eine eigene Wohnung, im hinteren Teil des Parks.«

»Im Park?«

»Ja. Hinter dem Haus liegt ein großer Garten mit alten Bäumen. Du hast ihn doch neulich gesehen.«

»Ja, natürlich.«

Tillia sah eine Szene vor sich: Eine vermummte Gestalt huschte von Baum zu Baum und beobachtete das Treiben im Haus.

Unvermittelt stand Atto auf: »Wenn du mich nun, bitte, entschuldigen würdest, Herrin! Aber ich muss noch einige Dinge …«

»Selbstverständlich!« Tillia erhob sich. »Auch ich habe noch einiges zu erledigen.«

Sie begleitete ihn bis zur Wohnungstür.

»Du kannst jederzeit bei mir vorbeikommen. Und das nächste Mal erzählst du mir einiges über deine Familie in Germanien!«

»Gern, Herrin! Und danke!«

»Wofür?« Sie lächelte ihm zu.

Er verbeugte sich und ging.

In Gedanken versunken kehrte sie zurück ins Tablinum. Melitta war dabei abzuräumen und meinte: »Er ist eigentlich sehr nett, nicht?«

»Wieso *eigentlich*? Er ist nett! Und nun lass mich allein! Ich muss nachdenken.«

Melitta verließ schniefend den Raum und schloss die Tür – einen Deut zu laut!

Sie trat zum Fenster und blickte auf das Treiben auf der Straße. Doch ihre Gedanken waren bei dem, was sie soeben erfahren hatte: Antonia Clementiana, die Mutter der Braut, streitet mit Antonius Primus über ein Testament! »Dabei kann es sich unmöglich um das von Primus handeln. Sie ist und war nie mit ihm verheiratet. Eine Erbschaft also … Und sie war, wie Atto beobachtet hat, innerlich kaum berührt von dem Todesfall. Aber ein Testament! Es muss bei der geplanten Eheschließung um ein Vermächtnis gegangen sein. Aber wessen? Wenn überhaupt, dann kann es sich doch nur um den letzten Willen von Felix handeln. Er ist der Großvater der Braut und gilt als ungemein vermögend. Aber das macht keinen Sinn. Das Mädchen wird doch ohnehin mit einem gewissen Anteil bedacht werden, wenn der Alte in den Hades kommt. Und das geht Antonius Primus überhaupt nichts an, jedenfalls jetzt nicht mehr!«

Vielleicht würde sich am Abend die Gelegenheit ergeben in dieser Richtung vorsichtig zu sondieren. Sie würde sehen … Doch jetzt musste sie zu Perdikkas! Sie kleidete sich in Eile an und verließ die Wohnung, ohne noch ein Wort mit Melitta zu wechseln.

Tillia traf Perdikkas nicht gerade in bester Laune an, als sie sein Arbeitszimmer betrat. Zwar begrüßte er sie wie immer mit einer handfesten Umarmung und dem schon obligatorischen Klaps auf den Hintern, aber er schien sehr erregt zu sein. Und das war bei ihm höchst ungewöhnlich.

»Was ist denn los mit dir, Junge? Du machst ein Gesicht, als sei dir eine Laus über die Leber gelaufen.«

»Allerdings!«, rief er, ballte wütend die Fäuste und presste die Lippen aufeinander. »Große Laus! Sehr große Laus! Er mir alles hier durcheinander bringen! Aber ich schon gesorgt, ihn in seine Grenzen!«

»Wovon sprichst du eigentlich?«

»Ich sprechen von Caesar!«

»Etwa Titus?«

»Nein, Domitian!«

»Ach! Und was wollte er?«

»Er wollen, dass Pankrates und Theodoros kämpfen.«

»Wann?«

»Heute.«

»Heute?« Sie starrte ihn an.

»Ja, am Nachmittag. Er hat Gäste geladen. Er sagt: wichtige Leute aus Hispania. Er will ihnen beste Gladiatoren vorführen.«

»So, so … Das ist freilich …« Sie zwinkerte: Dann standen die Jungs am Abend nicht zu ihrer Verfügung.

»Ich aber schon Maßnahmen dagegen!« Er nickte grimmig und grollte weiter: »Er wird nicht so mit mir umspringen! Nicht mit mir! Ich bin nicht sein Hündchen für das Stöckchen! Ha!« Er reckte sich und blähte seinen gewaltigen Brustkorb. »Ich bin Perdikkas! Lanista maximus! Ich nur von Kaiser selbst Befehle!«

Sie wechselte ins Griechische: »Gut, gut, Junge. Aber du sagst, du hättest bereits Gegenmaßnahmen ergriffen. Welche denn? Hast du ihm etwa geantwortet, dass du nur von Vespasian Befehle entgegennimmst?«

»Natürlich nicht. Ich bin doch nicht blöd! Du kennst seine mimosenhafte Empfindlichkeit. Aber ich habe bereits mit Titus darüber gesprochen, als er eben auf der Baustelle war.«

»Und was hast du ihm erzählt?«

»Nun, *ihm* habe ich allerdings sehr deutlich zu verstehen gegeben, dass sein herzallerliebstes Brüderchen mir meinen Einsatzplan völlig durcheinander bringt mit solch unüberlegten Eskapaden.«

»Sehr gut. Und wie reagierte er darauf?«

»Er hörte sich das Ganze an und ich sah an seinem Gesicht, dass er mir Recht gab. Dann habe ich ihm klargemacht, dass Pankrates und Theodoros einige Tage Ruhe benötigen, um sich auf die Kämpfe am Ende der Spiele vorzubereiten. Er fand das vollkommen in Ordnung und gab mir das Versprechen, darüber mit seinem Bruder zu reden. Ich könne selbstverständlich entsprechend meiner Planung weitermachen.«

»Sagte er wirklich *selbstverständlich?*«

»Ja, wörtlich.«

»Das heißt also, die Jungs stehen heute Abend zur Verfügung.«

»Davon gehe ich aus, ja. Immerhin handelt es sich bei der Sache auch um einen Eingriff von Domitian in die Kompetenzen des Thronfolgers. Titus – nicht er! – hat auf Befehl des Kaisers die Truppe nach und nach mit viel Geld zusammengekauft und sie durch mich systematisch aufbauen lassen. Was der Lümmel sich einbildet!«

»Aber Perdikkas«, rief Tillia erschrocken. »Wenn einer hört, was du da sagst! Du kannst dich um deinen Kopf reden!«

»Ach was.« Er winkte lässig ab. »Hier denken doch alle so. Der unverschämte Knabe will den großen Mann spielen. Aber nicht bei mir. Dahinter steckt wieder einmal der scheele Neid des jüngeren auf den erfolgreichen älteren Bruder, wenn du verstehst, was ich meine.«

»Oh, ja.« Sie wusste nur zu gut, dass Titus und Domitian in einem höchst gespannten Verhältnis zueinander standen.

Aber nun war sie doch erleichtert und sie sagte es auch.

Perdikkas, der sich wieder beruhigt hatte, erklärte: »Theodoros, Pankrates und Geta werden vor Sonnenuntergang im Argiletum sein. Diesmal aber zu Fuß, weil ihr – ich meine dich und Athenodoros – euch wohl in Sänften zum Hause des Felix begeben werdet.«

»Richtig. Dazu kommt noch ein junger Dichter.«

»Kenn ich ihn?«

»Ich glaube kaum. Iuvenalis steht erst am Anfang seiner Karriere. Er ist gerade siebzehn.«

»So jung? Was schreibt er denn?«

Sie lachte. »Freche Sachen!«

»Wie bitte?«

»Na, komische Situationsbeschreibungen, in denen er die immer gleichen Schwächen der Menschen bloßlegt. Er hat eine große satirische Begabung.«

»Aha? Wenn ich demnächst umgezogen bin, wird es ein großes Fest geben. Dann wirst du ihn mir ausleihen.«

»Gern.«

Sie war schon auf dem Sprung zu gehen, als ihr noch etwas einfiel: »Sagt dir der Name Gaius Asinius Gallus etwas?«

»Oh ja! Er ist *tribunus militum* bei den Prätorianern und kommandiert die dritte Kohorte.«

»Kennst du ihn persönlich?«

»Recht gut, ja. Er hat bei mir Fechtunterricht genommen. Ein brauchbarer Mann.«

»Könntest du ihn näher charakterisieren?«

»Nun, er ist einer der wenigen Kommandeure, die mir gefallen.«

»Warum?«

»Weil er in jeder Beziehung wohlerzogen ist, ohne den schrecklichen Dünkel einiger seiner Kameraden, wenn du verstehst, was ich meine.«

»Allerdings.«

»Dazu ist er ein äußerst schneidiger Soldat, diszipliniert, immer beherrscht, verantwortungsvoll gegenüber seinen Untergebenen wie seinem Vorgesetzten.«

»Und das ist Titus!«

»Sicher. Der Caesar ist mit ihm befreundet und fördert ihn, ohne ihn in auffälliger Weise anderen vorzuziehen. Er wird noch Karriere machen.«

»Interessant. Ist er auch mit Antonius Felix befreundet?«

»Bei den Göttern! Nein! Das wäre ja, als bestehe zwischen einem Löwen und einer Hyäne Freundschaft, wenn du verstehst, was ich meine.«

»Ich verstehe dich sogar sehr gut.«

»Warum fragst du dann?«

»Ach, nur so.«

Perdikkas, der sehr wohl spürte, dass sie mit ihren Fragen ein bestimmtes Ziel verfolgte, drang dennoch nicht weiter in sie. Sie würde schon ihre Gründe haben sich nicht weiter darüber auszulassen.

Tillia wiederum schätzte an ihm, dass er ihr gegenüber trotz seiner bisweilen hemdsärmeligen Art immer einen gewissen Respekt zeigte und ihre Reputation nie in Frage stellte. Und das wollte schon etwas heißen: Sie war eine Frau! Perdikkas aber galt vielen ihrer Geschlechtsgenossinnen als Inbegriff von Männlichkeit: sehr maskulin in Körperbau, Haltung, Gestik und Stimme, offen und geradeheraus, tapfer, unkompliziert und souverän. Dabei spürte sie instinktiv, dass in ihm die Seele eines Kindes steckte. Sie liebte ihn wie einen großen, starken Bruder, der sie beschützte und aus jeder noch so verfahrenen Situation herausholen würde. Das war sehr beruhigend.

»Also dann …« Er begleitete sie wie immer höflich zur Tür. Es folgte die übliche stramme Umarmung, bei der sie wie jedes Mal um ihren Busen fürchtete.

»Pass auf dich auf, Mädchen!«

»Du auch! Und sei in Zukunft vorsichtiger mit deinen

Äußerungen über gewisse Angehörige des Kaiserhauses!«

Er grinste: »Hat hier irgendjemand etwas gegen den Palast gesagt?«

»Schlimmer Junge!« Sie gab ihm einen Schmatz auf die Backe und verließ den Raum.

Wieder in ihrer Wohnung, schickte sie als Erstes Melitta zum Siebengestirn: »Einen gemischten Salat mit Hühnerklein. Und eine Karaffe Falerner, aber roten!«

»Sehr wohl, Herrin, roten …!« Melitta entfernte sich, nicht ohne zu schniefen.

»Du bist ein Luder!«, rief ihr Tillia aufgebracht hinterher.

Nach dem durchaus asketischen Mahl trank sie als Dreingabe zwei Becher Wein und legte sich unverzüglich ins Bett. Sei es, dass sie noch hungrig war, sei es, dass der Wein ihre Gedanken beflügelte – sie unterzog alle neuen Informationen, die sie heute erhalten hatte, einer strengen Prüfung: »Dieser Tribun … Wie hieß er noch? Asinius … Gaius Asinius Gallus … Wenn dieser Mann gegenüber Antonius Felix eine große Abneigung empfindet, dann ist es allerdings befremdlich, dass er sich von dem Emporkömmling zu einer höchstwahrscheinlich geschmacklosen Abendgesellschaft einladen lässt. Noch dazu, wo er aus einer elitären Familie stammt: Sein Großvater war Asinius Pollio! Einer der wenigen, die sich vom Diktator Caesar nicht haben einwickeln lassen! Wenn ein Asinius sich dazu herablässt, dem Parvenu Felix die Ehre seines Besuches zu erweisen, muss er dafür ungewöhnliche Gründe haben.«

Aber welche? Ein Tribun der Garde, der über sich, vom Kaiser einmal abgesehen, nur noch Titus als Vorgesetzten hat – konnte es sein, dass der auf direkten Befehl des Thronfolgers zu Felix ging?

»Tillia, du spinnst!«

Dann die Sache mit Domitian! War es Zufall, dass er heute bei Perdikkas vorstellig geworden war, um den Lanista dazu zu bringen, Pankrates und Theodoros aus dem normalen Betrieb des Ludus zu nehmen? Oder hatte er nur verhindern wollen, dass die beiden sie, Tillia, am Abend begleiteten?

Eine Annahme erschien ihr dagegen mehr und mehr als wahrscheinlich: Der unbekannte Prätorianer, der in ihre und Athenodoros' Wohnung eingebrochen war, musste auf allerhöchsten Befehl gehandelt haben, entweder von Titus oder von Domitian. War der jüngere Bruder »der Mann im Hintergrund«, würde dies freilich bedeuten, dass jener vorsätzlich in die Kompetenz des älteren eingegriffen hatte. Das schien durchaus denkbar, zumal er es soeben auch bei Perdikkas versucht hatte, dabei aber an dessen Standfestigkeit gescheitert war.

So lange sie auch grübelte, sie kam zu keinem eindeutigen Ergebnis, denn hinter all ihren Konstruktionen standen Fragezeichen. Unmerklich schlief sie ein.

Eine Stunde vor Sonnenuntergang ließ sie sich von Melitta ankleiden. Die Dienerin hatte die weiße, mit Goldfadenstickereien geschmückte Palla sehr vorsichtig geplättet. Tillia kam nicht umhin, sie dafür zu loben: »Sehr gut, mein Kind! Wirklich! Und kein einziger Brandfleck. Gut gemacht, Mädchen.«

Melitta strahlte. »Es war auch eine Arbeit von zwei Stunden, Herrin!« Sie schniefte, doch Tillia konnte sie nun nicht rügen, weil sie damit das vorausgegangene Lob zunichte gemacht hätte.

»Setzt du eine Perücke auf?«, fragte Melitta.

»Ja!« Tillia stieß es geradezu lustvoll hervor. »Und zwar die rote!«

»Sehr wohl, die rote.«

Melitta holte sie aus der entsprechenden Truhe, wo das kostbare Stück in einem eigenen Behältnis aus Holz vor Staub geschützt untergebracht war.

Tillia betrachtete die Perücke kritisch: »Man müsste sie in Kürze wieder neu einfärben. Haben wir noch genügend Henna?«

»Nein, Herrin.«

»Dann solltest du gleich morgen bei Petronius neues beschaffen. Und dann bringst du auch diese Salbe mit, die er immer für mich ... Na, du weißt schon, welche ich meine.«

»Die Mixtur zur Pflege deines Gesichts?«

»Genau die!«

»Ja, Herrin.«

Sie wusste ganz genau, dass Melitta sich heimlich in winzigen Portionen selbst dieses Mittels bediente, doch pflegte sie die kleine Dieberei als Bagatelle zu betrachten: Auch eine Sklavin war eine Frau. Man konnte nicht alles und jeden kontrollieren.

»Geh morgen früh bitte nicht aus dem Haus, bevor ich mit dir gesprochen habe. Es kann nämlich sein, dass du einen Botengang für mich machen musst.«

»Wieder zur Herrin Caenis?«

»Das ist möglich, ja. Es wird heute Abend wahrscheinlich sehr spät werden. Also warte nicht auf meine Rückkehr und lass mich morgen früh lange schlafen. Sag das auch deinem Chrysostomos! Wo ist er eigentlich?«

»Er holt die Sachen aus der Wäscherei.«

»Aha, gut. – So, dann fang an, Mädchen!«

Es dauerte fast eine Viertelstunde, bis die einzelnen Gewänder übergezogen, gegürtet und in die richtigen Falten gelegt waren. Mit geübten Griffen half Melitta beim Anlegen der Perücke. Als Tillia sich im Spiegel betrachtete, war sie zufrieden mit ihrem Aussehen.

»Übrigens, wir haben ganz vergessen einen neuen

Spiegel zu kaufen, aber das hat nun auch Zeit, bis diese Geschichte …« Die Dienerin verstand, was sie meinte.

Tillia nahm auf dem Hocker vor dem Spiegel Platz. Sie musste sich noch schminken. Ehe sie damit begann, überlegte sie, welchen Eindruck sie erwecken wollte: zurückhaltend vornehm, modisch elegant oder leicht verrucht? Sie entschied sich für das Zweite, denn sie musste unbedingt mit Asinius Gallus, dem Tribun der Garde, ins Gespräch kommen. Und wie sie ihn nach der kurzen Begegnung bei Milo einschätzte, hatte er wohl wenig Verständnis dafür, wenn sich eine Frau von Anfang fünfzig für eine von dreißig ausgeben wollte. Also trug sie wenig Augengrün auf, umschattete die Augen sehr dezent und legte nur einen Hauch von Schminke auf die Lippen.

Sie war gerade fertig, als Melitta ihr die Ankunft von Iuvenalis meldete.

Mit einem strahlenden Lächeln, wie es nur junge Leute seines Alters zuwege brachten, erschien er im Türrahmen. Er trug seine neue hellblaue Tunika, dazu Sandalen aus hellgelbem Ziegenleder.

»Du siehst großartig aus, mein Junge!«

»Danke! Du übrigens auch, Tillia.«

»Man tut, was man kann. Was wirst du vortragen?«

»Was du willst. Ich sagte doch schon, dass ich einiges aus Vergil …«

»Gut, gut, aber das würde dann wohl sehr lang, wenn nicht langweilig werden. Hast du nicht was Kürzeres? Etwas Erbauliches, an dem sich alle ergötzen können.«

»Sicher, da gäbe es einiges. Zum Beispiel ein wunderschönes Epigramm von Germanicus auf das Grab Hektors.«

»Von Germanicus? Meinst du etwa Germanicus Caesar, den Bruder von Claudius und Vater der jüngeren Agrippina?«

»Genau diesen.«

»Ach! Ich wusste gar nicht, dass er Epigramme geschrieben hat. Ich kenne nur einige seiner Komödien, die in meiner Jugend noch hin und wieder auf den Bühnen der Stadt gegeben wurden. – Sehr gut! Was noch?«

»Einen Hymnos auf Rom. Von Melinno.«

»Melinno? Noch nie gehört. Wer ist das?«

»Eine griechische Dichterin. Sie muss vor über zweihundert Jahren gelebt haben.«

»Wieso muss? Weiß man das nicht genau?«

»So ist es. Ich habe den Text beim Stöbern in den Schätzen von Pollius Valerianus entdeckt. In einer uralten verstaubten Buchrolle, über die sich schon die Motten hergemacht hatten. Das Gedicht ist sehr schön. Du wirst staunen.«

»Fein, ich lass mich überraschen. Den Vergil kannst du ja in Reserve halten. Vielleicht trägst du stattdessen noch einige Frechheiten von Martial vor.«

»Das hatte ich ohnehin vor.« Er grinste fröhlich.

»Da fällt mir ein … Mein Vater sucht eine Abhandlung über die Quellen des Nils. Ich selbst kann mich zurzeit nicht darum kümmern. Könntest du nicht bei Pollius Valerianus nachschauen?«

»Gerne.«

In diesem Augenblick betrat Athenodoros den Raum, eine gefaltete Toga über dem Arm. Er musterte Iuvenalis, wies auf dessen hellblaue Tunika und rief aufgebracht: »Der hat's gut, nicht wahr! Warum geht er nicht auch in Toga?«

»Weil ich das so will«, erklärte Tillia. »Dann kann er sich freier bewegen. Außerdem steht ihm dieses Hellblau gut, nicht?«

»Durchaus, ja. Wenn mir nun jemand behilflich sein könnte, dieses Betttuch anzulegen …«

Tillia rief nach Melitta und beide Frauen machten sich daran, Athenodoros in einen römischen Senator zu verwandeln. Das brauchte seine Zeit. Immer wieder wurde an dieser und jener Falte genestelt, der Sitz an Rücken und Schultern überprüft und der Überwurf am linken Unterarm gerichtet. Endlich waren sie zufrieden und betrachteten ihr Werk mit kritischem Wohlwollen.

»Du kannst dich natürlich nicht schnell bewegen, Doro. Dann verrutschen die Bahnen. Geh mal ein paar Schritte auf und ab!«

Er tat ihr den Gefallen.

»Vor allem musst du den linken Arm ruhig halten. Den rechten kannst du frei bewegen.«

Athenodoros spielte das durch und meinte abschließend: »Du bist ja auf alle Fälle in meiner Nähe, wenn es notwendig werden sollte, etwas, nicht wahr, zu richten.«

»Sicher.« Sie lächelte innerlich, denn er gefiel ihr. Sie hatte ihn noch nie zuvor in einer Toga gesehen.

Der Türklopfer an der Wohnungstür wurde angeschlagen. Melitta ging öffnen und führte Theodoros herein. Er baute sich gewaltig vor Tillia auf, schlug sich energisch mit der rechten Faust auf die Rippen und machte eine zackige Verbeugung.

»Alles klar?«, fragte Tillia.

»Alles klar!«, dröhnte er zurück.

»Gab es denn keine Schwierigkeiten? Du weißt schon, was ich meine, Theodoros.«

»Keine Schwierigkeiten!«

»Sehr gut.« Sie schaute zum Fenster. »Die Dämmerung setzt bald ein. Wir sollten aufbrechen. Melitta!«

»Herrin?«

»Besorge uns drei Sänften!«

»Sehr wohl, drei Sänften!«

XIX

Im Argiletum kehrte allmählich abendliche Ruhe ein. Handwerker und Händler holten ihre Stände zurück in die Läden, schlossen Türen und Fensterläden, legten schwere Riegel vor und zogen Bilanz, was an diesem Tag verdient worden war. Viele Anwohner hatten Stühle und Hocker auf die Straße gesetzt. Nun saß man mit Nachbarn beisammen und besprach die Ereignisse des Tages. Die Luft war mild und jeder genoss den Zauber der Stunde bis zum Schwinden des letzten Lichtschimmers im Westen. Andere nahmen im Siebengestirn oder in benachbarten Lokalen ihre Abendmahlzeit zu sich, die ja die wichtigste des Tages war. So war die Straße leer – bis auf einige dieser großen gelben Hunde, die sich nun vorsichtig, immer wieder misstrauisch sichernd, auf die Suche nach weggeworfenen Essensresten machten, stets in der Erwartung von aufgebrachten Matronen mit wilden Gesten und Geschrei verjagt zu werden.

Die Mitte der Straße war frei, die Träger kamen zügig voran. Geta, Pankrates und Theodoros folgten den Sänften im Abstand von etwa fünfzig Schritt. Als sie die Via Lata erreichten, ging die Sonne gerade unter.

Hoffentlich halten sich die Jungs in gebührendem Abstand vom Haus!, dachte Tillia und beruhigte sich zugleich mit der Feststellung, dass sie das ja nun nicht zum ersten Mal machten.

Die Via Lata versank allmählich in der Dunkelheit, die privaten und öffentlichen Gebäude rechts und links waren nur noch schemenhaft zu erkennen. Als sie zurückblickte, konnte sie ihre Beschützer gerade noch als Schattengestalten ausmachen. Aber sie befanden sich in ihrer Nähe!

Sie fühlte sich nun doch etwas angespannter als vor dem Aufbruch. Aber es war mehr die Neugier auf das Unbekannte, das sie erwartete, als die Besorgnis, es könne ihr etwas zustoßen. Unvermittelt sah sie wieder den jungen Antonius Primus vor sich auf den Stufen liegen. Doch sie verscheuchte das schreckliche Bild. Sie konnte sich jetzt keine Emotionen leisten, sondern musste mit scharfem Verstand darangehen, die Personen, die ihr in wenigen Augenblicken gegenübertreten würden, nüchtern und ohne Vorurteile zu analysieren. Dabei war sie sehr gespannt, was Felix alles arrangiert hatte.

Licht drang durch die kleinen Fenster der Sänfte. Tillia hob den Vorhang an und blickte nach draußen. Der ganze Platz vor Felix' Haus war hell erleuchtet. Etwa zehn Sklaven standen, mit brennenden Fackeln in den Händen, auf dem Gelände verteilt, andere nahmen die eintreffenden Gäste in Empfang. Einige Besucher kamen mit Wagen, andere mit Sänften, niemand zu Fuß. »Natürlich nicht!«, schimpfte Tillia vor sich hin. »Diese Leute meinen sich ja was zu vergeben, wenn sie ihre Beine benutzen!«

Ein Ruck! Die Sänfte setzte ziemlich hart auf dem Boden auf. Mit Schwung wurde die Tür aufgerissen. Ein Bediensteter verbeugte sich und half ihr beim Aussteigen. Zwei andere widmeten sich den Sänften von Athenodoros und Iuvenalis. Jemand informierte den Empfangschef. Er stand beim Eingang und behielt das Geschehen im Auge. Nun eilte er diensteifrig herbei und wandte sich an Tillia: »Ich, äh, ich habe Auftrag, der Herrin mitzuteilen, dass sich mein Herr Antonius Felix über die Maßen freut die Herrin Tillia Capriola als Gast in seinem Hause begrüßen zu dürfen!«

Es folgte eine tiefe Verbeugung.

»Danke! Wie heißt du?«, fragte Tillia.

»Verzeihung …?«

»Wie du heißt! Jeder Mensch hat einen Namen!«

»Wie? – Ja, natürlich!« Seine rechte Gesichtshälfte zuckte nervös. »Polybios, Herrin! Ich heiße Polybios!« Erneute Verbeugung.

Sie sah ihm an, wie sehr sie ihn verunsichert hatte, und frohlockte innerlich: Nichts stört die Menschen mehr, als in gewissen Situationen nach dem Namen gefragt zu werden. Aber sie sagte: »Also dann, Polybios, würdest du bitte deinem Herrn melden, dass Tillia Capriola in Begleitung von Athenodoros und Decimus Iunius Iuvenalis eingetroffen ist?«

»Selbstverständlich, Herrin, selbstverständlich! Wenn ich nun bitten darf …?«

»Du darfst.«

Mit großer Genugtuung leitete Tillia aus dem gekünstelten Theater um ihre Person ab, dass sie im Kreise der geladenen und meist hochwohlgeborenen Gäste einen ganz besonderen Status innehatte, der – und das amüsierte sie am meisten – in keiner Weise auf dem Nachweis einer großen Ahnenreihe beruhte.

Polybios wartete geduldig, bis Athenodoros die Falten seiner Toga geordnet hatte und auch Iuvenalis dazugetreten war, dann bat er alle drei ihm zu folgen. Er führte sie ins Atrium. Hier standen die vor ihnen eingetroffenen Gäste in Gruppen zusammen und taten so, als hätten sie sich Wichtiges mitzuteilen.

»Wenn die Herrschaften bitte einen Augenblick Geduld haben möchten. Ich, äh, ich werde dem Herrn von eurer Ankunft Mitteilung machen.«

Er zögerte, wohl in Erwartung eines erneuten Kommentars der Herrin, doch Tillia nickte ihm nur kurz zu, und Polybios entfernte sich.

Tillia schaute sich unauffällig um. Keiner der Anwesenden war ihr bekannt. Bei den Männern handelte es sich um ältere Herrschaften aus der Generation des Gastgebers. Deren Gattinnen waren durchweg etliche Jahre jünger, einige sogar sehr jung. Blitzschnell tastete sie die Gesichter der Herren ab. Sie sah in Landschaften, die das Leben gezeichnet hatte: in müde, abgeklärte oder immer noch neugierige, wache Augen, auf mürrisch verkniffene Münder, füllige Doppelkinne und Backen, dürre Hälse, scharfe Adlernasen, dicke großporige Knollen, dünnhäutige, von Falten übersäte Wangen, zerfurchte Stirnen, eingefallene Lippen, denen die Stütze der Zähne fehlte, Backen, die wie die Lefzen eines Molossers schwer herunterhingen – es war niemand darunter, der sich für einen anderen ausgeben konnte, als er wirklich war.

Dann die Frauen! Bis auf eine suchten alle ihr Alter hinter Schminke, Puder, Augengrün, -blau oder -schwarz zu verbergen und trugen Perücken. Durchweg blonde. Diese eine aber zog sogleich Tillias Aufmerksamkeit auf sich. Offen und ohne ihr Alter zu verbergen bekannte sie sich zu ihrem grauen Haar, zu den Falten des Halses und den Altersflecken auf den Händen. Sie war hager, ohne hölzern zu wirken, und bewegte ihre Hände mit vollendeter Grazie. Wenn sie, wie jetzt, ihrem Gegenüber, einem spindeldürren Männchen, zuhörte, zeichneten sich auf dem Gesicht in schneller Folge ihre Empfindungen ab: Sie lächelte, riss erstaunt die Augen auf, legte den Finger nachdenklich an die Lippen, nickte zustimmend oder schüttelte erstaunt den silbergrauen Kopf. Jetzt lachte sie laut auf und ihre Stimme füllte für einen

Moment den ganzen Raum, sodass die anderen neugierig herüberschauten. Tillia meinte dieses Gesicht schon einmal gesehen zu haben, aber sie wusste nicht mehr wo, wann und unter welchen Umständen.

Auch Athenodoros und Iuvenalis hielten das versammelte Publikum im Auge, Athenodoros mehr mit dem Blick des erfahrenen Arztes, der kühl und sachlich abschätzt, wie lange es dieser oder jener der Herren noch machen wird, Iuvenalis eher schüchtern und gepeinigt von der Frage, wie das, was er diesen Leuten gleich vortrug, bei ihnen ankommen würde.

Da näherte sich von oben ein hämmerndes, aggressiv anmutendes »Klack … klack … klack … klack …« Die Gespräche verstummten. Die Blicke aller Anwesenden richteten sich auf die seitliche Treppe, die zum Obergeschoss führte. Gestützt von einem Sklaven, in der Rechten den schweren Stock, mit dem er Stufe für Stufe ertastete, kam Antonius Felix herunter. Ihm folgten eine Frau, die Tillia auf Mitte bis Ende dreißig schätzte, und ein junges Mädchen von höchstens sechzehn Jahren. Das mussten Antonia Feliciana, Felix' Enkelin, und Antonia Clementiana, deren Mutter sein. Die Ähnlichkeit war nicht zu übersehen: Beide hatten blaue Augen und dunkelblondes Haar, eine leichte Stupsnase, eng anliegende Ohren und einen etwas dümmlich wirkenden kleinen Mund; über ihren Gesichtern lag ein Anflug von Arroganz, wie er Frauen dieser gesellschaftlichen Klasse oft eigen war, wenn sie in der Öffentlichkeit auftraten.

Felix hatte das Ende der Treppe noch nicht erreicht, als plötzlich ein Mann aus einer Gruppe heraustrat, auf ihn zueilte, den Sklaven beiseite schob und den alten Herrn nun selbst stützte. Felix ließ ihn gewähren. Dennoch entging es Tillia nicht, dass ihm dies nicht zu passen schien, er aber angesichts der neugierigen Blicke seiner Gäste die aufgezwungene Hilfe nicht zurückweisen konnte. Ganz offensichtlich handelte es sich hier um eine Demonstration. Der ihn jetzt stützte, wollte damit zu erkennen geben, dass er in einem nahen Verhältnis zum Hausherrn stand und sozusagen das Recht, ja die Pflicht habe, ihm behilflich zu sein.

Tillia kannte den Mann nicht. Leise fragte sie Athenodoros: »Wer ist denn das?«

Athenodoros beugte sich zu ihr herüber und flüsterte: »Domitius Lucanus. Ziegeleibesitzer und Bauunternehmer. Habe ihn vor Jahren mal behandelt.«

»Hämorrhoiden?«

»Ja.«

»Und in welchem Verhältnis steht er zu Felix?«

»Er ist sein Schwiegersohn.«

»Nein!«

»Sicher.«

Tillia zwinkerte lebhaft und verfolgte, wie Domitius Lucanus den von Gicht und Rheuma geplagten Schwiegervater bis zur Mitte des Atriums geleitete. Felix blieb stehen, blickte in die Runde und erklärte: »Ich freue mich, dass ihr alle meiner Einladung Folge geleistet habt. Ah, da ist ja auch meine gute Bekannte Tillia Capriola!« Er machte die paar Schritte auf sie zu, neigte leicht den Kopf und fuhr fort: »Und sie hat einen guten Freund, den weithin bekannten Arzt Athenodoros mitgebracht.« Athenodoros lächelte zurückhaltend und machte die Andeutung einer Verbeugung. Felix ergänzte: »Athenodoros! Er behandelt auch den Kaiser!«

Tillia registrierte, dass alle von dieser Mitteilung beeindruckt waren und neugierig auf Athenodoros blickten. Einige tuschelten miteinander.

»Und da haben wir …«, Felix zeigte auf Iuvenalis, »… einen begabten jungen Dichter, dessen Anwesenheit hier und heute wir unserer Tillia Capriola zu verdanken haben: Decimus Iunius Iuvenalis!«

Auch Iuvenalis wurde neugierig in Augenschein genommen. Niemand klatschte, woraus Tillia schloss, dass Iuvenalis den Anwesenden unbekannt sein musste.

»Er wird uns«, fuhr Felix fort, »wenn sich denn im Laufe des Abends dazu die Gelegenheit ergibt, einige Stücke aus seinem Repertoire vortragen.«

Iuvenalis verbeugte sich nach allen Seiten. Sein Gesicht hatte sich gerötet.

»Ah, und da«, rief Felix emphatisch und blickte zur Vorhalle, »da ist auch noch Gaius Asinius Gallus! Schön, dass du bei all deinen dienstlichen Verpflichtungen die Zeit gefunden hast zu kommen. Asinius Gallus ist Tribun der Prätorianer! Er kommandiert die dritte Kohorte!«

Asinius Gallus, in blendend weißer Toga, durchquerte mit forschen, energischen Schritten das Atrium, blieb vor Felix stehen und überreichte ihm einen mit dunkelrotem Leder überzogenen Kasten. Felix öffnete ihn und entnahm einen ägyptischen Prunkdolch, in dessen goldenen Griff ein dunkelgrüner Skarabäus aus Kaiserjade eingelassen war.

»Wunderbar! Herrlich!«, rief Felix und hielt die Waffe hoch. »Er fehlte noch in meiner Sammlung. Danke, Asinius! Ein ganz außerordentlich schönes Geschenk, wenn ich es denn überhaupt annehmen darf.« Er reichte den Kasten an einen Sklaven weiter.

Asinius lächelte souverän und hob wie entschuldigend beide Hände. Felix wandte sich an alle: »Wenn ich denn nun zu Tisch bitten darf …«

Wieder bot ihm Domitius Lucanus seinen Arm an, doch diesmal lehnte Felix die Hilfe mit einer geradezu mürrischen Geste ab. Tillia und Athenodoros warfen sich einen viel sagenden Blick zu.

Sklaven traten nun aus dem Schatten der Säulen und geleiteten die Gäste in den hinteren Teil des weiträumigen Hauses. Ein zweites Atrium öffnete sich, das in Größe und Ausstattung dem vorderen entsprach; nur trugen hier schneeweiße Marmorsäulen das Dach der umlaufenden Halle, dessen Gebälk aus dem gleichen Material bestand. An den Seiten der Halle standen die großen Doppeltüren offen und ließen dahinter drei große Speisezimmer erkennen. Jedes wurde von einer anderen Grundfarbe beherrscht: von sanftem Rot das linke, von einem dunklen Grün das rechte, von goldenem Ocker das mittlere. Sämtliche Einrichtungsgegenstände – die drei Klinen, die runden Tische vor den Liegeplätzen, die Korbsessel und die Kissen waren in Material und Farbe auf die Grundtöne der Wände abgestimmt – oder umgekehrt.

Aus dem mittleren Raum trat, begleitet von einem jungen Mann, eine große schlanke Frau, die Tillia auf Mitte bis Ende dreißig schätzte. Das musste Drusilla, Felix' zweite Gattin, sein. Die Ähnlichkeit mit ihrem Vater Herodes Agrippa war nicht zu übersehen. Ihr Gesicht hatte den gleichen ovalen Schnitt. Sie besaß seine feine schmale Nase, die hohe Stirn, die vollen sinnlichen Lippen, auf denen wie bei Herodes ein leicht ironisches Lächeln spielte, hier freilich weniger spöttisch. Der Schmuck, den sie trug, war erlesen: Auf dem üppigen Collier aus Gold, das sich in drei Bändern um den Hals schmiegte, funkelten rote, grüne und gelbe Steine; an beiden Armen trug sie massive Goldreifen; am Mittelfinger der Rechten steckte ein Goldring, dessen Stein, ein Rubin, von kleineren Smaragden umgeben war.

Der junge Mann neben ihr musste Marcus Antonius Agrippa sein, der einzige Sohn, den sie mit Felix hatte. Er kam mehr auf den Vater, hatte dessen pyknische Statur, den gedrungenen, schweren Kopf, und auch in seinen Bewegungen erkannte man den Alten wieder. Ihm fehlte in jeder Beziehung die Anmut und Lebendigkeit der Mutter.

Drusilla hatte offenbar einen letzten kritischen Blick auf die Vorbereitungen des Mahles geworfen. Nun trat sie vor die versammelten Gäste, breitete einladend die Arme aus und erklärte mit klangvoller Stimme: »Liebe Freunde! Es ist alles bereit. Auch ich heiße euch alle in diesem Hause herzlich willkommen.« Sie schaute nach links und rechts und bedachte die Geladenen mit einem freundlichen Lächeln. »Die Diener werden nun jeden zu seinem Platz führen. – Bitte!« Das galt den Sklaven.

Die traten aus dem Schatten der Halle und näherten sich den Personen, für die sie zuständig waren. Perfekte Planung!, dachte Tillia. Aber sie hatte auch nichts anderes erwartet. Nun war sie gespannt, in welchem Raum sich ihr Platz befinden würde.

»Darf ich bitte, Herrin?« Ein junges Mädchen erschien neben Tillia und lächelte sie freundlich an.

»Aber gern, mein Kind!«, meinte Tillia und folgte ihm.

Die Sklavin führte Tillia, Athenodoros und Iuvenalis in den mittleren, ockerfarbenen Raum. Er war von allen der prächtigste. Erst jetzt konnte Tillia seine ganze Größe erkennen. Die drei Liegen waren fest gemauert und reichlich mit weichen Matratzen, Decken und Kissen ausgestattet. Jede Kline bot etwa fünf Personen Platz. Hinter den Liegen war genügend freier Raum bis zur Wand, sodass man das Lager bequem über drei Stufen erreichen konnte, ohne dabei die Nachbarn zu stören.

Tillia war sehr neugierig, wer sich auf diesen Klinen niederlegen und welchen Platz man ihr und ihrer Begleitung zuweisen würde. Wie sie vermutet hatte, war dieser prächtige mittlere Raum dem engsten Kreis der Familie vorbehalten. Felix ließ sich am Kopfende nieder, rechts neben ihm seine Tochter Antonia Clementiana, die Mutter der jungen Feliciana; links seine jetzige Frau Drusilla, des Herodes Agrippa Tochter. Auf der – vom Eingang aus gesehen – linken Liege nahm Domitius Lucanus Platz, sodass er über Eck gleich neben seiner Frau lag; es folgten seine Tochter Feliciana, dann Felix' geschiedene Frau Drusilla – Tillia hatte bereits in einer kurzen Sekunde Blickkontakt zu ihr aufgenommen –, danach der junge Antonius Agrippa und am Ende Iuvenalis.

Sehr geschickt arrangiert!, dachte Tillia. Die beiden werden sich wohl einiges zu sagen haben.

Staunend nahm sie zur Kenntnis, dass man ihr selbst den Platz am Kopfende der dritten Kline gleich neben Felix' jetziger Gattin Drusilla zugewiesen hatte. Das war eine ganz außergewöhnliche Hervorhebung ihrer Person und verstieß, wenn man die strengen Maßstäbe vergangener Zeiten anlegte, eigentlich gegen die guten Sitten. Doch die Zeiten und mit ihr die strengen Regeln der Etikette hatten sich geändert. Neben ihr ruhte Athenodoros, neben diesem Asinius Gallus, die beiden letzten Plätze belegte ein älteres Paar, das sie nicht kannte.

Die bedienenden Sklaven reichten den Gästen die Haussandalen – sie waren neuwertig! – und nahmen die Straßenschuhe und -sandalen entgegen, um sie außerhalb des Trikliniums zu deponieren. Dann brachten sie Wasser und Tücher zum Säubern der Hände und überreichten jedem mehrere Servietten.

Auch in den anderen Räumen schickten die Gäste sich an Platz zu nehmen. Tillia schätzte, dass insgesamt an die fünfundzwanzig Leute an diesem Mahl teilnahmen. Sie blickte sich um und war sehr zufrieden: Die Personen, die ihr am wichtigsten waren, hatten sich alle um sie herum versammelt. Steckte dahinter etwa die geschickte Strategie von Felix?

Jetzt erst bemerkte sie die beiden lebensgroßen Statuen an der Rückseite des Atriums. Sie hatte sie beim Eintritt in den Innenhof nicht wahrgenommen, weil sie von den herumstehenden Menschen verdeckt worden waren. Die linke zeigte einen Togaträger, der die Rechte grüßend erhoben hatte. Doch als sie einen Blick auf das Gesicht warf, wurde ihr klar: Das war kein Römer in Toga – das war Herodes Agrippa, der Vater von Felix' zweiter Frau! Sogar das ironische Lächeln hatte der Bildhauer im Stein verewigt. Fünf Schritt daneben eine hoheitsvolle weibliche Figur in langem Gewand, die versonnen zu Boden blickte. Ihre Stirn schmückte ein Diadem: Kleopatra! Und plötzlich erkannte Tillia, weshalb sie vor wenigen Augenblicken gestutzt hatte, als sie in das Gesicht der älteren Drusilla blickte: Drusilla war die Enkelin Kleopatras! Die Ähnlichkeit war frappierend.

In diesem Augenblick gab der Hausherr Polybios das Zeichen zu beginnen. Polybios nickte beflissen – seine linke Gesichtshälfte zuckte zweimal – und eilte höchstpersönlich in die Küche im vorderen Teil des Hauses. Schon wenige Augenblicke später erschien eine Prozession von Sklaven, die Tabletts, Teller, Schüsseln, Schalen, Körbe und Krüge balancierten, sich plötzlich fächerförmig in drei Gruppen aufteilten und die drei Speisezimmer ansteuerten.

Tillia wusste nicht, warum sie in diesem Augenblick zu Drusilla I blickte – so nannte sie die Ältere bereits in Gedanken, um sie von Drusilla II, der jetzigen Gattin von Felix, unterscheiden zu können. Drusilla zog die Mundwinkel spöttisch nach unten und murmelte etwas vor sich hin. Aus den Bewegungen der Lippen schloss Tillia auf ein abwertendes »Lächerlich! Einfach Lächerlich!«

Als sich fast im gleichen Augenblick ihre Augen trafen, schien sie sich ertappt zu fühlen und lächelte Tillia verbindlich an. Doch in diesem Lächeln lag mehr als nur das Bemühen um die Rückgewinnung der Contenance. Es schien zu sagen: Nimm dich in Acht, Tillia! Hier ist es gefährlich! Lebensgefährlich!

Die Vorspeisen wurden gereicht: Salate, Gemüse und Pilze, dazu für den, der sie mochte, weich gekochte Eier.

Tillia entschied sich für gemischten Salat mit Pilzen – ohne Eier, weil sie zu früh sättigten – und ließ sich den Becher mit *mulsum* füllen, einem mit Honig versetzten Wein. Auf nüchternen Magen war er als Aperitif bekömmlicher als mit Wasser verdünnter Rot- oder Weißwein. Athenodoros tat es ihr gleich. Sie schaute kurz zu Iuvenalis hinüber, sah, dass er kräftig zulangte, trank ihm zu und dachte dabei: Hoffentlich spricht er nicht zu stark dem Wein zu. Der Junge braucht einen klaren Kopf!

Zunächst beschäftigte sich jeder neugierig mit den Speisen, probierte diesen und jenen Salat, diese und jene Soße und ganz allmählich kam das Gespräch in Gang.

Während sie sich dem Genuss des pikant gewürzten Gemüses hingab, beobachtete Tillia aufmerksam aus den Augenwinkeln heraus das Verhalten der Personen um sie herum. Am natürlichsten gab sich Drusilla I – und das hatte Tillia auch erwartet: Souverän unterhielt sie sich mit dem jungen Marcus Antonius Agrippa rechts von ihr, mit dem sie ja in keiner Weise blutsverwandt war. Er war der Sohn jener Frau, die sie verdrängt und abgelöst hatte und die nun am Kopfende des Raumes neben Felix wie auf einem Thron saß.

Tillia spürte deutlich, dass beide Frauen jeden Blickkontakt bewusst vermieden. Sie studierte heimlich Drusillas Gesicht und überlegte: Warum kommt sie überhaupt zu dieser Veranstaltung? Wo doch jeder der Gäste über die Verhältnisse Bescheid weiß! Dafür musste es einen besonderen Grund geben.

Keine Probleme schien Drusilla mit Feliciana, ihrer Enkelin zu haben, die links neben ihr lag. Das Mädchen unterhielt sich ganz gelöst und unverkrampft mit seiner Großmutter, flüsterte ihr immer wieder etwas ins Ohr, und dann schmunzelten beide. Tillia zog ihre ersten Schlüsse: Feliciana ist kein Kind von Traurigkeit. Der plötzliche Tod ihres Bräutigams in spe scheint sie weniger zu belasten, als nach den Informationen der letzten Tage eigentlich anzunehmen war. Wir werden sehen …

Ganz anders ihr Vater: Domitius Lucanus machte den Eindruck eines gehetzten, verunsicherten Mannes, der mit den Problemen, vor denen er stand, nicht zurechtkam. Aus der verquälten Art und Weise, wie er versuchte mit Drusilla I, seiner Schwiegermutter, und auch mit Clementiana, seiner Gattin, ein Gespräch zu beginnen, schloss Tillia, dass er bei beiden geringes Ansehen genoss, mehr noch, dass sie ihn aus Gründen, die Tillia nicht kannte, verachteten.

Antonia Clementiana – neben ihrem Vater Felix – schien nicht in bester Stimmung zu sein. Nicht nur, dass sie ihren Gatten Domitius Lucanus keines Blickes würdigte, sie gab auch auf die Bemerkungen und Einwürfe ihres Vaters nur mürrisch Antwort. Geradezu herausfordernd, ja erniedrigend wirkte es, wenn sie ihrem Mann mit einem herrischen Blick zu verstehen gab, er möge sich doch gefälligst mit seinen Äußerungen etwas mehr zurückhalten. Prompt sackte dann Domitius in sich zusammen und widmete sich dem Wein. Tillia sah voraus, dass Domitius nach einer Stunde betrunken sein würde.

Ein Blick zu Iuvenalis beruhigte sie: Er war mit seinem Nachbarn, dem nur drei Jahre älteren Antonius Agrippa, in ein reges Gespräch vertieft.

Asinius Gallus unterhielt sich angeregt mit Athenodoros, sie sprachen über die Möglichkeiten, wie man das Sanitätswesen in der Armee verbessern könnte, und aus dem wenigen, was Tillia mitbekam, schloss sie, dass Asinius seinen Beruf sehr ernst nahm.

Das ältere Paar am Ende ihrer Liege schien mit Drusilla I gut bekannt zu sein, denn immer wieder gingen launige Bemerkungen hin und her.

Drusilla II beteiligte sich lebhaft an den Gesprächen.

Wie immer zu Beginn eines solchen Mahles, wurde dabei ein Thema meist nur kurz angetippt, um bald schon zum nächsten zu springen. Tillia war sich nicht sicher, ob hinter der Lebhaftigkeit Drusillas nicht doch nur Oberflächlichkeit steckte. Instinktiv spürte sie, dass diese Frau, koste es was es wolle, darauf aus war, Eindruck zu schinden.

Felix selbst genoss es sichtlich, den Patriarchen spielen zu können. Er gab gut gelaunt scherzhafte Bemerkungen von sich, machte hier und da ironische Anspielungen und hielt bei allem hellwach den Ablauf des kulinarischen Geschehens im Auge. Dem aufmerksamen Polybios gab er mit Handzeichen zu verstehen, wann der nächste Gang aufgetragen werden sollte.

Die Speisenfolge war in keiner Weise üppig oder überladen. Es fehlten auch all die unsinnigen und widernatürlichen Überraschungen, die man in neureichen Häusern so gern zum Besten gab: etwa eine lebende Taube, die sich aus einem gebratenen Ferkel nach dem Öffnen der Bauchdecke in die Lüfte erhob. Tillia vermutete, dass diese Zurückhaltung mit Vorbedacht geübt wurde. Felix wollte offenbar den Eindruck vermeiden, er, der *homo novus*, der aus dem Sklavenstand zu höchsten Höhen Aufgestiegene, habe es nötig, seine Herkunft mit derlei Mätzchen zu überspielen. Vielleicht, so dachte Tillia, ist das auch eine letzte Erinnerung an die Zeiten, als Felix noch im Dienst der jüngeren Antonia stand; und Antonia hatte ein unglaubliches Gespür für Anstand und Formen. Was auch einer der Gründe dafür war, dass sie zur Vertrauten des greisen Misanthropen Tiberius aufsteigen konnte.

Das Essen bestand aus drei Hauptgängen, die jeweils mit eigenen Vorspeisen eingeleitet wurden:

Vorspeise: weich gekochte Eier, verschiedene Salate, Weißbrot. Hauptgang: Zicklein mit Bohnen, Kohl, Hähnchen und Schinken. Nachtisch: in Honig kandierte Kirschen.

Vorspeise: Malven, Gartenkräuter, Lattich, Schnittlauch, Minze – alles in pikanten, meist süßsauren Soßen –, dazu Sau-Euter mit Thunfischsoße. Hauptgang: grüner Kohl, Würstchen auf weißer Mehlsoße, Bohnen mit Speck. Nachtisch: frisches Obst.

Vorspeise: Salat, drei Schnecken, zwei Eier pro Person. Hauptgang: Fisch, Muscheln, wildes Geflügel. Nachspeise: Trauben, Nüsse, geröstete Mandeln, Feigen.

Natürlich nahm keiner der Gäste all das in Mengen zu sich. Jeder konnte die Köstlichkeiten, von diensteifrigen Sklaven dargeboten, in aller Ruhe betrachten, daran schnuppern und am Ende das wählen, was ihm im Augenblick am meisten zusagte. Da aber wirklich alle Gerichte hervorragend gekocht, gebraten, gedünstet und geradezu aufregend gewürzt waren, hatte Tillia erhebliche Mühe sich zu bescheiden. Sie beruhigte schließlich ihr schlechtes Gewissen damit, dass sie von allem schließlich nur ein wenig zu sich nahm. Doch sie wusste: In den nächsten Tagen würde sie fasten müssen!

Die männlichen und weiblichen Familienmitglieder verhielten sich Tillia gegenüber scheinbar sehr unbefangen. Doch daraus abzuleiten, sie wären über den eigentlichen Grund ihrer Anwesenheit nicht informiert, kam Tillia nicht in den Sinn. Sie schätzte vor allem Felix' Tochter Clementiana als Frau ein, welche die Kunst der Verstellung perfekt beherrschte. Sie hatte – und das sicherlich heimlich – Antonius Primus aufgesucht und sich mit ihm über ein ominöses Testament gestritten! Tillia traute es ihr durchaus zu, dass sie es gewesen war, die sich mit dem jungen Antonius Primus im Siebengestirn getroffen hatte. Am Ende war sie vielleicht gar die Unbekannte, die ihr, Tillia, in den letzten Tagen heimlich nachspioniert hatte.

Bei der Beurteilung von Drusilla II war sie sich nicht so sicher. Die Frau war eitel, stolz bis zur Arroganz und damenhaft, doch schien ihr die letzte Skrupellosigkeit abzugehen, welche die Handlungen Clementianas bestimmte. Dafür wirkte sie verschlossener und unzugänglicher. Ihr Sohn, der junge Marcus Antonius Felix, war ein noch unbeschriebenes Blatt, ebenso wie Clementianas Tochter Feliciana.

Und Domitius Lucanus? Mehr und mehr neigte Tillia dazu, in ihm das schwarze Schaf der Familie zu sehen. Er sprach eifrig dem Wein zu. Sein Gesicht hatte sich stark gerötet. Schweiß perlte ihm von der Stirn. Er begann anzügliche Witze zu erzählen, die niemand hören wollte, und lachte selbst am lautesten.

Die Einzige, die nicht in diesen Kreis zu passen schien, war Drusilla I; sie wirkte auf Tillia fast wie eine Fremde im eigenen Land. Ihr kluges, freundliches Gesicht, über das bisweilen ein ironisches Lächeln zog, schien zu sagen: »Was gehen mich eure Kabalen an?« Dennoch musste es einen gewichtigen Grund dafür geben, dass sie sich dazu herabgelassen hatte, an diesem Essen teilzunehmen. Immerhin war sie die Enkelin Kleopatras!

Tillia brauchte keine besonderen Hinweise von Felix mehr, auf wen sie ein Auge haben sollte. Sie war sich absolut sicher, dass er die gleichen Personen meinte, für die sie sich längst interessierte. Irgendwann, wahrscheinlich nach dem letzten Gang, würde die Tischordnung aufgehoben werden, die Gäste konnten frei zwischen den Räumen wechseln, auch in den Garten gehen – und dann, so hoffte Tillia, würde sie die eine oder andere Persönlichkeit in ein Gespräch ziehen können. Neben Drusilla I interessierte sie sich besonders für Asinius Gallus. Er fachsimpelte immer noch mit Athenodoros.

Doch zunächst nahm das Fest den geplanten Verlauf. Zwischen dem ersten und zweiten Gang ließ Felix durch Polybios bekannt machen, dass nun, wie angekündigt, Decimus Iunius Iuvenalis etwas zum Besten geben werde.

Iuvenalis erhob sich mit Schwung, verließ das Triklinium und nahm seine Position in der Mitte des großen Atriums ein. So konnte er von allen drei Räumen aus gesehen und gehört werden. Tillia war gespannt, wie sich ihr Schützling bewähren würde. Sie hatte Lampenfieber. Er offenbar nicht.

Iunius Iuvenalis blickte souverän in die Runde, verbeugte sich zu den drei Speisezimmern hin und begann recht locker: »Ich möchte ein kleines … ja, ein Ratespiel machen, wobei ich denke, dass es für meine erlauchten Zuhörer nicht ohne Reiz sein dürfte, wenn ich vor dem Vortrag den Namen des Autors verschweige, damit man ihn danach errate …«

Das war gewagt, zumal Iuvenalis noch sehr jung und allen unbekannt war. Tillia sah aber den Gesichtern der Zuhörer an, dass ihnen diese Eröffnung gefiel. »Kecker Junge«, sagte Felix und nickte in die Runde. Asinius Gallus beugte sich zu Athenodoros und ließ sich von ihm schnell einiges über die Herkunft von Iuvenalis berichten.

Iuvenalis fuhr fort: »Eines der Gedichte stammt aus der Feder des wohl größten Dichters Roms; ein zweites von einem nicht weniger berühmten Mann, der freilich im Hauptberuf einer durchaus anderen Tätigkeit nachging. Autor des dritten ist jemand, den wohl kaum einer hier kennt. Aber alle drei Stücke haben, wie zu hören sein wird, etwas gemeinsam …«

Er blickte einen Augenblick auf den glänzenden Boden, konzentrierte sich und begann:

»Einfachheit, roh, herrschte früher – jetzt ragt die goldene Roma
und besitzt des unterworfenen Erdkreises riesige Schätze.
Sieh nur, wie jetzt das Capitol ist und wie einst es gewesen:
Eines anderen Jupiter Haus war jenes, könntest du sagen.
Jetzt ist die Curia würdig der erhabenen Ratsversammlung:
Als einst Tatius innehatte die Herrschaft, war sie aus Stroh.
Der Palatin, der jetzt unter Phoebos Apollo und unter den Herrschern herrlich erstrahlet,
was war er anderes als Weideland für die pflügenden Ochsen?
Jene alte Zeit mag andre erfreuen – dass ich jetzt erst geboren,
dazu wünsch ich mir Glück: Diese Epoche passt so recht für mein Leben.«

Schon nach den ersten Zeilen des Gedichts wusste Tillia, dass Iuvenalis die richtige Auswahl getroffen hatte; dies war genau das, was die Leute hören wollten. Sie kannte den Text nicht, vermutete aber nach der Vorbemerkung von Iuvenalis, dass er von Ovid stammte. Sie kannte und liebte dessen unverwechselbar elegante Sprache. Der Beifall war groß. Der eine oder andere der Zuhörer rief Iuvenalis den Namen eines Dichters zu, er nahm ihn schmunzelnd entgegen, ohne ihn zu bestätigen oder zurückzuweisen, und bat darum, vor der Lüftung des wahren Namens noch die beiden anderen Autoren zu hören. Das zweite Gedicht begann in altertümlichem Pathos:

»Gegrüßet seist du mir, Roma, Tochter des Ares …«

Auch dieser Text – es folgten vier Strophen – war eine gewaltige Hymne auf Rom und Tillia tippte auf die von Iuvenalis erwähnte griechische Dichterin Melinno. Das

Publikum riet und rätselte in alle möglichen Richtungen – Melinno war niemand ein Begriff –, doch die Stimmung steigerte sich.

Das dritte Gedicht wandte sich an den toten Hektor in der Unterwelt:

»Hektor, Spross aus dem Blute des Ares, wenn unter der Erde du uns noch hörest, freu dich und atme ein wenig auf über dein heimatlich Land …«

Auch hier lief der Tenor des auffallend kurzen Gedichts darauf hinaus, dass Roma als Erbin Trojas die Weltherrschaft angetreten habe und der Schatten Hektors in der Unterwelt beruhigt sein könne, da auf dem Erdkreis alles zum Besten stehe.

Die Zuhörer waren begeistert und klatschten lange. Beim anschließenden Erraten der Autoren kam jemand aus dem blauen Zimmer als Erster auf Ovid. Die griechische Dichterin Melinno kannte niemand. Asinius Gallus war es schließlich, der Titel und Verfasser des letzten Gedichts nannte: An Hektors Grab von Germanicus. Das Publikum staunte. Zunächst darüber, dass der als Feldherr in der Erinnerung lebende Germanicus solche Texte verfasst hatte, vielleicht aber mehr noch, dass jemand diese Hymne kannte. Tillias Respekt vor Asinius stieg gewaltig.

Zwischen dem zweiten und dritten Gang nutzte Iuvenalis die Gelegenheit und trug einige seiner eigenen Stücke vor, durchweg komische Situationsbeschreibungen aus dem Alltagsleben. Dabei scheute er sich nicht Anspielungen auf lebende stadtbekannte Persönlichkeiten zu machen und manche sogar beim Namen zu nennen. Die Zuhörer waren entzückt und konnten gar nicht genug davon bekommen. Tillia war stolz auf ihren Schützling. Der Erfolg dieses Abends würde sich herumsprechen, man würde Iuvenalis zu weiteren Veranstaltungen einladen. Er war auf gutem Wege bekannt zu werden.

Wie Tillia angenommen hatte, wurde die Tischordnung nach der letzten Nachspeise aufgelöst. Man konnte sich jetzt frei in allen Räumen, im Atrium und im Garten bewegen. Athenodoros verständigte sich durch ein kurzes Nicken mit Tillia. Beide erhoben sich. Auch Asinius Gallus verließ seinen Platz und ging plaudernd mit seinen Nachbarn, dem unbekannten älteren Paar, ins Atrium.

Tillia beugte sich zu Athenodoros und sagte leise: »Ich nehme an, Felix wird sich nun in einem geeigneten Augenblick an mich wenden. Bleib bitte dabei, Doro. Dann kann ich dich mit ihm bekannt machen und wir haben ein Thema zum Reden.«

»In Ordnung«, meinte Athenodoros. Sie schlenderten langsam zur Mitte des Atriums, wo sich schon andere Gäste versammelt hatten. Sogleich bildete sich um Iuvenalis ein Kreis von Leuten, die von ihm noch weitere Informationen über die Gedichte von Melinno und Germanicus haben wollten.

»Sieht doch gut aus!«, sagte Athenodoros und Tillia nickte beifällig. Aber sie war jetzt mit anderen Dingen beschäftigt.

XX

Schon wenige Augenblicke später kam Felix, in lockerem Gespräch mit einem älteren Herrn, langsam näher. Er entließ diesen mit einem freundlichen »Wir sehen uns ja noch …«, blieb vor Tillia stehen, hob seinen Stock an und erklärte: »Großartig, dein Iuvenalis! Du hattest Recht, Tillia Capriola, er ist eine ganz außerordentliche Begabung!«

»Ich irre mich selten«, gab sie zurück. »Darf ich dir meinen lieben Freund Athenodoros vorstellen …«

Felix tastete ihn schnell mit einem kritischen Blick ab, den Athenodoros gelassen über sich ergehen ließ.

Der Eindruck, den Felix von Athenodoros gewonnen hatte, musste positiv ausgefallen sein, denn ohne Umschweife begann er: »Tillia Capriola hat mir einiges über deine – wenn ich es denn so nennen darf – erfolgreiche Arbeit als Arzt berichtet. Ich würde es mir zur Ehre anrechnen, wenn du, der du doch auch den Kaiser behandelt hast, mich an einem der nächsten Tage aufsuchen könntest. Wäre das möglich?«

»Grundsätzlich ja«, meinte Athenodoros sachlich. »Ich, äh, ich müsste freilich meinen Terminkalender, nicht wahr, zu Rate ziehen, um festzustellen, an welchen Tagen ich die Zeit dafür hätte.«

»Selbstverständlich, selbstverständlich!«, rief Felix. »Es kommt ja nicht auf Tag und Stunde an. Vielleicht schickst du mir einen Boten mit entsprechender Nachricht?«

»Kein Problem. Du kannst ihm dann mitteilen, ob dir der von mir vorgeschlagene Termin zusagt.«

»Ja, so machen wir es.« Felix zog die beiden unmerklich aus dem Atrium zum Gang hin, wo sich zurzeit niemand aufhielt. Tillia wusste, nun kam er zur Sache.

»Ich darf davon ausgehen«, fuhr Felix fort und wechselte mit schnellen Blicken zwischen Tillia und dem Arzt hin und her, »dass Athenodoros Kenntnis von der ganzen Angelegenheit hat …«

»So ist es«, antwortete der trocken.

»Aha. Das ist gut.« Felix beobachtete die nähere Umgebung, um sicher zu sein, dass niemand lauschte. »Ich stelle es mir in etwa so vor, dass du, Tillia Capriola, einige Leute in ein belangloses Gespräch ziehst, wenn du denn verstehst, was ich meine.«

»Ich verstehe. Und wen?«

Wieder blickte Felix sichernd um sich, bevor er leise Namen nannte: »Drusilla, meine erste Gattin! Du kennst sie?«

»Ich kenne sie.«

»Aha. Sehr gut. Dann auch Domitius Lucanus! Ihn besonders!«

»Gut. Wen noch?«

»Ja, wen noch … Meine Tochter Clementiana!«

»Deine Tochter?«, fragte Tillia erstaunt, ja befremdet vor solch kühler, schnörkelloser Offenheit. Zwischen ihm und Clementiana musste ein äußerst schlechtes Verhältnis bestehen.

»Durchaus, ja«, betonte Felix. Es schien ihm nicht im Geringsten peinlich zu sein, Tillia gegenüber die eigene Tochter in den Kreis der Verdächtigen zu ziehen.

»Nun gut …«, fuhr Tillia leise fort, »aber kannst du mir

nicht einen Anhaltspunkt geben, in welche Richtung deine Verdächtigungen überhaupt zielen?«

»Wie? Ja, natürlich.« Ein böses Lächeln zog über seine Lippen. »Es geht um Geld, um sehr viel Geld! Wenn du denn verstehst, was ich meine ...«

Tillia antwortete nicht sogleich. Sie sah Clementiana und Antonius Primus, wie sie auf Attos Wagen zugingen und stritten: das Testament!

»Ich verstehe – und verstehe nicht ...«, antwortete Tillia kühl und warf Athenodoros einen Blick zu.

Und Felix: »Mehr möchte ich im Augenblick nicht sagen. Dann wirst du unbefangener sein. Aber ich denke, dass wir im Laufe des Abends weiter darüber reden werden, wenn du deine Beobachtungen gemacht und gewisse Folgerungen daraus gezogen hast. Dann kann ich dir vielleicht mehr mitteilen.« Er lächelte ihr kurz zu. »Wenn du mich jetzt bitte entschuldigen würdest ...«

Er verließ den schattigen Gang und widmete sich wieder seinen Gästen.

Während Tillia ihm nachblickte, meinte Athenodoros: »Unglaublich! Er bezieht seine eigene Tochter in den Kreis der Verdächtigen ein. Dann muss es in der Tat, nicht wahr, um viel Geld gehen! Und er hat doch nur diese eine – oder?«

»So ist es«, sagte Tillia und sah, wie Drusilla I sie mit einem kurzen, neugierigen Blick streifte. »Ich bin sicher, dass es etwas mit diesem ominösen Testament zu tun hat, Doro. Wir müssen versuchen herauszufinden, wer der Erblasser ist. Komm, versuchen wir doch mit Drusilla I ins Gespräch zu kommen.«

»Drusilla I ...? Ich verstehe nicht.«

Sie erklärte es ihm und er schmunzelte. »Wenn sie das wüsste!«

Sie schlenderten langsam, dabei über belanglose Dinge redend, zurück ins Atrium und näherten sich Drusilla, die gerade einem hageren Greis mit schneeweißem Haar zuhörte. Er erklärte ihr offensichtlich etwas, denn er benutzte die Hände, um es zu verdeutlichen. Der Alte sah Tillia kommen, stutzte, hielt mitten im Satz inne und rief mit dünner, belegter Stimme: »Das ist aber eine Überraschung!« Ein Hüsteln. »Tillia Capriola! Du hier?«

»Die Überraschung ist ganz meinerseits, Asconius Pedianus. Darf ich bekannt machen: Athenodoros!« Asconius brauchte nicht zu wissen, dass sie von ihrem Arzt-Patienten-Verhältnis Kenntnis hatte; sie wollte nur irgendein interessantes Thema berühren, um unauffällig mit Drusilla ins Gespräch zu kommen.

»Oh, wir kennen uns. Nicht wahr, Athenodoros?«

»So ist es«, sagte dieser. »Wie ich sehe, geht es dir besser. Aber du hüstelst mir viel zu viel. Das kann gefährlich werden!«

»Verzeihung!« Drusilla schaltete sich ein und wandte sich an Athenodoros: »Du bist der Arzt, der sich bei der Behandlung gewisser Krankheiten unter anderem auf bestimmte Kräuter spezialisiert hat?«

»Das ist richtig.« Athenodoros machte eine leichte, elegante Verbeugung.

»Sehr interessant. Dann dürftest du ja wohl auch Dioskurides kennen.«

»Oh ja! Ich habe auch bei ihm gelernt. Er ist der größte Kenner der Kräutertherapie.«

»Ich weiß. Er war doch unter Claudius Militärarzt, nicht?«

»So ist es.«

Es entspann sich ein Gespräch über die Vorzüge dieser und jener Kräutertherapie, bis Drusilla mit dem Zeigefinger auf die Statue Kleopatras wies und sagte: »Gerade sie hatte auf diesem Gebiet fundiertes Wissen und große praktische Erfahrung.«

»Schade, dass die Königin ihr Wissen nicht an die

Nachwelt weitergegeben hat«, stellte Tillia fest. Sie studierte Drusillas Gesicht und verglich es mit dem der Statue: Die Ähnlichkeit mit Kleopatra war geradezu unheimlich.

»Oh, das hat sie!«, erklärte Drusilla und all ihre sympathischen Fältchen lächelten Tillia an. »Ich besitze noch gewisse Aufzeichnungen, die mir meine Mutter Kleopatra Selene kurz vor ihrem Tode anvertraut hat.«

»Faszinierend!«, rief Tillia.

Athenodoros, der sich bisher bescheiden zurückgehalten hatte, fragte keck: »Besteht noch die Hoffnung, dass diese Schriften, nicht wahr, irgendwann einmal veröffentlicht werden? Gehe ich doch davon aus, dass gerade die medizinische Fachwelt daran das größte Interesse …«

Drusilla sah ihn an und lächelte. Sie hatte die hinter der Frage stehende Absicht sehr wohl mitbekommen. Gut gelaunt erklärte sie: »Mein lieber Athenodoros, wenn du einmal Einblick in sie nehmen möchtest – bitte! Du kannst jederzeit kommen.«

»Oh, ich hätte niemals gewagt zu fragen, ob das …«

Während die beiden sich weiter in diesem schier unerschöpflichen Bereich der Medizin ergingen, wandte sich Asconius Pedianus an Tillia: »Alle Achtung!« Er hüstelte. »Der Junge war gut! Was sage ich? Er war hervorragend. Und das in diesem Alter! Wie alt ist er eigentlich?«

Tillia, natürlich auf Iuvenalis angesprochen, antwortete: »Siebzehn.«

»Siebzehn? Beim Apollo! Ein halbes Kind! Aber ein höchst kluges Kind!«

Tillia nutzte die günstige Gelegenheit und machte Asconius auf der Stelle den Vorschlag Iuvenalis doch einmal zu einer seiner literarischen Abendveranstaltungen einzuladen, freilich als Vortragenden!

»Aber gern, Tillia, gern! Er scheint eine große Zukunft vor sich zu haben. Diese prononcierte Sprache! Dieses

Timbre! Diese Sicherheit! Diese Beobachtungsgabe! Diese Ironie! Diese Respektlosigkeit! Wunderbar. Das alles ist selten, Tillia, höchst selten, zumal in diesem Alter. Wie alt, sagtest du noch, sei er?«

»Siebzehn.«

»Unglaublich! Schick ihn zu mir. Gleich morgen. Für mich ist nämlich jeder verbleibende Tag ein Geschenk der Götter.«

»Na, na, na, wer in deinem Alter noch in die Thermen geht, sollte nicht so reden!«

Asconius grinste. »Das hat dir wohl dein alter Herr Balbinus gesteckt – oder etwa nicht?«

Sie lächelte nachsichtig. »Er erwähnte es neulich, ja. – Ach, da fällt mir ein …«

Sie sprach ihn auf das Buch des unbekannten griechischen Autors über die Nilquellen an und prompt erklärte Asconius, er habe dieses Werk irgendwann in den Auslagen von Pollius Valerianus gesehen. Er habe sogar darin gelesen. Gern werde er sich darum kümmern. Und auf der Stelle begann er mit einem Privatissimum über die verschiedenen Theorien zu diesem Thema. Tillia, die schon befürchtete, dass Asconius sich für den Rest des Abends an sie hängen würde, atmete auf, als Athenodoros sich mit einer Verbeugung von Drusilla verabschiedete, sich dem Greis zuwandte, ihm traulich den Arm um die Schulter legte und sich locker plaudernd mit ihm in Richtung Garten entfernte. Tillia war erleichtert, wusste sie doch, dass Athenodoros jeden ihrer Schritte in diesem Haus im Auge behalten würde.

Nun war sie allein mit Drusilla. Während sie noch überlegte, wie sie das Gespräch fortsetzen könnte, schlug diese bereits die Brücke mit der Frage: »War dein Vater Claudius Balbinus nicht unter Nero Statthalter in Ägypten?«

»So ist es.«

»Ich habe viel Gutes über seine Amtsführung gehört.«

»Das freut mich«, erwiderte Tillia. Dieses Lob aus dem Munde der Enkelin Kleopatras war unanfechtbar. Sie würde es an Balbinus weitergeben.

»Dein Schützling Iuvenalis«, fuhr Drusilla fort, »hat nicht nur unsern guten Asconius Pedianus beeindruckt, sondern auch mich. Erzähl mir doch bitte mehr über ihn, seine Herkunft, seinen Werdegang und seine weiteren Ziele.«

Tillia tat es. Drusilla hörte aufmerksam zu und erklärte dann: »Sehr interessant. Auch ich möchte den jungen Dichter gern zu einer meiner Abendgesellschaften einladen. Freilich würde ich – wenn das möglich ist – dabei gerne auf diese schrecklichen Romhymnen verzichten.« Dabei lächelte sie ironisch und Tillia hatte verstanden. Auch sie mochte diese pathetischen Schwärmereien von der göttlichen Berufung Roms nicht. »Freilich«, fuhr Drusilla fort, »für das Gros des heutigen Publikums war das genau das Richtige.«

Tillia wechselte das Thema, um ihrem eigentlichen Anliegen näher zu kommen. Vorsichtig fragte sie: »Was ist eigentlich der Anlass für die heutige Feier?«

»Hat man dir das nicht gesagt, Tillia?«

»Nein.«

»Ach!« Drusilla zog erstaunt die Brauen hoch und schwieg einen Augenblick lang. Dann sagte sie: »Sein Geburtstag.«

»Ah-ja.« Tillia zwinkerte. »Nein, davon hat Felix nichts verlauten lassen.«

»Seltsam.«

»Warum?«

»Weil er sich stets damit brüstet, jünger auszusehen, als er wirklich ist.«

Verwundert nahm Tillia zur Kenntnis, dass Drusilla sich ihr gegenüber negativ über ihren ersten Mann äußerte. Während sie noch über den Grund für diese Offenheit nachdachte, fuhr diese bereits fort: »Was hat er dir denn gesagt?« Dabei hielt sie Tillias Gesicht kritisch im Auge.

»Nun, er sprach ganz allgemein von einer festlichen Veranstaltung und fragte nach, ob ich nicht einen gewissen Iuvenalis, von dessen Talenten er gehört habe, dazu bewegen könne, hier und heute etwas darzubieten.«

»Sonst nichts?«

»Nein.« Tillia log ohne jeden Skrupel. Aber sie dachte: Sie weiß ganz genau, dass das nicht stimmt – nicht stimmen kann. Laut sagte sie: »Das war ja ein harter Schicksalsschlag für die junge Feliciana …«

»Oh, das glaube ich kaum.« Tillia sah sie erstaunt an und Drusilla ergänzte lächelnd: »Die beiden – ich meine Feliciana und den jungen Antonius Primus –, sie kannten sich überhaupt nicht. Warum auch? Die übliche Heiratspolitik, wenn es um viel Geld geht.«

»Ich verstehe.« Tillia nickte und rief sich erstaunt in Erinnerung, dass Feliciana doch Drusillas Enkelin war. Aber ganz offensichtlich hatte Drusilla keinen Einfluss mehr auf familiäre Entscheidungen wie zum Beispiel Eheschließungen. Entschied darüber nun ihre Tochter Clementiana? Oder der omnipotente Patriarch Felix? Vielleicht gar Drusilla II?

Tillia suchte in ihrem feinen Gesicht zu lesen. War sie verbittert? Sann sie etwa auf Rache? War sie nur gekommen, um sich ein genaues Bild vom Stand der Beziehungen zwischen den einzelnen Familienmitgliedern zu machen, damit sie dann gezielt gegen den einen oder andern intrigieren konnte? Wie hatte sie eben noch gesagt: »Die übliche Heiratspolitik, wenn es um viel Geld geht …«?

Das Testament! In dieser schillernden Familie schien sich alles um dieses geheimnisvolle Testament zu drehen. Sosehr Tillia es auch verlockte, Drusilla danach zu fragen – ihr Verstand sagte ihr, dass dies unmöglich war. Sie hätte sich mit einem Schlag jede Sympathie verscherzt. Drusilla war nicht irgendwer, sondern die Enkelin der großen Kleopatra! Dennoch spürte Tillia instinktiv: Drusilla schien größtes Interesse daran zu haben, dass diese Erbmasse, bei der es zweifellos um viel Geld ging, nicht in falsche Hände geriet.

XXI

Während Tillia noch darüber nachdachte, wie sie der Lösung des Problems näher kommen könne, sah sie, dass Athenodoros aus dem hinteren Gang, der zum Garten führte, lebhaft winkte. Da im gleichen Augenblick ein älteres Paar direkt auf Drusilla zusteuerte, nutzte Tillia die Gelegenheit, entschuldigte sich höflich bei jener und ging hinüber zu Athenodoros.

»Und?«, fragte sie.

»Du solltest jetzt mit ihm sprechen, bevor …«

»Bevor was? Wen meinst du überhaupt, Doro?«

»Domitius Lucanus.«

»Domitius?«

»Ja. Er ist betrunken und …«

»Das ist mir nicht entgangen.«

»… und darum wird er, nicht wahr, kaum auf das achten, was er sagt, wenn du ihn jetzt direkt angehst.«

»Ich werd's versuchen. Wo ist er?«

»Im Garten.«

»In Ordnung. Dann komm!«

Sie schlenderten möglichst gelassen den Gang entlang, der sich nach zehn, zwölf Schritten zum großen parkähnlichen Garten hin öffnete. Weite Teile des Areals waren von Laternen in anheimelndes Licht getaucht. Sie hingen an jeder der von Efeu umrankten Säulen, die wiederum eine umlaufende Pergola stützten, waren kunstvoll im Geäst einiger Bäume und größerer Büsche versteckt und gaukelten Frieden und Sicherheit vor.

Tillia fröstelte. Sie zog sich das Seidentuch enger um den Hals. Athenodoros ging langsam voraus und strebte zu einer Marmorbank unter einer großen Zypresse. Dort saß Domitius Lucanus, lässig zurückgelehnt, ein Bein übergeschlagen, und ließ sich gerade von einem Sklaven die Silberschale mit Wein füllen.

Er bemerkte die beiden und rief: »Ah! Tillia Capriola, die Muse der jungen Dichter!« Dazu hob er, wie Parmenion in der *Medea,* emphatisch die freie Hand und fuhr ironisch fort, die Hymne Melinnos parodierend:

»Gegrüßet seist du mir, Tillia, Tochter Apollons,
mit goldenem Gürtel geschmückt, kampfgemut, Herrin,
die du auf Erden bewohnst die lauten Gefilde
des Argiletums, unzerstörbar für immer ...«

Tillia warf Athenodoros einen kurzen Blick zu: Woher wusste der Mann, dass sie im Argiletum wohnte? Zugleich registrierte sie, dass sich Domitius in jenem überwachen Zustand befand, der sich zu Beginn der Trunkenheit für eine gewisse Zeit einstellen kann, bis er dann allmählich von der Apathie verdrängt wird.

»Darf ich mir erlauben die edle Herrin und ihren Begleiter sssu bitten neben mir Platz sssu nehmen?« Er begann bereits zu lallen und die Silben ineinander zu ziehen; seine hellblauen Augen stierten Tillia an, ohne sie wirklich wahrzunehmen. Scheinbar energisch fuhr er fort: »Komm, sssetz dich sssu mir, kluge Tochter Apollons! Und du auch, du Er... du Erretter kaiserlicher Ärsche!«

Hätte Athenodoros nicht gewusst, wie wichtig das, was

dieser Mann in wenigen Augenblicken vielleicht von sich geben würde, für Tillia sein konnte – er hätte auf der Stelle das Weite gesucht. Nichts verabscheute er mehr als den Verlust der Kontrolle eines Mannes über sich selbst – zumal vor den Augen und Ohren Fremder. Und für ihn waren sie fremd. Oder etwa nicht?

»Der … der Junge hat mir gefallen, Tillia«, nuschelte Domitius und nahm einen weiteren Schluck. »Ich l-liebe junge Leute, die offen … die offensich'lich über die Kraf … die über die Kraft verfügen, die also in der La… in der Lage sind, sich aus … aus eigener Kraft nach oben sssu bringen – oder wie sssiehs' du das, Mädchen?«

»Ganz deiner Meinung, Domitius.« Tillia nickte ihm zu und streifte Athenodoros mit einem Blick. Sie war gewillt jeder noch so abstrusen Behauptung, die Domitius von sich geben würde, beizupflichten, wusste sie doch nur zu gut: Ein betrunkener Mann suchte bei allem, was er sagte, die Zustimmung seines Gesprächspartners, selbst dann – oder erst recht –, wenn es sich dabei um eine Frau handelte.

Schon fuhr Domitius lallend fort: »Wahr… wahrscheinlich hat sssie sich schon an … an dich gewandt mit der Bitte den jungen Dichter demnächs' einmal an sie aus … an sie auszuleihen. Oder hat sssie das etwa nicht?« Das Letzte stieß er beinahe zornig hervor.

»Wer?«, fragte Tillia. »Von wem sprichst du?«

Er stierte Tillia wieder an. »Von wem ich spreche? Natü'lich von Drusilla! Meiner …«, er lachte höhnisch auf, »meiner göttlichen Schwiegermutter Drusilla, der Enkelin der Isis! Hat sie's oder hat sie's nicht?«

»Sie hat.«

»Sssag ich doch, sssag ich doch.« Er nickte mehrmals und kicherte vor sich hin.

Tillia setzte sich neben ihn, Athenodoros blieb stehen. Prompt schaute Domitius hoch und erklärte:

»Sssetz dich doch sssu uns, Junge! Im Stehen is' nich' gut trinken!«

Er hob einladend die Schale und wollte schon einen der bedienenden Sklaven veranlassen Wein für Athenodoros zu bringen, als dieser lächelnd erklärte: »Danke, Domitius. Ich brauche unbedingt Bewegung und möchte etwas auf und ab gehen. Bis später.«

Athenodoros zwinkerte Tillia zu. Sie verstand: Er wollte die Umgebung im Auge behalten. Außerdem war es besser, wenn sie allein mit Domitius redete. Der Arzt musste gespürt haben, dass Domitius Vertrauen zu ihr gefasst hatte. Deshalb auch die flapsigen Äußerungen. Langsam schlenderte Athenodoros davon.

Domitius winkte nun doch den Sklaven heran und befahl ihm für Tillia eine Schale Wein zu holen. Dann stieß er mit Tillia an – »Prosit, Herrin des Argiletums!« – und sie nahm einen kräftigen Schluck.

»Sssag ich doch ...«, wiederholte Domitius zusammenhanglos nuschelnd seine Bemerkung über Drusilla. Tillia ging nicht darauf ein, denn ein Gespräch über die aristokratisch musischen Interessen der Kleopatra-Enkelin würde sie nicht weiterbringen. Da im Übrigen abzusehen war, dass Domitius nicht mehr lange würde klar denken können, wechselte sie das Thema und begann mitfühlend: »Das war sicherlich ein harter Schlag für Antonius Primus, den Vater des Ermordeten ...«

»Wie? Ein harter Schlag?« Domitius hob den Blick, sah sie an und grinste. In diesem Augenblick erschien er Tillia vollkommen nüchtern. Seine Augen waren stark gerötet, die dunklen Schatten darunter verrieten, dass er seinen Kummer mit reichlichem Weinkonsum zu ertränken gewohnt war.

»Allerdings ...«, fuhr er fort und lachte höhnisch auf, »denn jetzt sitzt er endgültig und unwiderruflich auf dem Trockenen!«

Die letzte Formulierung schien von ganz persönlichen Hassgefühlen motiviert zu sein. Tillia überschlug noch einmal alle Möglichkeiten und folgerte erneut, dass es um viel Geld, ja um ein Vermögen gehen musste. Aber was hatte Antonius Primus damit zu tun?

Sie machte ein überraschtes Gesicht, zwinkerte lebhaft und wiederholte erstaunt: »Antonius Primus auf dem Trockenen? Aber Domitius! Primus ist doch ein wohl situierter Mann!«

»Ha!« Domitius lachte belustigt auf und stellte die Schale so schwungvoll neben sich auf der Bank ab, dass der Wein überschwappte. Dann beugte er sich ganz nahe zu Tillia herüber – sie roch den süßsauren Odem des Weines aus seinem Mund – und sagte leise: »Da bis' du aber vollkommen falsch unterrichtet, du edle Freundin der Musen. Der große Antonius Primus senior steht vor dem Ruin!«

»Nein!«

»Aber ja doch!«

»Ich kann's nicht glauben!«

»Dabei hatte er alles ssso schön ein … ssso schön eingefädelt.«

»Du meinst die Hochzeit seines Sohnes mit deiner Tochter Feliciana?«

»Genau das.«

»Warst du denn gegen diese Ehe?«

»Ich? Aller… allerdings.« Er rülpste und nahm einen Schluck Wein.

»Warum?«, fragte Tillia und sah ihn mit höchster Aufmerksamkeit an.

Und er: »Weil der alte Knabe auf diesem Wege am bequemsten an das Testament herangekommen wäre.«

»Ich verstehe.« Tillia nickte betont beifällig und schloss scheinbar sachlich: »Antonius Felix ist nicht mehr der Jüngste und da steht durchaus zu befürchten, dass er …«

»Felix?« Domitius riss erstaunt den Mund auf. »Wie komms' du denn auf Felix? Dem geht's doch nicht viel besser als Primus!«

»Ach!«

»Wie? Ja, er lebt genauso über ssseine Verhältnisse. Alle in dieser verdammten Sippschaft leben über ihre Verhältnisse!«

»Du auch?«

Das war gewagt, doch Domitius antwortete auf der Stelle: »Wie? Ja, natü'lich, Mädchen, natü'lich!« Er lachte böse.

»Ja, aber ...« Sie musste sein derzeitiges Mitteilungsbedürfnis ausnutzen und hakte nach: »Soviel ich weiß, betreibst du doch vor der Stadt recht erfolgreich eine Ziegelei und bist als Subunternehmer am Bau des Neuen Amphitheaters beteiligt! Deine Geschäfte gehen gut!« Sie hatte das unlängst beiläufig von Perdikkas erfahren.

»Ja, ja, die Geschäfte gehen gut ...«

»Aber?«

Da schaute er sie offen an und sein Gesicht überschattete sich: »Ich kann ssso viel hereinholen, wie ich will, es is' immer sssu wenig.«

Tillia ging aufs Ganze: »Du meinst: Deine Frau Clementiana gibt mehr aus, als du beibringen kannst ...«

»So is' es, genau so.« Er trank wieder.

»Und dieses Testament ... du hättest auch Vorteile davon gehabt?«

»Natü'lich, Mädchen, natü'lich!«

»Das verstehe ich nicht.«

»Wieso verstehs' du das nich'? Is' doch ganz einfach. Es enthält eine gewisse Klau... eine Klausel, und die besagt, dass das gesamte Vermögen in den Besitz desjenigen Enkels übergeht, der als Erster heiratet.«

»Ich verstehe.« Sie verstand überhaupt nichts. Sie wollte gerade eine entsprechende Frage stellen, als sich vom Haus her Celementiana näherte. Ihr Gesicht verkündete nichts Gutes für Domitius.

Tillia erhob sich, betrachtete ihn lächelnd und sagte: »Es war nett, mit dir zu plaudern, Domitius.«

»Wie?« Jetzt erst bemerkte er seine Frau und grinste Tillia an. »Ganz meinerseits, Tillia, ganz mei…« Und dann wiederholte er einen Teil des letzten Satzes: »Vergiss nich': der als Erster …! Verstehs' du? Als Erster!«

»Ja genau. Bis später, Domitius.«

Clementiana sah sie mit einem falschen Lächeln an und säuselte: »Ein sehr schöner Abend, nicht wahr, Tillia Capriola?«

»Durchaus, ja. Und so nette Gäste!«

»Ja. Mein Vater versteht es immer wieder, die richtigen Leute zusammenzubringen.«

»So ist es.«

»Schön, dass du diesen jungen Dichter unter deine Fittiche genommen hast, Tillia. Sie haben's ja nicht leicht heutzutage.«

»Wem sagst du das!«

»Würde er sich vielleicht dazu bereit finden, auch einmal in meinem Hause …?«

»Ich werde ihn fragen.«

»Oh, bitte, tu das!«

»Gern. Wenn du mich nun entschuldigen würdest. Ich muss mir die Füße vertreten. Das lange Sitzen …«

»Natürlich. Wir sehen uns ja noch …«

Tillia neigte leicht den Kopf und ging mit einem Lächeln davon.

XXII

Einige Laternen waren bereits verlöscht und man hatte sie nicht wieder angezündet. Weite Teile des Geländes lagen in nachtschwarzem Dunkel. Wo war Athenodoros?

Nach einigen Schritten blieb Tillia stehen und schaute zurück. Clementiana saß neben Domitius auf der Bank und redete erregt auf ihn ein. Wahrscheinlich wollte sie herausfinden, worüber er mit ihr, Tillia, gesprochen hatte.

Sie ging langsam weiter und staunte: Der parkähnliche Garten war viel größer, als sie ihn sich vorgestellt hatte. Er musste schon zu einer Zeit angelegt worden sein, als dieser Teil des Marsfeldes noch weithin unbebaut gewesen war – also vor fast hundert Jahren. Es würde sie interessieren, wer vor Felix der Besitzer gewesen war. Sie sollte Felix gelegentlich danach fragen.

Rechts vor ihr, etwas zurückversetzt, stand noch eine Bank neben großen Büschen. Sie bemerkte flache Sitzkissen. Eines davon stellte sie gegen die steinerne Lehne und nahm Platz. Es wurde schon kühler. Sie zog sich das Halstuch enger und legte die Stoffbahnen der Palla so, dass deren Falten breit aufeinander lagen und sie wärmten. Sie zwinkerte und blickte in die Dunkelheit um sich herum. Niemand war in der Nähe. Von der Villa her kam lautes Gelächter. Auch ausgelassenes Kreischen von Frauen. Wahrscheinlich hatte man Iuvenalis gebeten, weitere Sarkasmen über das alltägliche Leben von sich zu geben. Sie wusste: Iuvenalis hatte heute Abend seine große Stunde gehabt. Er würde sich in nächster Zeit vor Einladungen kaum retten können. »Guter Junge«, sagte Tillia leise. Sie liebte ihn wie einen Sohn und freute sich über seinen Erfolg. Da würde wohl auch bald Pollius Valerianus sein verlegerisches Interesse anmelden. Sie konnte ja gelegentlich mit dem cleveren Buchhändler über diese Dinge reden. »Und ich muss auf den Jungen aufpassen, dass ihm der Erfolg nicht zu Kopf steigt. Er ist so unglaublich spontan! Aber das werde ich ihm wohl nie abgewöhnen können. Es ist sein Wesen und macht einen Teil seines Charmes aus. Trotzdem muss ich ihn einmal darauf hinweisen.«

Als sie sich allmählich an die Dunkelheit gewöhnt hatte, bemerkte sie einige Fledermäuse, die lautlos und mit unglaublicher Eleganz zwischen den Bäumen hin und her huschten, auf der Jagd nach Insekten. Abgesehen vom Lärm aus dem Haus war es hier vollkommen still. Sie dachte nach und sah das traurige Gesicht von Domitius vor sich. Das Testament! Domitius hätte ihr mit dem nächsten Satz die Zusammenhänge erklärt, wenn nicht in diesem Augenblick seine Frau Clementiana aufgetaucht wäre. Schade. Aber einen wichtigen Punkt hatte sie geklärt: Bei dem Vermächtnis handelte es sich nicht um den letzten Willen von Felix.

»Gute Göttin! Wer hätte das gedacht: Auch Felix lebt über seine Verhältnisse! Domitius hatte keinen Grund, dies einfach nur zu erfinden, dazu ist er zu betrunken. Und Betrunkene sprechen hemmungslos die Wahrheit aus. Im Übrigen hasst er Antonius Primus!«

Sie dachte nach und zog schließlich die Möglichkeit in Betracht, dass auch Antonius Primus sich begründete

Hoffnung gemacht hatte, irgendwie – über seinen Sohn – an das Vermögen, das seine Schwiegertochter am Tage der Hochzeit erben würde, heranzukommen. Der gleiche Wunsch hatte wohl auch den armen Domitius beseelt: »Und nun stehen sie beide mit leeren Händen da!« Sie schüttelte den Kopf.

Wie lange sie auch angestrengt nachdachte, sie kam der Lösung des Geheimnisses nicht näher, um wen es sich denn bei dem geheimnisvollen Erblasser handeln könnte. Felix schied nach der Äußerung von Domitius klar aus. Und wen gab es sonst noch? Etwa Drusilla? Tillia zwinkerte: »Das kann ich mir nicht vorstellen. Drusilla ist ununterbrochen damit beschäftigt, die Erinnerung an ihre hehre königliche Abstammung am Leben zu erhalten. Außerdem ist sie eine geschiedene Frau. Und Felix wird es verstanden haben, das Vermögen, falls sie denn einst ein solches in die Ehe eingebracht haben sollte, mit allen möglichen Tricks vor Gericht zu relativieren und seine Ansprüche herauszustreichen …«

Im Übrigen ging Tillia davon aus, dass Drusilla I außer ihrer hohen Herkunft kaum materielle Güter von Bedeutung als Mitgift von ihren Eltern erhalten hatte. Wie denn auch? Ihr Vater, König Iuba II. von Mauretanien, hatte das Reich an seinen Sohn Ptolemaios vererbt; dieser aber war von Caligula ermordet, sein Vermögen zu kaiserlichem Eigentum erklärt und eingezogen worden; und von ihrer Mutter Selene, einer Tochter Kleopatras und Marcus Antonius', war ohnehin nichts mehr zu erben – außer dem großen Namen und dem Wissen von Ptolemäern abzustammen.

Tillia schaute sich um. Einzelne Paare gingen durch den Park. Auch Gruppen von drei oder vier Personen. Man unterhielt sich leise. In einer Gruppe meinte sie Felix und Asinius Gallus erkannt zu haben. Felix stützte sich beim Gehen schwer auf seinen Stock und ein Sklave schritt neben ihm, um ihm jederzeit behilflich zu sein. Doro war nicht dabei. Wo war er nur geblieben?

Gedankenverloren starrte Tillia auf den Kiesweg. Sie seufzte. Alles, was sie in den letzten Tagen, vor dem Gespräch mit Domitius, beobachtet oder erfahren hatte, war kaum mit diesen familiären Verwicklungen in Einklang zu bringen. Mehr und mehr neigte sie dazu, ihre Erkenntnisse zwei verschiedenen Geschichten zuzuordnen: »Diese Einbrüche bei mir und bei Doro – und sie sind ohne Zweifel vom gleichen Täter begangen worden – scheinen in keinem Bezug zu dem zu stehen, was Domitius eben von sich gegeben hat. Gute Göttin! Der Mann kann einem wirklich Leid tun. Warum musste im entscheidenden Augenblick ausgerechnet diese widerliche Clementiana dazwischenfahren! Schon im nächsten Satz hätte er den Namen des Erblassers genannt!« Sie hatte diese Person von Anfang an nicht gemocht: Clementiana hielt sich für schön, war herrisch und eitel bis zur Blasiertheit.

Tillia dachte weiter laut nach: »Asinius Gallus! Er passt überhaupt nicht in diese Gesellschaft. Und er ist ohne Begleitung erschienen. Auch das ist seltsam, denn alle anderen Gäste ... Wahrscheinlich könnte auch er mir einiges erzählen ... Und was ist mit Antonius Primus? Am Rande des Ruins? Kaum zu glauben. Wie die Leute doch immer wieder bestrebt sind ihr wohlanständiges Bild vor der Gesellschaft aufrechtzuerhalten. Dabei ist er dir durchaus sympathisch, Tillia. Aber das hat nichts mit dem wahren Stand der Dinge zu tun. Die Gerüchte über Primus besagen ja unter anderem, dass er stets über seine Verhältnisse lebte. Das bestätigte doch auch Caenis neulich – oder nicht?« Sie wusste nicht mehr genau, ob die Freundin sich in dieser Richtung geäußert hatte. »Aber Domitius sagte, Primus habe seine zerrütteten Vermögensverhältnisse mit Hilfe dieses ominösen Testaments sanieren wollen. Wie er selbst. Und Domitius hat keinen Grund solche Behauptungen einfach zu erfinden. – Und dann Felix! Am Ende stimmt auch, was Domitius über ihn sagte, dass er ebenfalls vor dem Ruin steht. Ich muss mit Felix darüber reden. Ich habe genügend Druckmittel in der Hand, um ihn zum Sprechen zu bringen. Er kann jetzt nicht mehr kneifen.«

Trotz der Kissen strahlte die Kälte des Marmors auf Gesäß, Beine und Rücken ab. Ihre Hüfte begann wieder zu schmerzen. Tillia stand auf und reckte sich. Da knackte es unmittelbar hinter der Bank im Gebüsch. Erschrocken fuhr sie herum, hielt den Atem an und lauschte. Wieder knisterte es. Sie starrte in die Dunkelheit. Eine Gruppe von hohen Sträuchern lag zwischen ihr und dem nächsten, parallel verlaufenden Weg. Sie meinte zu hören, wie sich jemand mit schnellen Schritten auf dem anschließenden Pfad entfernte. Oder bildete sie sich das nur ein? »Gute Göttin!«, flüsterte Tillia und fuhr sich mit der Hand über die Stirn. Wahrscheinlich war es nur eine Amsel gewesen, die im Laub rumorte, eine Maus, ein Wiesel oder was für ein Nachtgetier auch immer.

Doch die Unruhe blieb. Der Unbekannte fiel ihr ein, der sie bei ihren Gängen durch die Stadt beschattet hatte. War er etwa im Park? Hier gab es viele Möglichkeiten, sich zu verstecken. Aber wie sollte er hereingekommen sein? Das Gelände war bestimmt von einer hohen Mauer umgeben und grenzte an andere, ähnlich gesicherte Besitztümer, die sich ebenfalls zur Straße hin mit fensterlosen Außenfronten, hohen Mauern oder Zäunen abgrenzten. Außerdem hielten die Jungs von Perdikkas alle Zu- und Eingänge ständig im Auge. Und sie kannten das Äußere dieser Person! Tillia beruhigte sich: »Eigentlich kann kein Fremder unbemerkt in diesen Garten eindringen … Es sei denn, es handelt sich dabei gar nicht um einen Fremden, sondern um einen von Felix' Gästen!«

Bei diesem Gedanken erschrak sie nachhaltig: »Gute Göttin! Dann müsste ich die Person ja vor oder nach dem Essen im Atrium gesehen haben! Vielleicht lag sie mit mir sogar zu Tisch?« Aber wer konnte das sein? Etwa doch Asinius? Asinius war Angehöriger der Prätorianer, und es war ein Prätorianer gewesen, der beide Wohnungen durchsucht hatte. »Unsinn!«, stieß sie hervor. »Vollkommen absurd! Du musst einen kühlen Kopf behalten, Tillia! Ein Asinius Gallus würde sich niemals dazu hergeben, am hellen Tag vermummt in fremde Wohnungen einzubrechen, um nach einem Dolch und einer Maske zu suchen – in wessen Auftrag auch immer. Asinius ist Kommandeur einer Kohorte! Einer Prätorianerkohorte!«

Vorsichtig, fast lautlos Fuß vor Fuß setzend, entfernte sie sich einige Schritte von der Marmorbank und lauschte wieder mit angehaltenem Atem. Alles war nun ruhig. Nichts raschelte im Laub, kein Zweig knackte. Während sie noch überlegte, in welche Richtung sie gehen sollte – zurück zur Villa oder weiter in den Park –, hörte sie einen gellenden Schrei! Er kam aus der dunklen Tiefe des Parks. Sie schaute hinüber, konnte aber nichts erkennen. Dann hörte sie schnelle hastende Schritte, als ob mehrere Personen davonliefen oder jemanden verfolgten. Völlig vergessend, dass sie allein und schutzlos war, lief sie in die Richtung, aus der dieser fürchterliche Schrei gekommen war. Der Garten ging hier in einen verwilderten Hain über. Im fahlen Mondlicht erblickte sie uralte Pinien und Zypressen, auch hochstämmige Laubbäume, vielleicht Kastanien oder Platanen.

Sie folgte dem Weg, so schnell es ihre schmerzende Hüfte und die schlechten Lichtverhältnisse erlaubten. Immer wieder schlugen ihr Zweige von wuchernden Büschen ins Gesicht, doch sie achtete nicht darauf. Endlich erkannte sie voraus das Licht von Laternen. Sie eilte darauf zu und erreichte einen freien Platz, eine Art Lichtung, an deren Rand sie einen runden, offenen Pavillon ausmachte. Fackeln waren an dessen Säulen angebracht.

Ihr Licht beleuchtete eine wilde Szene: Am Boden lag eine Gestalt, es war Felix. Unmittelbar daneben standen sich zwei Männer in Kampfstellung gegenüber. Einer von ihnen war Asinius Gallus. Der andere belauerte ihn, tänzelte, leicht vorgebeugt, in der Rechten einen Dolch, vor und zurück und stieß immer wieder in plötzlichen Attacken vor. Asinius parierte geschickt, indem er die Stöße mit seiner Toga abfing. Dann, bei einem erneuten Hieb, senkte er blitzschnell den Arm. Die Waffe verfing sich in den Stoffbahnen. Fast im selben Augenblick versetzte Asinius dem Gegner einen ungeheuren Faustschlag auf das Handgelenk. Der Angreifer ließ den Dolch los. Asinius ergriff ihn, stieß zurück und traf den Gegner am linken Oberarm und mit einem zweiten Hieb in der Seite. Der Mann schrie auf, starrte Asinius offenen Mundes an und ging langsam zu Boden. Den Dolch in der Hand, beugte sich Asinius über ihn, bereit, jederzeit erneut zuzustechen.

Athenodoros ging zu Felix, kniete neben ihm nieder und tastete seinen Arm ab.

»Bei den Göttern!«, stieß Tillia hervor. »Doro! Was ist hier geschehen?«

Athenodoros blickte kurz zu ihr hoch und erklärte: »Ein Mordanschlag auf Antonius Felix.« Er wandte sich wieder Felix zu und half ihm auf die Beine zu kommen. Zwei Sklaven griffen vorsichtig mit zu.

»Ist Felix verletzt?«, fragte Tillia besorgt.

»Leicht, am Arm. Schlimmeres konnte Asinius Gallus verhindern.«

Als Felix endlich stand und Tillia anschaute, blickte sie in das Gesicht eines Greises. Immer noch standen ihm

Schreck und Todesangst in den Augen. Seine Hände zitterten. Er wandte sich an Asinius und sagte leise: »Das werde ich dir nie vergessen, Tribun!«

Asinius – er hielt immer noch den Dolch in der Rechten – nickte nur kurz und bat Athenodoros sich nun den Mann anzusehen, den er außer Gefecht gesetzt hatte.

Athenodoros beugte sich zu ihm hinunter und tastete den Körper des Liegenden ab. Als er dessen rechten Arm berührte, zuckte er zur Seite.

»Fackeln!«, befahl Athenodoros. Sofort eilten zwei Sklaven zu den Säulen, rissen die Fackeln herunter und traten neben den am Boden Liegenden. Im flackernden Licht erkannten alle eine tiefe, stark blutende Wunde am rechten Oberarm des Liegenden. Auch an der Seite trat Blut aus. Asinius hatte ihn hart getroffen.

Athenodoros erhob sich wieder und fragte Felix, wohin man den Verletzten bringen könne.

Und Felix, herrisch: »In den Sklaventrakt des Hauses! Nehmt den Hintereingang!« Er war offensichtlich bemüht, seine Selbstkontrolle zurückzugewinnen, und fügte streng hinzu: »Bindet ihn!«

Das geschah. Man benutzte dazu den Gürtel eines der Diener.

Athenodoros wandte sich an Felix: »Ich, äh, ich brauche Essig, nicht wahr, und Kamille!«

Felix nickte: »Man wird sich darum kümmern.« Und zu den Sklaven: »Ihr habt's gehört! Wendet euch an Polybios. Außerdem wird der Raum bewacht. Von Bewaffneten! Der Bursche darf nicht entkommen!«

Bevor Athenodoros sich mit dem Verletzten und den Sklaven entfernte, sah er Felix ernst an und sagte: »Du solltest dich hinlegen, nicht wahr. Ich werde nach dir sehen, sobald ich diesen Mann versorgt habe. Seine Wunde blutet stark. Ich muss so schnell wie möglich den Blutfluss stoppen. Sonst besteht Gefahr, dass er verblutet.

Und ich gehe davon aus, nicht wahr, dass du später einige Fragen an ihn hast.«

»In Ordnung, Athenodoros. Tu deine Pflicht als Arzt, der ohne Ansehen der Person zu helfen hat. – Tillia!«

Sie blickte ihn an.

»Ich möchte mit dir sprechen. Gleich!«

Es klang wie ein Befehl und gerade das passte Tillia überhaupt nicht. Sie reckte sich und erklärte: »In Ordnung, Felix. Aber zuvor möchte ich mit Asinius Gallus reden!« Sie sah Felix mit jenem Gesichtsausdruck an, den alle ihre Bekannten fürchteten und der besagte, dass sie keinen Widerspruch duldete. »Und zwar unter vier Augen!«, fügte sie hinzu. »Danach können wir miteinander sprechen.«

Felix, in keiner Weise mehr Herr der Situation, schloss die Lider bis auf einen Spalt und musterte sie misstrauisch, ja fast feindselig. Doch nicht lange, dann nickte er ergeben, wandte sich ab und folgte langsam den Übrigen, sich schwer auf seinen Stock aufstützend.

XXIII

Tillia war nun mit Asinius Gallus allein. Obwohl sie seine Gesichtszüge in der Dunkelheit nicht erkennen konnte, wusste sie, dass jetzt ein jungenhaftes Lächeln um seine Mundwinkel spielte.

»Du willst mit mir sprechen, Tillia Capriola …«, begann er und sie lauschte dem sympathischen Klang seiner sonoren Stimme.

»So ist es.« Sie zwinkerte lebhaft. »Du … du hast den Dolch noch?«

»Sicher. Hier!« Er hielt ihn in die Höhe.

»Er ist nicht der deinige?«

»Natürlich nicht. Warum fragst du?«

Sie gab darauf keine Antwort, sondern fuhr fort: »Darf ich dich bitten mit mir zu der Bank dort drüben zu gehen?« Sie zeigte in die Richtung, aus der sie gekommen war.

»Warum?«

»Ich möchte mir den Dolch anschauen, und das Licht der Laternen wird dazu ausreichen.«

»Ich verstehe nicht …«

»Oh, das macht nichts, Asinius, das macht nichts.«

Sie ging voraus, er folgte ihr, hatte sie nach wenigen Augenblicken eingeholt und meinte: »Ein wunderschöner Abend, nicht wahr? Bis auf diesen schlimmen Zwischenfall!«

»Durchaus, ja«, pflichtete sie bei. »Aber damit hast du ja wohl gerechnet.«

»Wie bitte?«

»Warum wärst du sonst hier?«

Darauf antwortete er nicht, sie hatte es auch nicht erwartet.

Die Kissen lagen immer noch in der Anordnung wie vor einer Viertelstunde. Auch die Lampen brannten. Tillia ließ sich mit einem Seufzer auf der Bank nieder, rückte die Kissen zurecht, legte die Falten ihrer Palla so, dass sie die Oberschenkel wärmten, und lehnte sich zurück. Asinius Gallus ließ sich neben ihr nieder und schlug die Beine übereinander. Den Dolch legte er behutsam zwischen sich und Tillia auf die Bank.

»Also«, begann er, »worum geht es?«

Tillia schaute eine Weile in den dunklen Park und sagte dann: »Mein lieber Asinius Gallus! Ich darf wohl davon ausgehen, dass du über die Herkunft dieses Dolches«, sie zeigte auf die Waffe, »nicht unterrichtet bist?«

»Ich verstehe nicht, worauf du hinauswillst, Tillia.«

»Darf ich ihn mir einmal ansehen?«

»Aber bitte!«

Sie griff nach der Waffe, stand auf, trat in den Lichtschein der nächsten Laterne und begutachtete eingehend die Klinge, die keine Blutspuren mehr aufwies. Jemand musste sie schon abgewischt haben. Sie ging noch näher an die Lichtquelle heran, hielt die Klinge direkt vor die Augen, fuhr mit der Spitze des Zeigefingers mehrmals darüber und nickte befriedigt. Dann wandte sie sich um und sagte: »Kannst du die Laterne einmal aus dem Geäst herunterholen?«

»Wenn es sein muss …«, sagte Asinius und tat ihr den Gefallen.

»Öffne bitte das Türchen!«

»Warum das denn?«

»Das wirst du gleich sehen, Asinius Gallus. Bitte!«

Sie wartete, bis die Klappe offen war, hielt die Klinge über die Flamme, bewegte sie dabei mehrmals hin und her und führte dieselbe Prozedur mit der Rückseite durch. Beide Klingenflächen waren nun verrußt.

»Danke, das genügt. Du kannst die Klappe wieder schließen. Halte die Lampe aber bereit! Hast du irgendein Stück Stoff dabei?«

Asinius griff in den Ärmel seiner Toga und holte ein kleines Tuch hervor, das gemeinhin zum Schnäuzen gedacht war.

»Bitte!« Er reichte es ihr. »Es ist noch unbenutzt.«

»Danke. Wenn du nun die Lampe noch etwas näher …«

Er tat es und verfolgte neugierig, wie Tillia mit einem Zipfel des Tuchs vorsichtig über beide Seiten der Klinge wischte und dann eine bestimmte Stelle in Augenschein nahm.

»Bitte, noch mehr heran! Danke, das genügt.«

Asinius hielt die Lampe so nahe wie möglich und Tillia betrachtete mit zusammengekniffenen Augen die schimmernden Metallflächen der Klinge. Sie nickte befriedigt und buchstabierte: »D … O … M … C … O … R … B …«

»DOMCORB …?« Asinius sah sie fragend an. »Was soll das bedeuten?«

Tillia reichte ihm den Dolch: »Hier! Lies selbst!«

Sie nahm ihm die Lampe ab und hielt sie so, dass er die Schrift gut erkennen konnte. Asinius beugte sich darüber und sprach lautlos mit den Lippen die Buchstaben nach. Schließlich erklärte er sachlich: »Offensichtlich handelt es sich hierbei um die Abkürzung eines Namens – oder?«

Tillia nickte: »So ist es: *Domitius Corbulus.*« Sie behielt sein Gesicht kritisch im Auge, konnte aber keine Überraschung darauf feststellen. Entweder wusste er mit dem Namen wirklich nichts anzufangen oder er war imstande seine Verblüffung vor ihr vollkommen zu verbergen.

Sie stellte die Lampe neben sich auf die Bank und sah ihn aus nächster Nähe an: Er hatte ungemein feine Züge, seine Nase war schmal und gerade, die Brauen zeichneten elegante Bögen zu den Schläfen hin, die Lippen, scharf konturiert und nicht unsinnlich, erinnerten sie an Crescens, das Kinn drückte große Willensstärke und Entschlusskraft aus, sein Blick aus den dunklen, fast schwarzen Augen ruhte gelassen und doch neugierig auf ihr. Sie zwinkerte lebhaft und erklärte nicht ohne Strenge: »Bevor ich dich in die – nun, ich will es so sagen: in gewisse Hintergründe dieser Geschichte einweihe, hätte ich einige Fragen an dich …« Er nickte dazu beifällig. »Wobei ich allerdings größten Wert darauf lege, dass du sie mir offen und ehrlich beantwortest.«

Sie sah, wie ein geradezu schelmisches Lächeln über sein Gesicht huschte, und schloss daraus, dass er durchaus mehr über die Zusammenhänge wusste, als er bisher bereit gewesen war zuzugeben.

»Bitte, Tillia, frage nur!« Er lehnte sich zurück, ließ sie aber nicht aus den Augen.

»Gut …« Sie legte die Hände im Schoß aufeinander. »Du kennst den eigentlichen Grund, weshalb ich heute Abend hier bin?«

»Ja, durchaus.«

»Aha. Woher – oder besser: Wer hat dich in Kenntnis gesetzt?«

»Jemand, der in großer Sorge ist, dass dir etwas zustoßen könnte.«

»Caenis?« Sie forschte in seinem Gesicht und hoffte, er

werde die Frage bejahen, denn das würde sie beruhigen.

Doch er wich aus, indem er erklärte: »Das kann ich dir, falls überhaupt, erst verraten, wenn ich – wie ich schon betonte – mehr von dir erfahren habe, Tillia Capriola.«

»Warum zögerst du, Asinius Gallus?«

Und er: »Weil allerhöchste Interessen auf dem Spiel stehen, wenn du verstehst, was ich meine.« Sie schwieg beharrlich und er fuhr fort: »Ich muss mehr wissen von dir. Ich muss vor allem wissen, wie weit du bei deinen Ermittlungen zum eigentlichen Kern der Verbrechen vorgestoßen bist. Darum bitte ich dich um Verständnis dafür, dass ich im Augenblick nicht mehr sagen kann.«

»Das ist nicht fair, Asinius. Erwartest du doch von mir, dass ich mein Wissen vor dir ausbreite.«

Er lächelte ihr freundlich zu. »Machen wir es doch so: Wir stellen einander gezielte Fragen und jeder entscheidet, ob er sie beantworten kann, ohne sich damit zu weit aus dem Fenster zu lehnen.«

»Einverstanden.« Sie nickte. »Dann fang an, Asinius Gallus!« Sie ging nämlich davon aus, dass jede seiner Fragen etwas über seinen Wissensstand in der konkreten Angelegenheit verraten musste.

Er eröffnete also das Spiel: »Du weißt, was DOMCORB bedeutet?«

»Durchaus, ja.«

»Nämlich?«

»Domitius Corbulus!«

»Wie bist du darauf gekommen?«

»Berufsgeheimnis!« Sie grinste ihn an, denn sie war nicht gewillt, die einzelnen Schritte ihrer Recherchen darzulegen, solange er selbst beharrlich über die seinen schwieg.

»Nun gut …« Er lehnte sich zurück und lächelte. »Dann weißt du also auch, woher dieser Dolch stammt?«

»Allerdings!«

»Und du kennst auch die Herkunft der Mordwaffe aus dem Theater des Pompeius?«

»So ist es.«

»Nämlich?«

»Beide Messer stammen aus dem Haushalt eines gewissen Domitius Corbulo, genauer: des Gnaeus Domitius Corbulo.«

»Aber der Mann ist doch seit Jahren tot!«

»Gewiss. Er setzte während der Griechenlandreise Neros seinem Leben ein Ende. Die Gründe dafür sind allseits bekannt.«

»Und wie kommen diese Messer aus dem Haushalt Corbulos in die Hand des Mörders?«

Sie zögerte und erklärte schließlich: »Mein lieber Asinius Gallus! Bevor ich darauf eingehe, beantworte mir diese Frage: Warum bist du wirklich hier?«

»Wie ich schon sagte, ist jemand ernsthaft um deine Sicherheit besorgt.«

»Lassen wir das, so kommen wir nicht weiter.« Sie dachte konzentriert nach, wie sie ihn in die Enge treiben konnte, und fragte: »Hat Antonius Felix dich zu dieser Abendveranstaltung eingeladen?«

»Nein.«

»Ach! Und wieso bist du dann hier?«

»Auf höheren Befehl.«

»Aha. Und warum?«

»Wie ich schon sagte, ist jemand um deine Sicherheit besorgt.«

»Gut ... Nehmen wir einmal an, das, was du sagst, würde stimmen: Wie konntest du dies Antonius Felix plausibel machen?«

»Dazu bedurfte es keiner Überredungskünste, da er selbst große Gefahr für dich aufziehen sah und voller Skrupel war, dir könnte etwas in seinem Hause zustoßen.

Und das kann er sich in seiner momentanen Lage nicht leisten.«

»Aber der Anschlag vor einer Viertelstunde galt Felix – nicht mir!«

»Das ist richtig.«

Sie schüttelte den Kopf. »Ich sehe da weder einen Zusammenhang noch erkenne ich ein Motiv!«

»Das tut im Augenblick nichts zur Sache.«

»Oh, ich denke schon, Asinius! Aber lassen wir dies einstweilen beiseite. Eine andere Frage ...«

»Bitte, Tillia!«

»Du kennst den Mörder?«

»Ja.«

»Er ... er ist Angehöriger der Prätorianer?«

»Nein.«

»Nein?« Sie starrte ihn überrascht an und zwinkerte lebhaft, während Asinius schmunzelte.

Schließlich erklärte er: »Er *war* es.«

»Na endlich!«, rief sie. Also waren ihre Überlegungen richtig gewesen. Befriedigt fuhr sie mit der Hand über die Falten der Palla.

»Frierst du?« Er sah sie besorgt an.

»Nein.« Sie lachte auf. »Nicht mehr. Im Gegenteil.«

»Und wie hast du es herausgefunden?«, wollte er wissen.

Sie erklärte es ihm und er pfiff anerkennend durch die Zähne: »Beim Apollo! Das nenne ich genial!«

»Danke! Aber nun sag mir eines: Wie bist du auf seine Spur gekommen?«

Asinius zögerte nicht mit der Antwort: »Ganz einfach. Durch dich!«

»Wie bitte?«

Er räusperte sich. »Ist dir nicht aufgefallen oder hat man dir nicht gemeldet, dass du von mehreren Männern beobachtet – oder sagen wir besser, beschattet wurdest?«

»Durchaus, ja. Und das waren dann ...?«

»Meine Leute!«

»Ah-ja ...« Sie zwinkerte. »Aber weshalb gingst du davon aus, er sei der Mörder des jungen Antonius Primus?«

»Oh, das weiß ich erst seit wenigen Augenblicken. Meine Leute hatten keine Ahnung, mit wem sie es zu tun hatten. Ihr Auftrag war ein ganz anderer.«

»Mich zu beschützen!«

»Genau das.«

»Auf Veranlassung von Caenis!«

»So ist es. Sie war in größter Sorge um dich und fürchtete in Kürze einen weiteren Anschlag des Burschen, diesmal gegen dich.«

»Dazu hätte er doch heute Abend die beste Gelegenheit gehabt! Ich verstehe nicht, warum er es dann auf Felix abgesehen hatte.«

Asinius nickte bedächtig und bekannte: »Ich muss gestehen, ich auch nicht.«

Tillia sah ihn mit großen Augen an: »Aber vor einer halben Stunde, als ich allein auf dieser Bank saß, raschelte es hinter mir im Gebüsch!«

»Das mag durchaus sein. Dort hielten sich zwei meiner Leute versteckt. Du warst nie allein in diesem Garten.«

»Na, wenigstens etwas.« Sie schüttelte den Kopf und fuhr fort: »Ich darf zusammenfassen: Der Mörder von Antonius Primus junior wäre somit überführt, denn er hat sich durch das zweite Messer verraten. Was aber war sein Motiv?«

Sie dachte angestrengt nach und sah an Asinius vorbei in den Park, als ihr plötzlich ein Gedanke durch den Kopf schoss, so ungeheuerlich, dass sie zögerte ihn auszusprechen. Sie hielt sogar einen Augenblick den Atem an, erschrocken von den Konsequenzen, die sich aus alldem ergeben konnten.

Asinius, dem die Veränderung in ihrem Gesicht nicht entgangen war, fragte sehr ernst: »Du wolltest noch etwas sagen, Tillia?« Da sie schwieg, ermunterte er sie: »Ich kann dir versichern, dass kein Wort von dem, was wir hier unter vier Augen besprechen, durch mich weitergegeben wird, falls dies für dich unangenehme Folgen hätte. Du kannst ganz offen reden!«

»Gut.« Sie gab sich einen Ruck. »Zuvor aber möchte ich, dass du mir die Wahrheit offenbarst, die ganze!«

Sie studierte sein Gesicht und es entging ihr nicht, wie er nun zögerte und abwog, ob dies nicht auch für ihn gefährlich werden könnte. Endlich fragte er: »Was willst du wissen?«

»Du sagtest, Caenis habe dir den Auftrag gegeben mich zu beschützen ...«

»So ist es, ja.«

»Das mag schon so sein, aber ...«

»Ja?«

»Ich gehe davon aus, dass noch jemand ein Interesse daran hatte, dass mir nichts zustieß!«

»Und wer sollte das sein?«

»Titus!«

Asinius nickte bedächtig vor sich hin, dann erklärte er: »Also gut. Deine Annahme ist richtig.«

»Dacht ich's doch!«

»Darf ich fragen, warum?«

Sie ging nicht darauf ein, sondern stellte eine Gegenfrage: »Du bist mit dem Caesar befreundet?«

»Ja, so kann man es nennen.«

»Du hast jederzeit Zutritt bei ihm?«

»Durchaus, ja.«

»Er vertraut dir vollkommen?«

»Ich denke, ja.«

»Du weißt, was gewisse Kreise der Stadt über ihn verbreiten?«

»Leider ja.«

Sie fixierte ihn: »Und du bist nicht dieser Meinung?«

»Beim Herkules!«, rief er. »Natürlich nicht!«

»Sehr gut!« Sie lächelte ihm zu. »Ich übrigens auch nicht.«

»Das ehrt dich.«

»Unsinn! Aber weiter: Es ist bekannt, dass das Verhältnis zwischen Titus und seinem Bruder Domitian gespannt ist, um es vorsichtig auszudrücken.«

»Das ist richtig. Aber ich weiß nicht, worauf du hinauswillst. Was hat dies alles mit den Mordanschlägen zu tun?«

Da Tillia sich entschlossen hatte aufs Ganze zu gehen, zögerte sie nicht zu antworten: »Oh, ich denke, sehr viel!«

Und Asinius, leicht ungehalten: »Würdest du bitte etwas deutlicher werden, Tillia Capriola?«

»Aber gern, Asinius. Vorher möchte ich dich allerdings an dein Versprechen erinnern, dass nichts von dem, was wir hier miteinander austauschen, diesen Park verlassen wird.«

»Du hast mein Wort.«

»Danke. Es ist das Wort eines Tribunen der kaiserlichen Garde!«

Daraufhin verbeugte er sich im Sitzen.

Tillia zwinkerte lebhaft, denn sie wusste, dass sie mit den nächsten Sätzen entweder ins Schwarze treffen oder sich unglaubwürdig, ja lächerlich machen würde.

»Die Dolche«, fuhr sie fort, »die bei beiden Anschlägen benutzt wurden, tragen auf der Klinge das Namenskürzel DOM CORB. Der erste, mit dem der junge Primus erstochen wurde, sogar die zusätzliche Abkürzung CN. Sie stammen also beide aus dem Haushalt des Gnaeus Domitius Corbulo. Dessen Tochter Domitia aber ist die Gattin des Caesar Domitian. Ich gehe daher davon aus, dass die Messer mit dem übrigen Hausrat nach dem Tode des Vaters in den Besitz der Tochter übergegangen sind.«

Sie schaute Asinius an, als erwarte sie eine Bestätigung ihrer Folgerungen. Und Asinius pflichtete ihr bei: »Oh ja, das ist durchaus möglich. Trotzdem, Tillia ... Ich verstehe immer noch nicht, worauf du ...«

»Höre nur weiter!«, unterbrach sie ihn mit Schwung und sprach jetzt sehr schnell: »Der Mörder des jungen Primus beging die Tat mit einer Waffe, die zweifelsfrei aus dem Besitz des Gnaeus Domitius Corbulo stammt; dasselbe trifft für den Anschlag auf Felix zu. Es wurde zwar in beiden Fällen versucht den Namen des Vorbesitzers auf der Klinge zu tilgen. Doch wie ich dir eben anschaulich demonstriert habe, geschah dies so dilettantisch, dass es ein Leichtes ist, mit gewissen Manipulationen die Schrift wieder sichtbar und somit lesbar zu machen.«

Tillia legte eine Pause ein und konzentrierte sich auf ihre weiteren Gedankengänge. Asinius Gallus stellte keine Zwischenfrage. Längst war er fasziniert von ihrer scharfsinnigen Argumentation, genauso wie von ihrer Stimme und ihrem Äußeren; nun wartete er gespannt auf den weiteren Verlauf ihrer Beweisführung. Sein Respekt vor dieser Frau, über deren Souveränität, Stehvermögen und Courage er bislang nur gerüchteweise gehört hatte, stieg gewaltig. Nur zu gut konnte er sich vorstellen, dass ihr einst Crescens, der gefeierte und von aller Welt bewunderte und geliebte Stern des Circus maximus, vollkommen verfallen war. Eine solche Frau hatte Asinius noch nie kennen gelernt. Hinzu kam – er gestand es sich ohne weiteres ein –, dass von ihr, obwohl sie fast zwanzig Jahre älter war als er, immer noch eine große erotische Anziehungskraft ausging.

»Ich komme nun zu etwas anderem«, fuhr Tillia eifrig zwinkernd fort, »wobei ich denke, dass das, was ich dir nun sagen werde, durchaus mit dem Vorherigen in Verbindung steht ...«

»Bitte!« Asinius hob ermunternd die Hand.

»Wenn also beide Messer aus dem Hausrat Domitias stammen, erhebt sich die Frage, wie sie denn in die Hände des Mörders gelangten.«

»Das ist richtig. Und was vermutest du?«

»Der Mörder muss entweder bei ihr ein und aus gehen, oder er hat die Waffen entwendet oder er handelt im Auftrag!«

»In wessen Auftrag?«

»Na, von wem wohl?«

»Du denkst doch nicht etwa an Domitian?«

»Und ob. Ich bin überzeugt, dass Domitian bei der Ermordung des jungen Primus die Fäden gezogen hat. – Nein, warte noch einen Augenblick! Bevor du antwortest, möchte ich deine Aufmerksamkeit auf einen sonderbaren Vorfall lenken, der sich bei Perdikkas abgespielt hat …«

Sie erzählte, dass Domitian versucht hatte die Gladiatoren Pankrates und Theodoros vom Ludus abzuziehen und dass dieses Vorhaben erst nach einem Gespräch zwischen Perdikkas und Titus ad acta gelegt worden sei.

»Willst du etwa behaupten«, fragte Asinius, »Domitian wollte auf diese Weise erreichen, dass du heute Abend hier ohne Personenschutz gewesen wärst?«

»Genau das. Und nun bitte ich dich, Asinius Gallus, der du als Militärtribun und Kommandeur der dritten Prätorianerkohorte direkt dem Oberbefehl des Caesar Titus unterstellt bist: Lass endlich die letzte Maske fallen! Ein scharfes Verhör wird den Mörder ohnehin dazu bringen, mit der Wahrheit herauszurücken. So aber können wir uns gegen alle möglichen Fährnisse, die uns vielleicht drohen, gemeinsam wappnen. – Ich höre!« Es klang wie ein Befehl.

Asinius antwortete nicht sofort. Er beugte sich vor, starrte auf den Weg und schien alles, was Tillia ihm eröffnet hatte, noch einmal zu überdenken. Schließlich reckte er sich und erklärte mit großem Ernst: »Also gut, Tillia Capriola. Deine Argumente sind schwer zu widerlegen. Da ich im Übrigen davon ausgehe, dass du schon morgen die Herrin Caenis ins Bild setzen wirst, besteht für mich kein Grund mehr zu schweigen.«

»Danke!« Tillia atmete tief ein und lehnte sich entspannt zurück. Sie fühlte sich wie eine Siegerin.

»So höre denn …« Asinius holte weiter aus, bezog die komplizierte Vorgeschichte mit ein. Was er berichtete, deckte sich mit den Vermutungen, zu denen Tillia im Verlauf dieses Gesprächs gekommen war: »Der Mann, der den jungen Antonius Primus erstochen hat, heißt Cassius Scaeva. Er war bis vor fünf Jahren Zenturio in der dritten Prätorianerkohorte. Als Titus nach seiner Rückkehr aus Judäa als alleiniger *praefectus praetorio* das Kommando über die Garde erhielt, führte er eine strenge Überprüfung aller Offiziere durch. Er entfernte all jene Leute, die in irgendeiner Weise auffällig geworden waren. Darunter befand sich auch Cassius Scaeva.«

»Was wurde ihm vorgeworfen?«, fragte Tillia.

»Oh, einiges! Ich weiß das so genau, weil ich damals – ich war erst einige Tage im Amt – als Kommandeur der dritten Kohorte die Untersuchung leitete. Es handelte sich um Kompetenzüberschreitung, Veruntreuung kaiserlicher Gelder, Bestechlichkeit – das uralte Laster der Truppe seit den Zeiten des vergöttlichten Augustus: Ausstellung von Urlaubsscheinen gegen Geld. Entscheidend für seine Entlassung aus der Garde aber war, dass er im Dreikaiserjahr politisch eine zwielichtige Rolle gespielt hatte; außerdem warfen ihm angesehene Bürger vor sich mit brutalsten Mitteln unter Vitellius und Otho bereichert zu haben.«

»Ich vermute, er war kein Einzelfall«, warf Tillia ein.

»So ist es. Titus machte mit aller Strenge tabula rasa.«

»Aus welchen Verhältnissen stammte Cassius?«

»Das ist ein wichtiger Punkt. Während der letzten Jahre Neros war er ein sehr erfolgreicher Gladiator. Vielleicht hast du ihn einmal in der Arena erlebt.«

»Tut mir Leid, Asinius. Ich meide die Arena und ziehe ihr den Circus oder das Theater vor.«

»Ich verstehe.« Er lächelte ihr in Erinnerung an Crescens zu.

»Ich nehme an«, sagte Tillia, »Cassius tauchte damals im einschlägigen Milieu unter.«

»So ist es.«

»Aber du warst weiterhin über sein Treiben unterrichtet ...« Tillia wusste, dass Titus einen eigenen Geheimdienst unterhielt, um den Feinden seines Vaters frühzeitig das Handwerk legen zu können. Sie war gespannt, ob Asinius darauf eingehen würde.

»Durchaus, ja.« Er sah Tillia an. »Bevor ich fortfahre, musst du mir versprechen, nie mit einem anderen Menschen über das, was ich dir jetzt anvertrauen werde, zu reden.«

»Du hast mein Wort darauf, Asinius!«

»Gut. Du hast vorhin zu Recht eine Bemerkung über das gespannte Verhältnis zwischen Titus und seinem Bruder Domitian gemacht. Es ist weitaus schlechter, als du es dir vielleicht vorstellst.«

»Oh, ich weiß einiges ...«

Er sah sie an: »Caenis?« Sie nickte und Asinius fuhr fort: »Das macht es mir einfacher. Domitian hasst den älteren, erfolgreichen Bruder, den der Vater ihm immer vorgezogen hat. Es kursieren, wie du vielleicht weißt, in der Stadt Gerüchte, er habe ihm schon nach dem Leben getrachtet. Aber lassen wir das. Zur Sache! Domitian hat um sich einen Kreis zwielichtiger Gestalten geschart, die er bequem für seine Zwecke nutzen kann. Einer davon ist Cassius Scaeva. Wie ich von meinen Informanten weiß, geht Cassius in seinem Haus ein und aus. Ich stimme deiner Vermutung zu, Tillia, dass er sich dort in den Besitz der beiden Messer gebracht hat, zumal sie, wie dein Fachmann dir wohl versichert haben wird, von allererster Qualität sind.« Tillia nickte und er fuhr fort: »Da er, wie ich aus den Akten weiß, ursprünglich gelernter Schmied ist, bereitet ihm der Umgang mit Schlössern und Schlüsseln keine Schwierigkeiten. Ja, er hat die beiden Einbrüche in deine und Athenodoros' Wohnung begangen. Meine Leute konnten ihn zwar nicht dabei stellen, sahen aber, wie er die Wohnungen verließ.«

»Ich danke dir für deine Offenheit, Asinius. Aber die entscheidende Frage ist damit noch nicht beantwortet: Warum hat er den jungen Antonius Primus erstochen? Ebenso eine zweite: Wie ist er hier ungesehen hereingekommen?«

Asinius erhob sich und reichte Tillia die Hand, um ihr aufzuhelfen. Er strich sich die Toga glatt und sagte: »Weder auf die eine noch auf die andere Frage kann ich dir im Augenblick eine Antwort geben. Ich habe natürlich gewisse Vermutungen, aber sie sind noch zu vage. Ich denke, wir werden mehr bei dem Verhör erfahren. Doch nun sollten wir hineingehen. Du frierst. Und Felix sitzt wie auf heißen Kohlen.«

»Na, soll er doch!«

Sie schlenderten zurück zum Haus.

XXIV

Das hintere Atrium und die drei Triklinien hatten sich geleert. Die Nachricht von dem Anschlag auf Felix musste sich sehr schnell herumgesprochen haben, die meisten Gäste hatten – sei es aus höflicher Rücksichtnahme, sei es, um ihren Lieben so schnell wie möglich Bericht zu erstatten – das Haus bereits verlassen. Iuvenalis eilte auf Tillia zu und fragte als Erstes, ob ihr etwas zugestoßen sei, was sie verneinte.

»Ich habe mehrere Einladungen bekommen, Tillia!« Er strahlte sie an.

»Mein lieber Junge! Ich gratuliere dir zu deinem Erfolg.« Sie drückte ihn kurz an sich. »Leider kann ich noch nicht aufbrechen, weil ich mit Asinius Gallus und Felix noch einiges zu besprechen habe.«

»Das macht nichts, Tillia. Ich habe mich mit Antonius Agrippa angefreundet. Da gibt es noch viel zu bereden.«

»Fein. Dann bis später.«

Während sie ihm wie eine stolze Mutter nachblickte, bemerkte Asinius: »Auch ich würde ihn gerne gelegentlich einladen, wenn du nichts dagegen hast.«

»Ich bitte dich! Ich bin nicht seine Mutter!«

Er grinste: »Bist du da so sicher?«

Sie lachte. »Bist ein kluger Junge, Asinius.«

Sie erkundigten sich bei einem Sklaven nach dem Hausherrn.

Und dieser, gestelzt: »Ich werde die Herrschaften zu ihm geleiten.«

»*... zu ihm führen*« hätte auch gereicht, dachte Tillia.

Sie verließen das hintere Atrium und gingen zum vorderen, von wo aus die Treppe ins Obergeschoss führte. Oben zweigten von dem umlaufenden Gang Türen ab. Der Sklave bat Tillia und Asinius zu warten, ging in einen der Räume, kehrte schon nach wenigen Augenblicken zurück und forderte sie höflich auf einzutreten.

Auch dieser Raum war ganz in ägyptischer Manier eingerichtet, freilich noch intimer als das Tablinum, in dem Tillia mit Felix zusammengesessen hatte. Im milden Licht mehrerer Kerzen auf einem silbernen, mannshohen Kandelaber erkannte sie einige Kleinplastiken: eine wunderschöne Katze in Granit, einen Anubis aus tiefschwarzem Gestein, einen sitzenden Schreiber.

Als sie eintraten, erhob sich eine Frau von ihrem Stuhl neben dem Ruhebett, auf dem Felix lag. Es war Drusilla II.

»Wie geht es ihm?«, fragte Tillia sehr direkt.

»Oh, den Umständen entsprechend, liebe Tillia. Schön, dass du nach ihm schaust.« Drusilla machte einen höchst betroffenen Einruck und er schien echt zu sein.

»War Athenodoros bei ihm?«, wollte Tillia wissen.

»Ja. Es sei nur eine leichte Wunde, sagte er. In zwei Tagen werde er keine Beschwerden mehr haben. Oh ihr Götter! Was für eine schändliche Tat!«

»Wem sagst du das.«

Felix, der es offensichtlich genoss, von Frauen umsorgt zu werden, richtete sich mühsam auf – er wirkte in der Tat immer noch sehr mitgenommen – und wandte sich an Asinius: »Wie kann ich dir das je vergelten, Asinius Gallus! Du hast mein Leben gerettet!«

Asinius' Antwort war von unvergleichlicher Kürze und Prägnanz: »Das ist zweifellos richtig.«

Felix sah Tillia an: »Es tut mir außerordentlich Leid, Tillia, dass dieser wunderschöne Abend auf diese Weise ... Wenn du verstehst, was ich meine!«

»Ich verstehe, Felix.« Sie war aber nun nicht gewillt, dieses Schmierentheater länger mitzumachen, und erklärte kühl: »Darf ich dich daran erinnern, dass du mit mir sprechen wolltest?«

»Wie? Ja, natürlich.« Er hob die Beine vom Bett, stöhnte dabei übertrieben auf und Drusilla II half ihm beim Aufstehen.

»Ich lege allerdings Wert darauf«, fuhr Tillia streng fort, »dass dieses Gespräch in Anwesenheit von Asinius Gallus stattfindet.«

»Wie bitte?« Er hielt mitten in der Bewegung inne, seine Schläfenadern schwollen an und er stieß zornig hervor: »Was maßt du dir an, Tillia Capriola?« Es entging weder ihr noch Asinius, dass er ihren zweiten Namen auf herausfordernde Weise betonte.

Tillia hatte mit einer ähnlichen Reaktion gerechnet. Nun reichte es ihr. Souverän fuhr sie fort: »Ich? – Überhaupt nichts.« Sie zwinkerte lebhaft. »Aber ich hätte da ein paar einfache Fragen an dich bezüglich eines gewissen Testamentes. *Wenn du denn verstehst, was ich damit meine ...*« Sie betonte sehr nachdrücklich jede Silbe des letzten Satzes.

Das saß! Er schluckte. Dann schluckte er noch einmal. Schlaff hingen seine Hundebacken herab. Unter den Augen dicke Tränensäcke. Seine Hände führten unkontrollierte Bewegungen aus. Er starrte sie geradezu ängstlich an. Es zuckte um seine Mundwinkel. Tillia ließ ihn nicht aus den Augen: Würde er eine weitere Unverschämtheit von sich geben, war sie bereit ihn in seine Schranken zu weisen! Sie war die Tochter des integren

Ritters Tiberius Claudius Balbinus, einstiger Präfekt von Ägypten! Und er? Ein ehemaliger Sklave der Antonia!

Schließlich gab er klein bei: »Einverstanden.«

Mit einem Mal war alle Krankheit von ihm abgefallen. Er flüsterte Drusilla etwas ins Ohr, sie nickte ergeben und verließ kommentarlos den Raum.

Felix wies zu den beiden Stühlen, die neben einem kleinen Rundtisch standen. Tillia und Asinius ließen sich dort nieder, er selbst blieb auf der Bettkante sitzen. In Erwartung einer Frage schaute er Asinius und Tillia abwechselnd an. Auch die beiden wechselten einen schnellen Blick.

Schließlich begann Tillia: »Ich möchte mich nicht lange mit überflüssigen Vorreden aufhalten, wir haben uns schon zu lange etwas vorgemacht ...«

»Ich muss doch bitten!«, rief Felix und schaute sie böse an.

»Oh, das ist durchaus die angemesse Formulierung«, fuhr sie kühl lächelnd fort, »denn dir bleibt wohl am Ende nicht viel mehr, als zu bitten. Zunächst aber dies: Wie war es möglich, dass Cassius Scaeva überhaupt ungesehen hier eindringen konnte?«

Als Felix hartnäckig schwieg, fuhr sie fort: »Wenn du nicht antworten willst, können wir ihn ja selbst fragen!«

Asinius ergänzte: »Du bist dir wohl darüber im Klaren, dass ich befugt bin diesen Mann mitzunehmen, um ihn mit unseren Mitteln zum Reden zu bringen. Du würdest ihm manche Peinlichkeit ersparen, wenn du zuerst sprichst!«

Felix stützte sich mit den Händen auf der Bettkante ab und sagte leise: »Er muss einen Schlüssel zu dem Tor gehabt haben, durch das man von der Straße her den Garten betreten kann.«

»Interessant!« Tillia zwinkerte. »Und woher hatte er den Schlüssel?«

»Er muss sich einen Wachsabdruck und davon einen Nachschlüssel gemacht haben.«

»Das klingt aber noch abenteuerlicher. Dann müsste er doch zuvor im Haus gewesen sein!«

»Ja, das war er auch.«

»Wie bitte?«

»Er stellte mir unlängst seine Dienste zur Verfügung.«

»Du meinst, als erfahrener Schmied!«

»So ist es. Im Treppenaufgang war das eiserne Gitter locker und musste neu befestigt werden. Außerdem sollte das Gartentor ein neues Schloss bekommen.«

»Wann hat sich das zugetragen?«

»Vor drei Tagen.«

»Vor drei Tagen?« Tillia dachte: Also unmittelbar nach dem Mord! »Interessant. Und wie bist du auf ihn gekommen? Kanntest du ihn von früher?«

»Nein. Man hatte ihn mir empfohlen.«

»Aha. Und von wem stammte die Empfehlung?«

»Von Antonius Primus.«

»Ach!« Wieder wechselte Tillia einen Blick mit Asinius und fuhr fort: »Dann hat er wohl auch bei Primus neue Eisengitter angebracht?«

»So ist es.«

»Wir werden das natürlich nachprüfen. Eine andere Frage: Weshalb warst du gegen die Eheschließung von Antonius Primus junior und deiner Enkelin Feliciana?«

Felix fuhr hoch, sein Gesicht lief rot an und er schien jeden Augenblick explodieren zu wollen. Doch schnell besann er sich eines Besseren, diese Frau musste bestens über die Kabalen in seiner Familie unterrichtet sein.

Tillia sah ihm an, dass er sie unterschätzt hatte. Scheinbar freundlich fuhr sie fort: »Es ist besser, wenn du selbst darüber sprichst. Ich sähe mich ansonsten gezwungen in dem Prozess, zu dem es sicherlich nach den Beisetzungsfeiern kommen wird, als Zeugin zu deinen Ungunsten auszusagen. Ich hoffe, du hast verstanden, was das für dich bedeutet.« Felix nickte langsam, sagte aber nichts. Tillia bohrte also weiter: »Mich interessiert vor allem dieses geheimnisvolle Testament, von dem offenbar alle hier im Haus wissen, über das aber keiner offen spricht. Ich weiß, dass es sich dabei nicht um das deinige handelt. Denn das, was du zu vererben hast, wird kaum reichen deine Gläubiger zu befriedigen.« Eine gewagte Behauptung, hatte sie doch keine Ahnung von der Höhe seiner Schulden.

Es war offensichtlich: Felix schwammen die Felle davon. Er bekam den unsteten Blick eines geprügelten Hundes und erklärte tonlos: »Es wäre die Rettung gewesen!«

»Gewiss, aber dann wurde Antonius Primus ermordet!«

Er nickte beifällig.

»Also, um wessen Vermögen handelt es sich? Ein Vermögen, auf das so viele Mitglieder deiner Familie ein begehrliches Auge geworfen haben.«

»Das meines Bruders.«

»Von Pallas?« Tillia starrte ihn, dann Asinius an. Auch diesem stand die Verblüffung im Gesicht. Sie zwinkerte und rief temperamentvoll: »Antonius Pallas ist seit zwölf Jahren tot! Sein Besitz wurde von Nero konfisziert!«

Und Felix, leise und kraftlos: »Ja-ja … Pallas war ihm zu reich und mächtig geworden. Er galt ja ohnehin als der reichste Mann des Imperiums nach dem Kaiser, vielen sogar mächtiger als dieser selbst, da alles, jeder noch so kleine Vorgang, auf seinen Schreibtisch kam. Als *a rationibus* kontrollierte er alle Einnahmen und Ausgaben des Staates, die öffentlichen wie die des kaiserlichen Haushaltes. Das konnte auf die Dauer nicht gut gehen. Nero brauchte immer mehr Geld, ungeheure Summen, vor allem für seinen riesigen größenwahnsinnigen Palast …«

»Wozu es ja nicht mehr gekommen ist. Den Göttern und Vespasian sei Dank! – Willst du damit etwa sagen, deinem Bruder sei es gelungen, noch zu Lebzeiten Teile seines Vermögens in dunklen Kanälen verschwinden zu lassen? Und alles so klug und vorausschauend zu planen – ich traue es ihm ohne weiteres zu –, dass man heute noch über diese Mittel verfügen kann?«

Felix nickte. »Genau das!«

»Unglaublich! Wahrscheinlich gibt es irgendwo ein sicheres Versteck. Ich will nicht wissen, wo. Aber dies: Wie hoch ist denn die Summe, um die es geht?«

»Hundert Millionen.«

»Sesterzen?«

»Denare!«

Tillia schüttelte den Kopf. Eine unvorstellbare Summe! Sie fragte weiter: »Nur … ich verstehe nicht, dass du nicht schon früher an das Geld herankonntest.«

»Nun …«, Felix lehnte sich erschöpft gegen ein Kissen zurück, »es gibt da eine Klausel. Sie besagt, dass das Geld dem ersten meiner Enkel, der heiratet, als Mitgift in die Ehe gegeben wird. Er selbst hatte ja keine Kinder. Aber die Familie ging ihm über alles. Das Testament ist bei einem Notar hinterlegt, der auch die Kontrolle über die laufenden Geschäfte hat, zumal Teile des Vermögens in großen Unternehmungen gebunden sind.«

»Kennt man den Mann?«

»Durchaus, ja, er ist ein unbestechlicher Ehrenmann, der es nie zulassen wird, dass die Bestimmungen des letzten Willens von Pallas übergangen werden!«

»Kenne ich ihn?«

»Gewiss. Aber ich bitte um Verständnis, wenn ich seinen Namen nicht …«

»Du hast es.«

Tillia betrachtete diesen alten, verlebten, kranken Mann, der vergeblich gehofft hatte seine maroden Verhältnisse mit einem Schlag zu verbessern. Sie stand auf und auch Asinius erhob sich.

»Na, dann gibt es ja immer noch die Chance, dass dein Sohn aus zweiter Ehe bald heiratet. Es sei denn, wieder schlägt jemand aus dem Hinterhalt zu …«

Der Alte gab darauf keine Antwort. Asinius aber erklärte kühl: »Ich möchte mich jetzt mit Cassius Scaeva unterhalten. Wo ist er?«

Felix nickte ergeben, griff nach der Klingelschnur, zog daran und wenig später erschien der Sklave, der sie nach oben geleitet hatte.

»Bring den Tribun Asinius Gallus und die Herrin Tillia Capriola in den Raum, wo man den Mörder festhält!«

Grußlos verließen Tillia und Asinius das Zimmer. Auf der Treppe blieb der Tribun stehen, beugte sich zu ihr und sagte lächelnd: »Großartig! Nur schade, dass es die Sitte der Väter verbietet, eine Frau zum obersten Richter zu machen. Dein Scharfsinn wie dein Ethos würden dich dafür prädestinieren.«

»Danke! Aber wir sind noch nicht am Ende.«

»So ist es. Eine Bitte, Tillia!«

»Ja?«

»Diesmal werde ich das Verhör führen – *wenn du denn verstehst, was ich meine.*«

»Ich verstehe.«

XXV

Man hatte Cassius Scaeva in einem Raum untergebracht, der sich im hintersten Teil des Hauses befand, im Wohnbereich der Sklaven. Bewaffnete Männer standen davor, deutlich als Soldaten in Zivil erkennbar. Als sich Asinius näherte, erstattete einer von ihnen Meldung: »Der Gefangene Cassius Scaeva befindet sich wohlauf! Keine besonderen Vorkommnisse!«

»Danke! Wo ist der Arzt?«

»Bei ihm.«

Der Posten riss die Türe auf. Asinius trat mit Tillia ein. Cassius lag auf einer Pritsche. Seine Beine waren gefesselt und am Bettgestell fest gebunden. Der verletzte Arm war dick mit Tüchern umwickelt. Athenodoros erhob sich von einem einfachen Stuhl und schaute Tillia fragend an.

»Alles unter Kontrolle!«, sagte sie.

Asinius fragte: »Ist er vernehmungsfähig?«

»Ja, durchaus.«

»Danke, Athenodoros. Würdest du uns nun bitte allein mit ihm lassen?«

»Selbstverständlich.« Beim Hinausgehen streifte er Tillia mit einem fragenden Blick und sie nickte ihm beruhigend zu. Dann wurde die Tür geschlossen.

Asinius zog einen zweiten Stuhl heran und bot Tillia

Platz, während er sich auf dem anderen niederließ. Der Gefangene lag auf dem Rücken und starrte gegen die weiße Decke, an der die Flammen der beiden Öllampen auf dem einfachen Holztisch verschlungene Muster entstehen ließen.

Asinius begann: »Cassius Scaeva! Ich gebe dir den guten Rat alle meine Fragen zu beantworten. Solltest du dich nicht dazu entschließen können, werde ich dich auf der Stelle zu den *Castra Praetoria* bringen lassen. Dort werden wir das Verhör mit anderen Mitteln fortsetzen. Welche das sind, brauche ich dir als ehemaligem Prätorianer nicht zu erklären.«

Der Mann zeigte keine Regung und starrte trotzig zur Decke.

»Fangen wir also an ...« Asinius lehnte sich zurück. »Du bist in zwei Wohnungen eingebrochen, in die der Herrin Tillia Capriola und in die des Arztes Athenodoros. Dies zu leugnen wäre sinnlos, weil du dabei von unbestechlichen Zeugen beobachtet worden bist. Es wurden am Tatort Objekte gefunden, aus denen klar hervorgeht, dass du der Täter warst. Heute Abend hast du versucht den Besitzer dieses Hauses zu ermorden, was dir sicherlich ohne mein Eingreifen auch gelungen wäre. Vor einigen Tagen hast du im Theater des Pompeius den ehrenwerten Antonius Primus nach der Vorstellung im Treppenabgang erdolcht. In beiden Fällen wurden Messer aus dem Hausrat der ehrenwerten Domitia, Tochter des verstorbenen Domitius Corbulo, als Tatwaffen verwandt. Du hast zwar versucht die Namenskürzel DOM CORB zu beseitigen, doch es ist uns mit fachkundiger Hilfe gelungen, die Schrift wieder lesbar zu machen. Leugnest du diese Taten?«

Cassius schwieg und blickte weiter zur Decke.

Asinius, nicht länger gewillt gegen die Verstocktheit dieses Mannes anzureden, stand auf, ging zur Tür, öffnete sie und erklärte kalt: »Bringt diesen Mann zu den Castra Praetoria!«

»Nein!«, schrie Cassius auf. »Nicht das! Ich werde reden!«

Asinius schloss die Tür und nahm wieder Platz. »Ich werde keinen dritten Versuch unternehmen! Hast du mich verstanden?«

»Jawohl!« Der alte Soldat kam bei ihm durch.

»Also – leugnest du immer noch?«

»Nein. Aber ich war dagegen!«

Asinius wechselte mit Tillia einen Blick und sie dachten beide dasselbe.

»Du hast im Auftrag gehandelt?«

»Jawohl!«

»Im Auftrag des Caesar Domitian?«

»Woher weißt du das?«

»Das tut nichts zur Sache. Antworte!«

»Jawohl! Aber ich war ...«

»... dagegen, ich weiß. Also übte er Druck auf dich aus.«

»Jawohl!«

»Und wie?«

»Er ... er kennt meine fatale Lage ... Ich bin finanziell total in der Klemme ... Schulden ... Mir drohte ein Prozess wegen Urkundenfälschung ...«

»... den Domitian bereit war niederzuschlagen.«

»Jawohl!«

»Er bot dir außerdem Geld an ...«

»Ja.«

»Wie viel?«

»Fünfzigtausend Denare.«

»Gut ...« Asinius betrachtete seinen Siegelring und drehte ihn einmal herum. »Kanntest du Antonius Primus?«

»Jawohl. Er gehörte zum Kreis um Domitian.«

»So wie auch Parmenion und andere Schauspieler …?«

»Jawohl.«

»Aha. Man feierte öfters zusammen …«

»Ja.«

»Hatte Primus ein Verhältnis mit Domitian? – Du weißt, wie ich das meine.«

»Jawohl.«

»Aha. Aber es war eher oberflächlicher Natur. Ich meine, der Caesar benutzte ihn lediglich zur Befriedigung seiner Triebe?«

»Ja.«

»Woher weißt du das?«

»Es wurde hinter vorgehaltener Hand darüber geredet.«

»Weiter! Weshalb dann der Mordauftrag? Warum sollte der junge Antonius Primus plötzlich liquidiert werden? Er war doch wohl keinem gefährlich.«

Cassius gab keine Antwort und starrte wieder zur Decke hinauf. Asinius stand auf, ging ein paarmal auf und ab und erklärte: »Du hast eine einzige Chance lebend davonzukommen …« Cassius sah ihn aus großen, angsterfüllten Augen an und Asinius fuhr fort: »Es gibt jemanden, der großes Interesse daran haben wird, dass diese schreckliche, widerliche Geschichte nicht an die Öffentlichkeit kommt. Also! Warum musste Antonius Primus sterben?«

Und Cassius: »Weil er Zeuge einer Auseinandersetzung wurde …«

»Wo? Wann? Zwischen wem?«

»Zwischen Domitian und seiner Gattin Domitia.«

»Worum ging es dabei?«

»Domitia machte ihm eine Szene wegen seines Verhältnisses zu Primus.«

»War denn Primus dabei?«

»Nein. Er befand sich im Nebenraum. Aber die Tür war

nur angelehnt. Als Domitian im Zorn seine Frau verließ, entdeckte er im anderen Zimmer Primus.«

»Warst du dabei?«

»Nein, natürlich nicht, sonst lebte auch ich nicht mehr.«

»Von wem weißt du's dann?«

»Von Primus selbst.«

»Wart ihr etwa auch intim?«

»Nein, davor sei …!«

»Warum weihte er dich dann ein?«

»Weil er Angst hatte.«

Asinius und Tillia sahen sich an.

»Wann fand diese Unterredung mit Domitian statt?«

»Am Abend vorher.«

»Vor dem Mord, meinst du?«

»Jawohl.«

»Also wusste Domitian, dass Primus am nächsten Morgen ins Pompeiustheater gehen würde, um sich die Medea anzusehen?«

»So ist es.«

»Von wem hattest du die Maske?«

»Von Parmenion. Als Andenken.«

»Und die Messer?«

»Ich habe sie, weil sie mir gefielen, einmal mitgehen lassen.«

»Eine andere Frage: Warum wolltest du heute Abend Felix umbringen?«

Als Cassius zögerte, näherte sich Asinius der Tür und streckte schon die Hand nach dem Griff aus.

»Nein, nicht!«, schrie Cassius. »Ich werde reden!«

»Also?«

»Er hat mich erpresst.«

»Ach!« Asinius sah Tillia an und bemerkte in ihrem Gesicht ebenfalls Verblüffung.

»Ja. Er … er hatte Kenntnis davon, dass ich …«

»Dass du der Möder warst? Wie das denn?«

»Er verließ als einer der Letzten das Theater – er ist ja gehbehindert – und sah, wie ich im untersten Gang die Maske vom Gesicht nahm.«

Asinius schaute Tillia an und beide dachten das Gleiche: Den Rest hatte Felix von Tillia selbst erfahren.

Asinius fuhr fort: »Aha. Und deshalb hast du sie kurz darauf in der Nische versteckt.«

»Jawohl!«

»Was wollte Felix von dir? Du solltest doch nicht nur das Geländer im Treppenhaus reparieren?«

»Ich sollte mich für einen besonderen Auftrag bereithalten.«

»Einen Mord?«

»Ich glaube, ja.«

»Dies noch: Woher wusstest du, dass die Herrin Tillia Capriola die Maske entdeckte und mitnahm?«

»Ich habe es beobachtet, kurz bevor ich den Gang verließ.«

»Und woher hast du ihre Adresse bekommen?«

»Als ich an ihr vorbeihuschte, ihr Gesicht sah und noch einen Teil dessen hörte, was sie mit ihrem Begleiter besprach, war es ein Leichtes, die Anschrift zu erfragen.«

»Bei wem?«

»Parmenion.«

»Weiß Parmenion, dass du …?«

»Natürlich nicht.«

»Kommen wir zur wichtigsten Frage: Warum warst du überhaupt auf Tillia angesetzt? Warum solltest du sie umbringen?«

»Weil die Gefahr bestand, dass sie …«

»Ja?«

»… dass sie hinter die Zusammenhänge kam.«

»Also kam der Befehl direkt von ganz oben?«

Cassius zögerte eine Weile, ehe er leise sagte: »So ist es.«

»Von Domitian?«

»Ja.«

»Und weshalb hast du's eben nicht noch einmal versucht?«

»Weil sie zu gut bewacht war.«

Asinius sah Tillia an und grinste zufrieden. Dann wandte er sich wieder Cassius zu: »Gut. Du wirst bis auf weiteres in eine Arrestzelle der *Castra Praetoria* gebracht. Dort wirst du bleiben, bis über deinen Fall entschieden worden ist.«

Asinius ging zur Tür, öffnete sie und gab die entsprechenden Befehle. Man würde einen der Wagen von Felix benutzen, da der Gefangene weder gehen noch reiten konnte.

XXVI

Am letzten Tag der *Ludi Ceriales*, es war der 19. April, geleitete ein kaiserlicher Herold die Herrin Tillia Capriola und den Arzt Athenodoros zur kaiserlichen Loge des Circus maximus, wo sie von der Herrin Caenis empfangen wurden.

Caenis umarmte Tillia herzlich und sagte: »Liebe Freundin! Welch ein Glück, dass du unbeschadet aus dieser schrecklichen Geschichte herausgekommen bist! Ich habe täglich der Iuno Lucina geopfert und sie für dich um ihren Schutz gebeten. Und heute soll es ein glücklicher, ein Ehrentag für dich und für Athenodoros werden!« Sie begrüßte auch Athenodoros, der sich tief vor ihr verbeugte.

Tillia schaute sich um. Keine fünf Schritt entfernt saß Titus auf einem thronartigen Sessel und unterhielt sich mit dem Stadtpräfekten neben ihm. Einmal mehr fiel ihr die unglaubliche Ähnlichkeit mit dem Vater auf. Freilich fehlte ihm der verschmitzte Ausdruck um Augen und Mund. Nun blickte er herüber, erkannte Tillia, die immer noch neben Caenis stand, erhob sich und gab einem Diener das Zeichen zu folgen.

Titus kam heran und blieb vor ihr stehen, studierte neugierig ihr Gesicht – sie hatte sich sehr dezent, aber durchaus anziehend geschminkt –, schließlich ihre Aufmachung – über einer hellgrünen Stola trug sie eine hochelegante weiße Palla und auf dem Kopf die neue hennafarbene Perücke. Er neigte leicht den Kopf, während Tillia sich tief verbeugte und in die Knie ging.

»Liebe Tillia Capriola!« Er lachte gelöst und griff nach ihrer Hand. »Es sind in den letzten sieben Tagen Dinge geschehen, die durchaus meine und somit des Kaisers Interessen berührt haben. Bei der Lösung des gordischen Knotens – denn um einen solchen handelte es sich ja – hast du eine entscheidende Rolle gespielt. Von Caenis habe ich erfahren«, er grinste jungenhaft, »dass du dich bisweilen für diese kleinen grünen Steine interessierst, die man gemeinhin Smaragde nennt …«

Er gab dem Diener mit einem Blick zu verstehen, das Geschenk zu überreichen, und dieser händigte Tillia ein kleines, in dunkelrotes Leder gefasstes Holzkästchen aus.

»Allerdings muss ich mich entschuldigen: Diese Steine sind entgegen meinem Wunsch noch nicht gefasst.« Er lachte. »Caenis meinte nämlich, es sei besser, sie dir so auszuhändigen, da du durchaus eigene Vorstellungen davon hättest, wie man sie in angemessener Weise mit Gold oder Silber vereinigen kann.«

Tillia öffnete das Kästchen und war sprachlos. Smaragde von dieser Größe, Farb- und Leuchtkraft hatte sie noch nie gesehen. Es waren im Ganzen sieben Stück.

»Bitte, Caesar, ich meine: danke! Ich … ich weiß einfach nicht, was ich sagen soll …« Sie war ganz aufgeregt und zwinkerte lebhaft. »Sie sind wunderbar!« Tillias Gesicht strahlte.

Titus meinte: »Ich bitte dich, Tillia, sie stehen in keinem Verhältnis zu dem, was du für … ja, für mich getan hast.« Plötzlich wurde er ernst. Er sah sie intensiv an und fuhr leiser fort: »Von Caenis weiß ich, dass du von gewissen Erkenntnissen, die du im Laufe deiner Ermittlungen gewonnen hast, keinen Gebrauch machen wirst.«

Sie antwortete stumm mit einer Verbeugung.

»Nun wünsche ich dir und auch Athenodoros ein spannendes Rennen! Es wird ja in wenigen Augenblicken beginnen.«

Er hob die Hand und ging zurück zu seinem Platz. Tillia entging nicht, dass diese Szene von zigtausend Menschen auf den Tribünen beobachtet worden war. »Gute Göttin!«, flüsterte sie und ließ sich von Caenis zu ihrem Platz geleiten. Caenis setzte sich neben sie, Athenodoros auf die andere Seite. Sie saßen nur zwei Reihen über dem Platz des Thronfolgers.

»Ist Domitian nicht hier?«

»Nein. Wie du weißt, gehen sich die Brüder aus dem Weg.«

»Ich verstehe.«

Caenis griff nach ihrer Hand und drückte sie fest. »Danke!«

Tillia nickte nur. Dann fragte sie: »Was wird mit Cassius Scaeva geschehen? Wird es zu einem Prozess kommen?«

»Ich glaube nicht.«

»Nicht?« Tillia sah sie von der Seite an und Caenis fuhr fort: »Es hängt natürlich davon ab, wie der Kaiser entscheidet.«

»Ist er vollständig informiert?«

»Ja.«

»Über alles?«

»Über alles!«

»Und wie wird er entscheiden?« Eine sanfte Andeutung schwang in der Frage mit. Denn letztlich würde ja Caenis in dieser Sache, die eine Familienangelegenheit darstellte, die entsprechenden Argumente dafür und dagegen liefern.

Caenis hatte sie sehr wohl verstanden und antwortete ausweichend: »Man wird sehen.«

In diesem Augenblick stand Titus auf, trat an das Geländer, hob die Rechte und ließ das Tuch fallen. Das Rennen begann.

Am Abend dieses Tages saßen Tillia und Athenodoros noch lange im Siebengestirn. Sie hatten auch Perdikkas und seine Jungs eingeladen.

Theodoros konnte sich noch immer nicht beruhigen, dass er den Täter nicht selbst erwischt hatte: »Beim Herkules! Ich hätte ihn … ich hätte ihn eigenhändig in den Hades geschickt!«

»Viel zu einfach!«, brummte Pankrates. »Ich hätte ihn vorher stundenlang um sein … sein erbärmliches Leben winseln lassen! Und dann … dann hätte ich ihn …!«

»Ihr Großmäuler!«, mischte sich Perdikkas auf Griechisch ein. »Ihr Großmäuler! Habt ihr ihn nun erwischt oder habt ihr's nicht? – Wie? Aha! Ich sage euch, diese edle Herrin, die sich herablässt mit euch Barbaren an einem Tisch zu sitzen und zu speisen, sie allein ist es gewesen, die ihn dingfest gemacht hat! Ich trinke auf Tillia Capriola!«

Er hob die Schale und veranlasste so alle anderen, es ihm gleichzutun. Da es sich dabei schon um den sechsten oder siebten Trinkspruch in kurzem Abstand handelte – jedes Mal waren die Schalen bis auf den Grund geleert worden –, zeigten sich bei den Männern gewisse Anzeichen von Trunkenheit, während Tillia vollkommen nüchtern erschien und – wie immer, wenn sie dem Wein zusprach – eine unruhige Nacht befürchtete.

Sogar Athenodoros, sonst sehr zurückhaltend beim Wein, ging an diesem Abend aus sich heraus und hielt mit. Das allerdings hatte zur Folge, dass er – solcher Weinmengen ungewohnt – leicht schwankte, wenn er sich zur Toilette begab, was des Öfteren der Fall war. Ansonsten unterhielt er sich prächtig mit Theodoros und Pankrates und lachte hemmungslos laut über deren Gladiatorenwitze. Tillia ließ ihn gerne gewähren, wusste sie doch, dass er die Anspannung der letzten Tage loswerden musste.

Nur Perdikkas wurde, je mehr er trank, umso stiller. Zwar begann nun auch er zu lallen, doch seine Gedanken waren vollkommen klar; einzig die Zunge gehorchte nicht mehr dem Willen.

»Weiß' du, altes Mädchen …« Er strich ihr traulich über die Hand. »Ich war in den letz'en Tagen in großer Sorge um dich, wirklich.«

»Danke, Perdikkas! Aber ich war immer außer Gefahr, dank den Jungs!«

»In Or'nung. Aber weiß' du, wenn ich mir ssso vorstelle, was da alles hätte …«

»Junge! Es ist aber nichts passiert!«

»Weiß' du, wenn ich da'über nachdenke, was die da oben … was die sich so alles e'lauben können … ohne dass sie … wenn du verstehs', was ich meine?«

»Sag das nicht noch einmal!« Tillias Augen schossen Blitze.

»Was has' du denn auf ei'mal, Mädchen?«

Sie lachte auf. »Entschuldige, es ist nur …« Und dann erklärte sie ihm den Zusammenhang.

Und er: »Marcus Antonius Felix! Auch einer von diesen … diesen Scheißern, diesen Verbrechern! Aber ich sage dir, Mädchen … Da is' irgendwo was faul in dieser ve'dammten Stadt! Dass solche Scheißer … dass sie bis nach ganz oben komm'n, wenn du versteh's, was ich … Oh, en'schuldige! Ich wollte dich nich' schon wieder an diesen Scheißkerl …«

»Oh, ich verstehe, mein Freund, ich verstehe.« Sie seufzte. »Aber so ist die Welt nun einmal. Es gibt keine bessere. Prosit!«

Anhang

Rom:

Argiletum: stark frequentierte Straße im Zentrum Roms zwischen der Subura und dem Forum, die sich im Osten in den Clivus Suburanus und den Vicus Patricius teilt, Bezeichnung für das dortige Stadtviertel.

Regionen: Einteilung der Urbs in vierzehn Bezirke durch Augustus. Sie beginnen zu Seiten der Via Appia und gliedern die Stadt entgegen dem Uhrzeigersinn.

Subura: volkreiche Niederung zwischen den sechs Hügeln der Stadt.

Forum Romanum: zentraler Platz Roms, umgeben von öffentlichen Gebäuden, Tempeln, Säulengängen, Läden und Wechslerbuden; am nordöstlichen Ende das comitium, auf dem Volksversammlungen stattfanden.

Theatrum Pompei (Pompeiustheater): von Pompeius 55 v. Chr. eingeweihtes erstes steinernes Theater Roms mit 15.000 Sitzplätzen; das Halbrund seines Zuschauerraums ist in der halbrund verlaufenden Straße bei S. Maria di Grottapinta noch erkennbar.

Amphitheatrum Novum oder Flavium (Kolosseum): Baubeginn 71 n. Chr. unter Kaiser Vespasian, Einweihung im Mai 80 n. Chr. durch seinen Sohn und Nachfolger Titus. Das Kolosseum erhielt seinen Namen nicht wegen seiner Größe, sondern wegen seiner Nähe zu der Kolossalstatue des Nero. Sitzplätze (nach Schätzungen) zwischen 40.000 und 68.000, Stehplätze im obersten Rang zwischen 5.000 und 12.000.

Ludus Magnus: die größte der drei Gladiatorenkasernen beim Flavischen Amphitheater, durch einen unterirdischen Gang mit dem Kolosseum verbunden. Das zweistöckige Gebäude umschloss eine ellipsenförmige Übungsarena. Zum Zeitpunkt unserer Geschichte noch nicht fertig.

Kleidung:

Tunika: Hauptunterkleid der Frauen und Männer in Form eines kurz- oder langärmeligen Hemdes, in der Taille gegürtet, das bei den Männern oberhalb der Knie, bei den Frauen an den Fußknöcheln endet.

Toga: festliches, in vorgeschriebenen Falten zu tragendes Obergewand der Männer, gewöhnlich von weiß gebleichter Wolle.

Stola: knöchellanges Gewand der Frauen, eine große Tunika mit kurzen oder langen Ärmeln, mit Spangen am Oberarm gehalten, mit zwei Gürteln unter der Brust und über den Hüften befestigt. Darunter die kurze *tunica intima*, ein leichtes Hemd, das von der *stola* ganz verdeckt wird.

Palla: festliches, faltenreiches Obergewand der Frauen, mit Agraffen an den Schultern befestigt, das locker über der *stola* getragen wird, sodass diese an Hals, Armen und unterhalb der Knie sichtbar bleibt.

Amtsbezeichnungen:

Caesar: seit Claudius auch Bezeichnung des oder der kaiserlichen Prinzen.

Pontifex Maximus: die *pontifices*, seit Caesar sechzehn, waren nicht Priester besonderer Götter, sondern überwachten die Ausführung der religiösen Gesetze und Vorschriften. An ihrer Spitze stand der *pontifex maximus*, dessen Amt immer der Kaiser innehatte.

Vigiles (Wächter): eigentlich eine Feuerwache, später auch mit polizeilichen Aufgaben betraut, an verschiedenen Plätzen der Stadt kaserniert.

Tribun (tribunus militum): Stabsoffizier der Legion, Kommandeur einer Kohorte (600 Mann).

Zeitgeschichtliche Personen (Auswahl):

Vespasian: Titus Flavius Vespasianus, römischer Kaiser (1. Juli 69–23. Juni 79).

Titus: Titus Flavius Vespasianus, römischer Kaiser (24. Juni 79–13. September 81).

Domitian: Titus Flavius Domitianus, römischer Kaiser (14. September 81–18. September 96).

Caenis: geb. um 21 n. Chr., Sklavin (Sekretärin) und Freigelassene der jüngeren Antonia, Mätresse Vespasians.

Die Deutsche Bibliothek – CIP-Einheitsaufnahme

Stöver, Hans Dieter:
Mord nach der Vorstellung: Ein Fall für Tillia Capriola/
Hans Dieter Stöver. –
Stuttgart; Wien; Bern: Weitbrecht, 1998
ISBN 3-522-71835-6

Umschlagillustration: Arno Löbbe, Bergkamen
Umschlagtypografie: Michael Kimmerle, Stuttgart
Satz: KCS GmbH, Buchholz/Hamburg
Schrift: ITC Giovanni
Reproduktion: Repro Brüllmann, Stuttgart
Druck und Bindung: Friedrich Pustet, Regensburg

5 4 3 2 1* 98 99 00 01 02

ROM
im 1. Jahrhundert n. Chr.

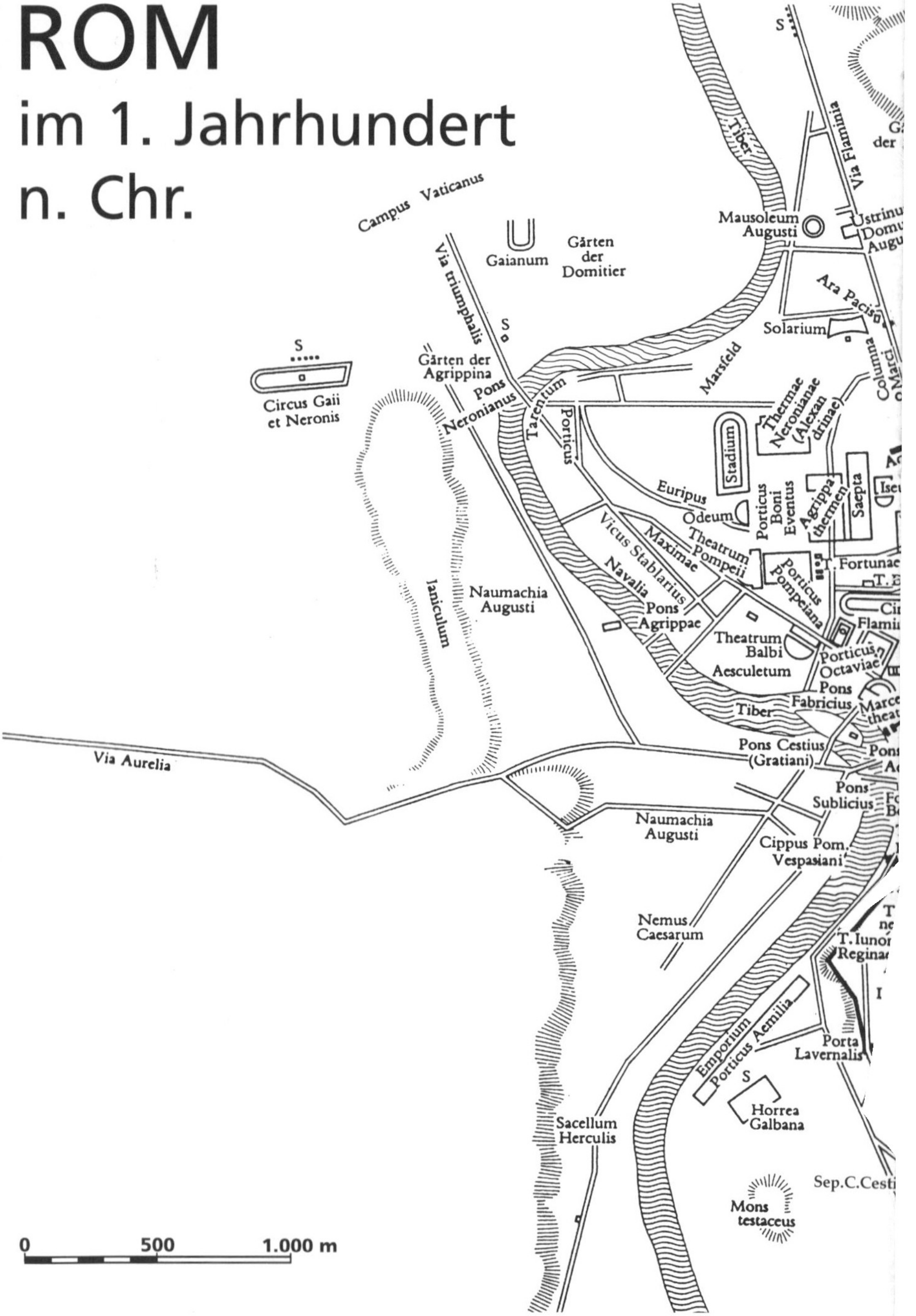